les Ailes d'Alexanne

Tome 4 : Sara-Anne

Du même auteur

Déjà parus

Les Chevaliers d'Émeraude
Tome 1 : *Le Feu dans le ciel*
Tome 2 : *Les Dragons de l'Empereur Noir*
Tome 3 : *Piège au Royaume des Ombres*
Tome 4 : *La Princesse rebelle*
Tome 5 : *L'Île des Lézards*
Tome 6 : *Le Journal d'Onyx*
Tome 7 : *L'Enlèvement*
Tome 8 : *Les Dieux déchus*
Tome 9 : *L'Héritage de Danalieth*
Tome 10 : *Représailles*
Tome 11 : *La Justice céleste*

Les Ailes d'Alexanne
Tome 1 : *4 h 44*
Tome 2 : *Mikal*
Tome 3 : *Le Faucheur*

A.N.G.E.
Tome 1 : *Antichristus*

À paraître

Les Chevaliers d'Émeraude
Tome 12 : *Irianeth*

Les Ailes d'Alexanne
Tome 5 : *Spirales*

Anne Robillard

Les Ailes d'Alexanne

Tome 4 : Sara-Anne

Michel Lafon Poche

118, avenue Achille-Peretti – CS 70024
92521 Neuilly-sur-Seine Cedex
www.lire-en-serie.com

Chapitre 1
La vision

L'arrestation de Séléné Fortin, la suppléante qui avait assassiné de jeunes enfants pendant de nombreuses années au Québec, ainsi que l'exécution de Frédéric Desjardins, le sorcier qu'il pourchassait depuis des mois, auraient dû gonfler l'inspecteur Christian Pelletier de fierté et lui valoir une promotion. Malheureusement, il n'était pas en état de s'enorgueillir de ces exploits. Depuis qu'il avait quitté la forteresse du Jaguar, au sommet d'une montagne dans la région de Saint-Juillet, Christian se sentait déprimé et faisait d'horribles cauchemars. Entièrement remis des blessures que lui avait infligées Desjardins, le policier continuait néanmoins de ressentir par moments de la douleur là où le poignard du mage noir s'était enfoncé dans sa chair. En quelques mots, Christian n'était plus que l'ombre de lui-même.

Comme si cela ne suffisait pas, le chef du service des enquêtes avait ordonné à l'inspecteur Pelletier de prendre un congé forcé. Celui-ci avait évidemment protesté, car, lorsqu'il restait inactif, tous ses vieux démons revenaient le hanter. D'autres dossiers pressants l'attendaient sur son nouveau bureau et certains de ces cas semblaient sur le point d'être élucidés. Malgré tout, son patron avait fait la sourde oreille. Christian ne pourrait reprendre du service qu'à l'été et on n'était qu'au début de février.

Puisque la maison du pauvre inspecteur avait été détruite par le feu, ce dernier s'était installé chez sa collègue, Mélissa Dalpé. Ils avaient toujours partagé une belle complicité, et une profonde amitié les liait. Ils n'avaient découvert que récemment qu'ils étaient amoureux l'un de l'autre. De toute façon, parce qu'il souffrait d'une grave dépression, Christian n'aurait jamais pu faire de nouvelles conquêtes. Son comportement était erratique et les terrifiantes images qui le hantaient n'avaient rien de rassurant.

Le policier en convalescence avait commencé par faire des rêves durant lesquels des personnages vêtus de longues tuniques rouges et armés de poignards le pourchassaient, jusqu'à ce qu'il se réveille en hurlant. Christian ne se considérait pourtant pas comme un froussard. Avant de devenir enquêteur, il avait fait partie de la brigade qui fonçait tête baissée dans les repaires des plus dangereux criminels de la province. Il s'était souvent retrouvé au bout d'une lame de couteau ou du canon d'une arme à feu. Il avait défié la mort au moins cent fois sans sourciller. Toutefois, devant une créature aussi insaisissable qu'un démon ou un fantôme, il perdait tous ses moyens.

Lorsqu'un cauchemar le tirait brusquement de son sommeil, tout ce que Mélissa pouvait faire, c'était de le serrer contre elle en lui répétant qu'il était sauf jusqu'à ce qu'il s'en rende compte par lui-même.

– Et si c'étaient d'autres sorciers à la solde de la secte qui essayaient de me tuer dans mon sommeil ? fit-il remarquer à sa compagne, le matin du 2 février.

– Alexei t'a pourtant affirmé que le Faucheur était le seul mage noir qu'employait le Jaguar. À mon avis, ce qui t'arrive maintenant est différent. Ce sont les contrecoups de la dure épreuve que tu as traversée l'an passé, un peu comme les secousses qui suivent les tremblements de terre. J'y étais moi aussi et je m'en suis remise.

– Donc, ces cauchemars devraient finir par cesser…

– Je l'espère bien, parce que ton apport au bureau me manque beaucoup, avoua Mélissa en se faufilant dans ses bras. Mener des enquêtes sans toi, ce n'est pas pareil.

– C'est pourtant toujours toi qui les fais avancer.

– Sur papier. Tu as plus de cran que moi sur le terrain.

– Ce n'est pas ma faute si j'aime l'action.

– Si tu veux recommencer à travailler bientôt, tu dois accepter de consulter le psychologue du service.

– Pour qu'il plante les derniers clous de mon cercueil ?

– Tu n'es pas le premier policier à avoir subi un traumatisme, Christian.

– Les autres n'enquêtaient pas sur les agissements d'un sorcier et ils n'étaient pas constamment poursuivis par des démons dans leurs rêves. Il va me prendre pour un fou et me faire interner.

– Je suis certaine qu'il a entendu des confessions bien plus effrayantes que les tiennes. Je t'en prie, fais-le pour moi. Fais-le pour nous deux. Nous ne pourrons pas vivre ainsi éternellement.

– Est-ce une menace ?

– C'est plutôt une suggestion intéressée.

Étant donné que Christian n'avait rien à faire pendant que sa compagne était au travail, il disposait de suffisamment de temps pour aller se faire soigner. Toutefois, il avait déjà rencontré le docteur Lee Edelman à quelques reprises durant ses enquêtes et il savait pertinemment que cet homme n'était pas du tout ouvert au paranormal.

Après le départ de Mélissa, le policier s'habilla chaudement et quitta l'immeuble où il logeait. Il faisait froid à Montréal, l'hiver. Christian monta dans son VUS[1] et se rendit à la clinique du psychologue de la police. Même si elle se situait en plein centre-ville, elle disposait d'un parking intérieur.

Pour se donner du courage, Christian prit de profondes inspirations tandis que l'ascenseur le transportait au dernier étage de la tour de bureaux. Dans le couloir, il éprouva un léger pincement à l'estomac. Ce n'était pas bon signe. Il se rendit au bureau de la secrétaire, qui lui adressa un air amusé.

---

1. Véhicule utilitaire sportif. Au Québec, l'abréviation de l'expression française est utilisée pour désigner ce véhicule inspiré des breaks.

– Même si vous n'avez pas pris la peine de fixer de rendez-vous, inspecteur Pelletier, le docteur Edelman m'a précisé qu'il vous recevrait si vous vous décidiez à mettre les pieds ici.

– Comme c'est gentil de sa part.

Elle frappa quelques coups sur la porte du bureau de son patron et l'ouvrit.

– Monsieur Pelletier est ici.

– Enfin !

La jeune femme poussa gentiment le policier à l'intérieur de la pièce et referma la porte derrière lui.

– Il y a des mois que je vous attends, inspecteur Pelletier, lui reprocha le médecin.

Lee Edelman était un homme d'une cinquantaine d'années aux cheveux argentés et aux yeux vert émeraude qu'il cachait derrière des lunettes cerclées d'or.

– Asseyez-vous, je vous prie.

– Je ne suis pas encore certain de vouloir rester.

– Ce serait pourtant dans votre intérêt.

– Puisque vous savez probablement déjà tout sur moi, je vous en prie, allez droit au but.

– J'ai traité beaucoup de policiers ayant subi de graves chocs nerveux, mais aucun n'a mentionné dans ses rapports avoir eu affaire à des fées, des médiums, des gargouilles volantes et des sorciers.

– Je ne suis pas fou, si c'est ce que vous tentez d'insinuer.

– Votre parcours professionnel indique en effet que vous êtes un homme intelligent. Ce que nous allons tenter de découvrir ensemble, c'est pourquoi votre inconscient a choisi d'exprimer ses angoisses au moyen de telles hallucinations.

– Je ne les ai pas inventées, docteur Edelman. Je les ai vues de mes propres yeux.

– Vous avez peut-être été victime de pauvres gens qui se prennent pour des sorciers.

– Ces personnes sont des malades qui jouent un rôle. Elles n'ont aucun pouvoir magique. Ce n'est pas parce qu'on ne peut pas voir une chose que celle-ci n'existe pas, comme Dieu, par exemple. Peu importe ce que vous direz, docteur, vous n'arriverez pas à me persuader que ce que j'ai vécu s'est passé entièrement dans ma tête.

– Maître Desjardins était un avocat malhonnête, mais c'était un être de chair et de sang, comme vous et moi.

– C'était un sorcier à la solde d'Hugues Robin, le chef du culte de la montagne. Il maîtrisait des forces occultes qui lui permettaient de s'infiltrer dans l'esprit de ses victimes afin de leur infliger d'affreuses souffrances.

– Personne n'est capable de faire ça, monsieur Pelletier.

– Je vous souhaite sincèrement de ne pas vous retrouver entre les pattes de ces créatures maléfiques, docteur Edelman.

Christian tourna les talons.

– Vous comprenez, j'espère, que si vous refusez mes traitements, vous serez congédié.

– C'est un lavement de cerveau que vous m'offrez et je n'en veux pas. Libre à vous de dire ce que vous voudrez à mes supérieurs.

Le policier quitta le bureau, convaincu qu'il ne pourrait plus jamais exercer le métier qu'il aimait où que ce soit dans le monde. En reprenant place dans son véhicule, il se mit à penser à Mélissa, qui finirait par le laisser tomber s'il ne trouvait pas rapidement du travail. Elle n'accepterait pas de les faire vivre tous les deux pour le restant de ses jours.

– J'ai vu ce que j'ai vu ! lâcha-t-il en frappant sur son volant.

Découragé, il rentra chez lui et s'assit sur le sofa du salon en se prenant la tête à deux mains.

– Que vais-je devenir ? Un chasseur de démons ?

Pour cela, il devrait couper tous ses liens avec ses amis afin que sa mauvaise réputation ne leur nuise pas. Christian continua de se torturer l'esprit jusqu'au retour de Mélissa. Elle alluma la lampe de l'entrée et fut bien surprise de trouver son amant assis au salon.

– Mais que fais-tu dans le noir ?

L'air de désespoir de Christian effraya la jeune femme. Elle s'agenouilla devant lui et prit doucement ses mains.

– Ça ne s'est pas bien passé chez le psychologue, c'est ça ?

Des larmes coulèrent silencieusement sur le visage du policier.

– Je trouve plutôt injuste de me faire traiter de fou après avoir aidé les fées à débarrasser la planète d'un suppôt de Satan, hoqueta-t-il.

– Le docteur Edelman ne t'a pas cru ?

– Si tu ne m'avais pas accompagné à la forteresse du Jaguar, n'aurais-tu pas eu la même réaction que lui ?

– J'aurais sans doute mis ces hallucinations sur le compte du stress.

– Je vais perdre mon emploi, mon grade, mon revenu et mon honneur. Je ne pourrai même plus être policier dans une autre province ou un autre pays. Au pire, je pourrais devenir détective privé, mais qui me ferait confiance ?

– Moi…

– Mel, je ne peux pas te demander de m'héberger gratuitement pendant que je tente de réorganiser ma vie.

– C'est pourtant ce que font les gens qui s'aiment. Je t'en prie, réfléchis bien avant de prendre la décision de partir.

Pour remonter le moral de Christian, Mélissa l'emmena manger à son restaurant préféré. Désemparé, il ne prit que quelques bouchées des succulents mets chinois qu'il avait choisis. Cette nuit-là, la jeune femme se blottit contre lui jusqu'à ce qu'il parvienne à fermer l'œil. Vers trois heures du matin, Christian fut une fois de plus la proie d'un rêve effroyable. Mais au lieu d'être traqué par des monstres, le policier se tenait debout au milieu d'un champ enneigé. Il regardait le ciel que traversait un gros Boeing. La seconde suivante, il se retrouva assis dans l'avion, au milieu des passagers qui se réjouissaient de rentrer chez eux.

Christian détacha sa ceinture et tenta de se lever. Étonné, il constata qu'il se tenait dans la cabine de pilotage, derrière les officiers. Tout semblait parfaitement normal, jusqu'à ce que les deux hommes aperçoivent un nuage noir directement devant l'appareil. Ils n'eurent pas le temps de consulter leurs radars que déjà l'énorme visage d'un étranger apparaissait dans ce nuage. Le copilote le désigna à son collègue sans cacher son effroi. Loin de traverser cette étrange apparition, l'avion s'y heurta comme si elle avait été faite de béton.

Christian tomba à la renverse, mais au lieu d'atterrir brutalement sur le plancher de la cabine, il plongea tête la première dans la neige du grand champ où il était quand son rêve avait débuté. Des débris fumants ou carrément en flammes pleuvaient tout autour de lui. Le policier se protégea aussitôt la tête avec ses bras. Les morceaux du fuselage martelaient le sol avec une si grande force qu'ils le faisaient trembler. Christian risqua un œil par-dessus sa manche. À quelques pas seulement de lui, il vit une main arrachée à un corps dont les doigts serraient une carte d'embarquement où il pouvait clairement lire les mots VOL 9999. Des corps mutilés se mirent alors à tomber de chaque côté du rêveur, qui ouvrit les yeux en se redressant brusquement dans son lit.

– Christian ? s'alarma Mélissa.

– J'ai vu un avion éclater en plein vol !

– C'était un cauchemar…

– J'étais à l'intérieur quand il a heurté le nuage.

– Comment peut-on heurter un nuage ?

– J'ai vu le numéro du vol, Mel !

Avant que son amie puisse poursuivre ses tentatives de réconfort, Christian descendit du lit et alla s'asseoir devant l'ordinateur.

– Mais qu'est-ce que tu fais ?

– J'essaie de me convaincre que c'est mon esprit qui me joue des tours.

Il tapa dans le moteur de recherche le numéro qu'il avait vu sur la carte et écarquilla les yeux en constatant qu'il existait vraiment.

– C'est un vol entre Belfast et Montréal…

– Qui devait arriver cette nuit ?

– Non. Le prochain est le 9 février.

Pour achever de se rassurer, Christian consulta les nouvelles les plus récentes. Aucun avion ne s'était écrasé où que ce soit sur la planète. Alors, il retourna se blottir dans les bras de Mélissa.

– On dirait bien que ce type de cauchemars ne t'oppresse pas autant que les autres, remarqua-t-elle.

– Parce que cette fois, je vais pouvoir vérifier l'information que j'ai reçue. Tu ne peux pas savoir à quel point j'ai hâte de rêver que je prends un verre avec mes copains ou que je me balade en auto à la campagne.

Il ferma les yeux tandis que Mélissa glissait doucement ses ongles dans ses cheveux bruns pour l'endormir.

Chapitre 2
Anya

Le matin du 9 février, la famille Kalinovsky entendit les cris surpris de Danielle Léger, qui venait de ressentir ses premières contractions. Alexei se réveilla en sursaut et alla frapper sur la porte de la chambre de sa sœur. Tatiana s'empressa de se rendre au chevet de Danielle.

– Je crois que ça y est, haleta la jeune femme.

– Voulez-vous accoucher à l'hôpital ou ici ? demanda la guérisseuse.

– Où souffrirai-je le moins ?

Avant qu'Alexei l'informe que, de toute façon, une ambulance n'arriverait pas à se frayer un chemin jusqu'à la maison en raison de la quantité de neige qui était tombée depuis les derniers jours, Tatiana répondit que la méthode naturelle des fées comportait beaucoup moins d'inconfort.

– Ici, alors, décida Danielle.

En pyjama, les cheveux en bataille, Alexanne s'était immobilisée sur le seuil de la chambre d'Alexei, Coquelicot assise sur son épaule.

– C'est le moment ? chuchota la minuscule créature.

– Je crois que oui, répondit l'adolescente.

– Que pouvons-nous faire ?

– Je n'en sais rien.

Tatiana installa confortablement Danielle sur le lit et demanda à Alexei de rester près d'elle jusqu'à ce que le bébé soit prêt à naître. Il ne devait surtout rien provoquer et plutôt s'employer à apaiser les douleurs de sa compagne. Le travail se poursuivit toute la journée. Alexanne se sentait impuissante, car son oncle s'acquittait admirablement bien de sa tâche. Elle demeura dans la pièce une partie de la matinée, puis descendit à la cuisine.

Il faisait si froid dehors que les vitres étaient couvertes d'une fine couche de glace ornée de motifs délicats. Après avoir mangé, l'adolescente se rendit au salon et prit place devant l'ordinateur. Valéri, le prétendant de sa tante, était assis sur le fauteuil à bascule et sirotait un thé.

– Tu passes trop de temps devant cette machine, lui dit-il avec son fort accent russe.

– C'est le moyen de communication le plus populaire de ce siècle, monsieur Sonolovitch. Étant donné que nous sommes éloignés de tout, je n'ai pas d'autre choix que de l'utiliser.

Alexanne tenta de joindre Matthieu pour lui annoncer l'arrivée imminente de sa première nièce, mais il était déjà parti pour l'école. Elle lui écrivit donc un long courriel, puis lut les derniers messages de ses professeurs. Il ne restait à l'adolescente que quelques mois avant l'obtention de son diplôme d'études secondaires.

Elle pourrait ensuite choisir le programme de son choix dans un cégep de la province. Maintenant que la menace du procureur Desjardins avait été écartée, sa tante et son oncle la laisseraient sûrement étudier dans une grande ville.

Alexanne entendit les pleurs du bébé. Elle grimpa l'escalier quatre à quatre, Coquelicot voletant derrière elle. Rayonnante sur son lit, Danielle tenait dans ses bras un poupon fraîchement nettoyé et encore tout rouge. Assis près d'elle, Alexei caressait la tête de l'enfant avec douceur.

– Ce qu'elle est belle ! s'exclama Alexanne. Comment allez-vous l'appeler ?

– Anya, décida spontanément Danielle.

– C'est un nom russe !

– Il m'a frappé lorsque Tatiana nous a raconté l'histoire de votre famille. Votre ancêtre qui portait ce nom était une femme courageuse et généreuse. C'est ce que je désire pour notre fille.

Alexei gardait le silence, fasciné par le bébé. Contrairement à la plupart des animaux, qui sont capables de se débrouiller peu de temps après leur naissance, les enfants des hommes dépendent de leurs parents pendant de nombreuses années. Alexei n'avait pas beaucoup d'instruction, alors il incomberait à Danielle d'éduquer Anya. Toutefois, l'homme-loup pourrait montrer à sa fille comment survivre en forêt et utiliser ses facultés magiques.

Tatiana prit doucement le bras d'Alexanne et l'entraîna dans le couloir.

– Laissons la petite famille tranquille, murmura-t-elle.

Les deux femmes descendirent au rez-de-chaussée et allèrent annoncer la bonne nouvelle à Valéri.

– Tiens donc, une autre fée, commenta-t-il en souriant.

– Allons préparer un repas nourrissant pour les nouveaux parents qui n'ont rien mangé de la journée, suggéra Tatiana.

– J'ai hâte qu'Anya commence à parler, avoua Alexanne en la suivant dans la cuisine.

– Un peu de patience, ma soie.

– Je vais finalement savoir comment se développent normalement les facultés surnaturelles des fées, car elle est magique, n'est-ce pas ?

– Oh que oui. Toute la chambre s'est illuminée à sa naissance.

– La même chose s'est-elle produite quand je suis née ?

– Oui, ma chérie, affirma Tatiana en sortant des légumes du réfrigérateur.

– Quand commencera-t-elle à utiliser ses pouvoirs ?

– Dès l'âge de cinq ans.

– C'est loin !

– C'est ainsi que ça se passe depuis des centaines d'années, ma chérie. Nous ne pouvons rien y changer.

– Connaissez-vous son avenir ?

– En partie seulement. Elle sera joyeuse et très gentille.

– Et le mien a-t-il changé ?

– Je n'avais pas vu le volet « Vengeur » jadis, mais il semble toujours que tu marcheras dans mes pas, même si le destin te demande pour l'instant d'éliminer des sorciers.

– Quand je suis arrivée à Saint-Juillet, jamais je n'aurais cru que cette perspective me plairait autant.

– Je suis heureuse de te l'entendre dire.

Elles rassemblèrent les aliments dans une grande assiette, qu'elles déposèrent ensuite sur un plateau de bois. Tatiana alla le porter aux nouveaux parents, tandis qu'Alexanne se rappelait que Matthieu lui avait offert un appareil photo numérique. Elle fit donc plusieurs clichés du bébé et de la petite famille, puis descendit en toute hâte au salon pour les télécharger dans son ordinateur.

– J'ai une nièce ! s'exclama-t-elle en faisant rire Valéri.

Les deux chiens de la maison, couchés l'un près de l'autre, observaient l'adolescente sans comprendre ce qui se passait. Alexanne envoya à Matthieu ses meilleures photos, puis installa celle qu'elle préférait en fond d'écran. Yéti poussa alors une plainte aiguë, puis se leva et se dirigea vers la cuisine, aussitôt suivi de Topaze.

– Qu'avez-vous encore entendu que je n'ai pas perçu ? s'étonna Alexanne.

Elle suivit les bêtes jusqu'à la porte qui donnait sur le jardin. Elle frotta la vitre avec la paume chaude de sa main, afin de voir dehors. Tatiana était debout dans la neige, en train de remplir ses mangeoires d'oiseaux. La guérisseuse avait expliqué à sa nièce que beaucoup de volatiles mouraient l'hiver, faute de nourriture pour se réchauffer. Elle avait planté de nombreuses essences d'arbres destinés à assurer leur survie jusqu'à l'été, mais tenait à ajouter des graines et du suif à leur diète forcée. Puisque les oiseaux n'avaient pas accès aux supermarchés comme les humains, ils dépendaient de la générosité de ces derniers lors de la saison froide. « Je commence à ressembler à ma tante, songea Alexanne. Moi aussi, je me soucie des animaux. »

L'adolescente mit ses bottes et son manteau, enfonça son bonnet sur sa tête et enfila ses gants.

– Tu ne vas pas sortir par un temps pareil ? s'étonna Coquelicot en se perchant sur le bord du pot de fleur suspendu au plafond.

– Les chiens ont besoin de se dégourdir.

Alexanne ouvrit bravement la porte et laissa sortir le bouvier des Flandres et le golden retriever. Ils coururent dans la neige et tournèrent autour de Tatiana en aboyant.

– Laissez-moi vous aider ! lança joyeusement Alexanne.

En quelques minutes, toutes les mangeoires furent pleines à craquer. Puisqu'ils commençaient à avoir les pattes gelées, les chiens se mirent à réclamer qu'on leur ouvre la porte de la maison. Tatiana et Alexanne les firent entrer et les frottèrent avec des serviettes pour enlever la neige durcie coincée entre leurs orteils. Une fois libérées, les bêtes foncèrent vers le salon pour aller se réchauffer devant le feu. Alexanne les y accompagna et vit que Valéri n'était plus là. Elle profita donc de la quiétude de la grande pièce pour terminer ses travaux de la semaine. Elle venait tout juste d'envoyer le dernier à son professeur par Internet lorsqu'elle sentit la présence d'Alexei derrière elle.

– Comment te sens-tu ? demanda l'adolescente en pivotant sur sa chaise.

– Heureux et effrayé en même temps.

– S'il te plaît, arrête de te faire autant de souci. Tu seras un père génial.

– Un bébé, c'est petit et si fragile.

– Mais ça grandit très rapidement et ça nous apporte un million de petites joies.

– C'est ce qu'on dit.

– Si ça peut te rassurer, moi, j'aurais bien aimé être ta fille. Anya a beaucoup de chance.

Embarrassé, Alexei tourna les talons et s'enfuit dans la cuisine.

– Il ne fait jamais rien comme les autres, maugréa Coquelicot en se posant sur l'écran de l'ordinateur.

– Les petites fées viennent-elles au monde de la même façon que les bébés humains ? voulut savoir Alexanne.

– Comment le saurais-je ? Je n'en ai jamais eu.

– Tes parents ont dû t'expliquer comment ça se passait, non ?

– Les fées vivent en communautés dans lesquelles les enfants appartiennent à tout le monde. Tout ce que je sais, c'est qu'on cueille les bébés dans les fleurs, au printemps. Ils ne sont pas plus grands que des pucerons et il faut les nourrir jusqu'à ce qu'ils puissent voler de leurs propres ailes.

– Sont-ils portés par leur mère avant de se retrouver dans les fleurs ?

– Pourquoi me poses-tu tout le temps des questions difficiles ?

Mécontente, Coquelicot s'envola en direction du vestibule.

– Quand elle réagit ainsi, je l'enfermerais dans un bocal, grommela Alexanne.

L'adolescente alla s'asseoir sur le tapis, entre les deux chiens, et leur caressa les oreilles. Elle aimait de plus en plus cette vie loin du bourdonnement des grandes villes. À Saint-Juillet, on pouvait presque entendre tomber les flocons de neige. Grâce à Internet, Alexanne conversait avec son amie Marlène, mais les propos que tenait cette dernière n'intéressaient plus la jeune fée. Alexanne ne voulait plus savoir qui fréquentait qui, ce que portaient les filles dans le vent, ni entendre les potins de son ancienne bande de copines.

Depuis qu'elle habitait à la campagne, Alexanne se préoccupait davantage des émotions et de la santé des gens. Aucune de ses amies ne prenait le temps d'écouter le martèlement de la pluie contre les carreaux, de humer le parfum des fleurs ou de s'extasier devant un magnifique coucher de soleil. De son côté, Marlène ne se gênait pas pour dire à Alexanne que ses récits champêtres la laissaient de plus en plus indifférente. Cette amitié était sur le point de prendre fin. « Je suis en train de devenir une ermite comme ma tante », songea la jeune fée.

Ce soir-là, Alexanne soupa avec Valéri et Tatiana dans la salle à manger, où brûlait un bon feu.

– Il est si bon de se sentir enfin en sécurité, laissa tomber Alexanne.

– N'oublie pas que tu as hérité des pouvoirs de Valéri et qu'inévitablement, tu devras affronter le danger afin d'accomplir ton nouveau travail, lui rappela sa tante.

– Vous m'avez pourtant dit que la plupart des Vengeurs n'éliminaient qu'un ou deux sorciers durant leur vie.

– Tout dépend où ils habitent, intervint le vieux Russe. Il y en a plus en Amérique que dans mon pays.

– Ah bon... Mais s'ils s'enflamment lorsque je les approche, je ne risque pas grand-chose.

– Le problème, c'est que les mages noirs, qui ressentent notre présence, s'évertuent à nous fuir.

– J'ai lu sur Internet que ces êtres démoniaques ne supportent pas la concurrence et qu'ils s'éliminent mutuellement, répliqua Alexanne. Alors Frédéric Desjardins était sans doute le seul sorcier de la province. À mon avis, je n'ai aucune raison de m'inquiéter.

– Le mal se cache là où on le suspecte le moins, jeune demoiselle.

Durant la journée, Alexanne s'installa devant le téléviseur, bien qu'elle eût préféré passer ce temps avec Danielle et la petite. Tatiana lui avait recommandé d'attendre que la nouvelle maman soit prête à partager son bonheur avec le reste de la famille.

Tandis que la jeune fée écoutait une émission présentant de nouveaux talents de la chanson, un bulletin spécial apparut au bas de l'écran, annonçant l'écrasement d'un Boeing en provenance de Belfast près d'un village du Labrador. Aussitôt, les horribles scènes de l'hélicoptère qui s'était abîmé dans la forêt derrière chez elle revinrent à son esprit. Alexanne se précipita sur l'ordinateur afin de découvrir l'endroit exact où l'avion était tombé.

– C'est trop loin pour qu'on intervienne, fit la voix d'Alexei, derrière elle.

L'adolescente se tourna vivement vers lui.

– L'as-tu ressenti ou viens-tu de l'apprendre en même temps que moi à la télé ?

– Lorsqu'un grand nombre de personnes meurent d'un seul coup, la terre frémit.

– Comme lors d'un séisme ?

– Oui, mais ça ne dure pas aussi longtemps.

– Es-tu le seul à capter ces phénomènes ?

– Toutes les fées possèdent ce pouvoir, répondit Tatiana en se postant à côté de son frère.

– Toutes les fées sauf moi ! se fâcha Alexanne.

– Ça viendra, ma chérie.

– Mais tu n'aimeras pas ça, ajouta Alexei. Ce n'est pas plaisant du tout.

– Ne te couche pas trop tard, recommanda Tatiana à sa nièce.

Depuis que Valéri vivait chez les fées, Tatiana se retirait dans sa chambre pour procéder à ses rituels au lieu de les exécuter dans le salon. Même si elle aimait beaucoup le vieil homme, il lui était interdit de lui révéler les secrets des Ivanova. Tandis que la guérisseuse montait à l'étage, Alexei se laissa tomber sur le sofa.

– Ne devrais-tu pas rester auprès de Danielle ? s'inquiéta Alexanne.

– Elle a besoin de dormir et je ne veux pas troubler son sommeil.

– Le bébé, lui, ne se gênera pas pour la réveiller.

– Je monterai lorsque la petite voudra boire.

– Sais-tu changer une couche ?

– Je fais beaucoup de choses de façon instinctive. Je me débrouillerai.

Alexei porta son attention sur les images à l'écran.

– Tu n'as rien trouvé de plus intéressant que des gens qui chantent ?

– Moi, je n'aime pas que les documentaires. Tout me captive.

– Je veux apprendre quelque chose de nouveau, ce soir.

Alexanne s'assit près de lui et utilisa la télécommande pour naviguer entre les chaînes, jusqu'à ce qu'elle trouve une émission sur le naufrage du *Titanic*. Elle connaissait le tragique destin de ce bateau de croisière, mais pas Alexei. Elle le laissa écouter les commentaires du narrateur, puis répondit à toutes les questions de son oncle sur les raisons de ce drame historique.

Chapitre 3

De braves visiteurs

Deux jours après la naissance d'Anya, la famille fut réveillée par un tapage d'enfer devant la maison. Alexanne, Tatiana, Alexei et Valéri ouvrirent en même temps la porte de leurs chambres.

– Est-ce un hélicoptère ? s'inquiéta l'adolescente.

– Non. Des motoneiges, lui apprit Alexei en dévalant l'escalier.

– On dirait bien que mes pouvoirs m'abandonnent, se désola Alexanne. Avant-hier, l'écrasement de l'avion est passé inaperçu dans mon champ de perception et aujourd'hui, je n'ai pas ressenti l'approche de ces véhicules.

– Tes pouvoirs sont toujours là, ma soie, mais pour les utiliser, tu dois y être plus attentive.

– Mais c'est ce que je fais !

– Pas quand tu laisses l'inquiétude te dominer.

Puisqu'il n'avait peur de rien, Alexei pouvait toujours se fier à ses facultés surnaturelles. « J'ai encore tellement de choses à apprendre », se découragea Alexanne en serrant le cordon de son peignoir. Elle suivit Tatiana au rez-de-chaussée. Moins agile qu'elles, Valéri ferma la marche. Lorsque les fées arrivèrent finalement dans le vestibule, Alexei avait déjà ouvert la porte à leurs quatre visiteurs enneigés. Alexanne reconnut aussitôt le visage jovial de son futur beau-père.

– Matthieu nous a annoncé la bonne nouvelle, alors nous voilà ! s'exclama Paul Richard.

– Nous tenions à offrir un présent à la petite, ajouta Louise, son épouse.

– Vous êtes venus jusqu'ici sur ces engins ? s'étonna Alexanne.

– Les routes ne sont pas toutes dégagées, alors nous en avons profité pour prendre l'air, expliqua Paul.

– Il fait froid, grommela Magali, emmitouflée comme un petit ours.

– Mais la neige brille comme si elle était recouverte de diamants ! ajouta Viviane, sa sœur aînée.

– Toutes nos félicitations, Alexei, fit Paul en lui tendant un grand sac en plastique dans lequel il avait protégé le cadeau.

Même s'il était couvert de neige en train de fondre, Paul serra ensuite les Kalinovsky dans ses bras. Tatiana insista pour que les Richard enlèvent leurs habits d'hiver et les fit passer au salon. Valéri alluma un feu et s'assit dans son fauteuil préféré.

– On dirait que c'est Noël ! s'exclama joyeusement Viviane.

– C'est impossible, répliqua Magali, parce qu'on vient juste de le célébrer.

– Le jour où elles seront d'accord sur quelque chose, les poules auront des dents, plaisanta Louise.

– Ouvre le cadeau ! exigea Magali en se plantant devant Alexei.

– Un peu de retenue, jeune dame, l'avertit son père.

Alexei sortit du sac une grosse boîte enveloppée dans du papier coloré.

– Ce sont des vêtements chauds pour la petite.

– Paul ! s'écria Louise, contrariée. C'est à lui de découvrir ce que nous lui avons apporté !

– Oups...

Pendant qu'Alexei déchirait l'emballage, Tatiana était allée préparer des chocolats chauds. Elle revint juste à temps dans le salon pour voir la tenue de bébé en molleton rose. Alexei remercia les Richard et grimpa à sa chambre. Il revint quelques minutes plus tard avec Danielle et Anya enveloppée dans une couverture.

– Ce qu'elle est petite... souffla Viviane, stupéfaite.

– Vous étiez de la même taille à cet âge, lui fit remarquer Louise.

– Moi, je suis sûre que non, bougonna Magali.

Les filles s'approchèrent de la nouvelle maman pour examiner son poupon de plus près.

– Vous êtes plutôt radieuse, pour une femme qui vient d'accoucher, Danielle, la complimenta Louise.

– Dans cette famille, il est impossible de ne pas l'être. Alexei et Tatiana ont si bien maîtrisé mes douleurs que je serais prête à avoir une douzaine de bébés comme Anya.

– C'est un beau nom, se réjouit Viviane.

– Moi, je trouve ça trop court, rétorqua Magali.

Louise leva les yeux au plafond, découragée. Sagement assise sur le sofa, Alexanne observait le bonheur sur le visage des nouveaux parents. Un jour, ce serait elle qui tiendrait ainsi une petite fée dans ses bras. Mais avant d'en arriver là, il lui fallait obtenir ses diplômes et épouser Matthieu.

Pendant que Louise donnait de précieux conseils à Danielle, Paul aida Tatiana à transporter les tasses vides à la cuisine.

– C'est vraiment gentil de vous être déplacés jusqu'ici, le remercia la guérisseuse.

– Mais c'était tout naturel, voyons.

Il déposa la vaisselle dans l'évier.

– Nos hivers ne sont plus ce qu'ils étaient, alors quand il tombe de la neige, il faut en profiter, ajouta-t-il.

Son visage était devenu plus sérieux.

– Les fées croient-elles à la fin du monde ? s'enquit-il.

– Je ne peux pas parler au nom de toutes mes semblables, mais nous savons depuis un petit moment déjà que les choses doivent changer sur cette planète si nous voulons survivre.

– Il y aura donc une grosse explosion à la fin de l'année comme on le dit dans les journaux ?

– Personne ne sait exactement quand se produira la fin du présent cycle de la Terre, mais personnellement, je ne crois pas que ce soit aussi dramatique. Comme tu as certainement pu le constater, les catastrophes naturelles se multiplient. Malheureusement, il semble que les hommes aient choisi de ne pas tenir compte de ces avertissements. Ils continuent de se boucher les oreilles et de se fermer les yeux.

– Que se produira-t-il, selon toi ?

– Tout le monde tente d'interpréter les prophéties, surtout celles du calendrier maya qui s'arrête le 21 décembre 2012. Cela ne veut pas dire qu'un terrible cataclysme se produira ce jour-là. Personne ne sait vraiment ce que les Mayas avaient en tête lorsqu'ils ont conçu cet outil purement astronomique. Toutefois, lorsqu'on étudie cette ancienne civilisation de plus près, on constate qu'elle adorait le soleil. À mon avis, c'est une explosion solaire qui se produira entre la fin de cette année et le début de l'année prochaine. Elle sera si colossale qu'elle nous obligera à vivre autrement pendant une très longue période de temps.

– Une tempête magnétique… La dernière fois qu'il y en a eu une au Québec, toute la province a été privée d'électricité pendant plusieurs heures.

– Maintenant, imagine ce phénomène à l'échelle planétaire.

– Non seulement la plupart de nos appareils fonctionnent à l'électricité, mais toutes nos communications dépendent des ondes magnétiques.

– Je n'ai pas besoin de te décrire le chaos qui pourrait s'ensuivre.

– Nous n'aurions plus de satellites, de téléphones mobiles, d'Internet, de vols aériens, de transport ou de supermarchés. On ne pourrait même plus prendre de l'essence dans les pompes des stations-service.

– Les gens qui survivront à cette grande épreuve seront ceux qui, comme toi et moi, ont appris à ne pas compter entièrement sur l'électricité. Nous sommes capables de nous nourrir, de nous chauffer et de nous soigner en ayant uniquement recours à la nature.

– Pourquoi ne sembles-tu pas effrayée par la fin des temps, Tatiana ?

– Malgré mon air de bravoure, elle m'inquiète beaucoup, car l'homme redevient un animal lorsqu'il est menacé par la famine. Ceux qui n'auront rien à manger pourraient bien s'en prendre à ceux qui ont fait des provisions.

– Il nous faudrait donc nous défendre contre les désespérés.

– Personnellement, je préférerais tous les nourrir, mais ce ne sera peut-être pas possible.

– Faut-il commencer à nous creuser des bunkers ?

– As-tu vraiment envie de vivre ainsi, Paul ?

– Que suggères-tu ?

– Si ces événements devaient survenir, emmène les tiens ici, même si ce doit être à pied. Il n'y aura que ma magie qui pourra nous isoler de possibles agresseurs jusqu'à ce que nous ayons tous appris à vivre autrement.

– Je n'aurais pas l'esprit tranquille à la pensée qu'à l'extérieur de notre cocon, les gens sont en train de s'entretuer.

– Plusieurs civilisations sont disparues de cette façon et, pourtant, nous sommes toujours là.

– Ce serait bien qu'il ne reste que les bons sujets, au bout du compte.

– Cette décision appartient à notre Créateur et nous devrons l'accepter.

Lorsqu'il revint au salon, Paul n'était plus aussi joyeux qu'à son arrivée. Il aida ses filles à se rhabiller et fit ses adieux à cette famille amie. Pour sa part, Danielle remonta à sa chambre avec la petite qui avait commencé à s'agiter dans ses bras. Tatiana alla rejoindre Valéri dans la bibliothèque. Alexanne se retrouva toute seule dans le salon avec les chiens. Un bip en provenance de son ordinateur la fit sursauter.

– Matthieu ?

Elle se précipita sur la machine et sentit une grande joie s'emparer d'elle lorsqu'elle aperçut le visage de son petit copain sur l'écran.

– Je sais qu'il est tôt…

– Nous sommes tous réveillés, car nous avons eu la visite de tes parents.

– Ils avaient hâte de voir le nouveau membre de votre famille.

– Elle est toute petite et belle comme un cœur.

– Évidemment, puisque c'est une Kalinovsky.

– Qu'est-ce qui te rend si flatteur, tout à coup ? le taquina Alexanne.

– Tu me manques. Avec toute cette neige qui est tombée, je ne vais pas pouvoir rentrer à la maison avant longtemps.

– Heureusement que la technologie nous permet de nous voir et de nous parler, peu importe la distance.

Pendant qu'Alexanne bavardait avec son amoureux, Alexei était descendu au rez-de-chaussée et s'était habillé chaudement pour aller fendre du bois sur le côté de la maison, le seul exercice auquel il s'adonnait en hiver. Cela lui permettait aussi de s'isoler quand il avait besoin de réfléchir. Lorsqu'il eut coupé une bonne quantité de bûches, il les transporta dans le garage où elles sécheraient.

Même s'il n'était pas présent lorsque sa sœur avait discuté avec Paul Richard de la fin du monde, Alexei avait capté des bribes de la conversation grâce à ses sens télépathiques. Si Tatiana disait vrai, sa fille n'aurait que dix mois lorsque ces terribles événements se produiraient. Il rentra dans la maison, se déshabilla puis alla se servir des céréales dans un bol sur le comptoir de la cuisine. Il les fixa longtemps avant d'y verser du lait.

– Tu veux en parler maintenant ou plus tard ? lui demanda Tatiana en l'observant depuis le seuil de la pièce.

– Survivrons-nous ?

– Nous, oui. Ce sera plus difficile pour Alexanne, qui dépend trop de ses appareils électroniques.

– Quel genre de vie nous attend ?

– Nous serons isolés du reste du monde pendant de longs mois.

Alexei haussa les épaules, car c'était ainsi qu'il avait passé le plus clair de son existence.

– Je vous protégerai, déclara-t-il.

– Je sais.

Tatiana lui frictionna les épaules avec affection.

Chapitre 4
Prémonitions

Quelques jours après son troublant cauchemar sur l'écrasement du Boeing, Christian Pelletier découvrit avec horreur, en lisant les nouvelles sur l'ordinateur de son amie, que ce qu'il avait vu en rêve venait de se produire au Labrador. En état de choc, il fixa longuement le numéro du vol.

– Christian, pourquoi trembles-tu ? s'alarma Mélissa, qui s'apprêtait à partir pour le travail.

Puisqu'il ne répondait pas, elle s'approcha pour voir ce qui le bouleversait autant et parcourut l'information sur l'écran.

– Est-ce l'avion de ton rêve ?

Le policier leva sur elle un regard désemparé.

– Comment est-ce possible ?

– Ce n'était peut-être pas un cauchemar, après tout.

– Tu n'es allé nulle part, cette nuit-là. Tu étais près de moi. Tu as donc vu cet accident plusieurs jours avant qu'il se produise. Je crois qu'on appelle ça une prémonition.

– Mais je n'en ai jamais eu de ma vie, Mel !

– Dans tes enquêtes, tu as toujours fait preuve d'un instinct miraculeux. Tu as peut-être des dons de médium.

– Si j'en avais, nous aurions passé beaucoup moins de temps sur nos dossiers.

– Je ne sais pas quoi te dire, Christian.

Mélissa jeta un coup d'œil à sa montre.

– Tu vas être en retard, grommela son ami.

– Je ne peux pas te laisser dans un état pareil.

– Il ne te sert à rien non plus de rester et de me regarder m'arracher les cheveux. En fait, il serait peut-être préférable que personne ne me voie faire ça.

– Christian…

– La population a besoin de tes talents d'inspecteur, Mélissa. Ne t'inquiète pas pour moi. J'ai connu pire.

L'épisode des pentagrammes sur sa maison revint à la mémoire de la jeune femme, puis celui de la forteresse sur la montagne. Dans les deux cas, Desjardins avait tenté de tuer Christian de façon surnaturelle. L'apparition soudaine de son don de clairvoyance pouvait-elle être reliée à ces événements ? Mélissa n'avait certainement pas le temps d'aller au fond de cette affaire en cinq minutes…

– Jure-moi de ne rien faire qui mettrait ta vie en danger en mon absence, exigea-t-elle en l'immobilisant au milieu du salon.

– Comme me jeter par la fenêtre ?

– Entre autres. Je ne ferai pas d'heures supplémentaires, aujourd'hui. Je rentrerai directement à la maison et nous travaillerons ensemble sur le cas le plus important de notre carrière : le tien.

Il hocha doucement la tête en fermant les yeux.

– Ça c'est le Christian Pelletier que je connais.

Elle l'embrassa et le serra contre elle.

– Profites-en pour te reposer, d'accord ?

Elle lui donna un dernier baiser, boutonna son manteau d'hiver et quitta l'appartement, bien qu'elle eût préféré rester avec son amoureux pour le réconforter, car le dossier qui l'attendait sur son bureau était également important.

Christian demeura devant l'ordinateur un long moment, puis se coucha sur le sofa. Son cœur continuait de battre la chamade dans sa poitrine et même dans ses oreilles. Il se mit à respirer plus profondément, comme Tatiana Kalinovsky le lui avait recommandé, et bientôt, il parvint à se détendre. Il ferma les yeux et les ouvrit dans le métro de Montréal, à l'heure de pointe. « Oh non, ça recommence », se dit-il, car jamais il n'utilisait ce moyen de transport. Il pivota sur lui-même pour enregistrer le plus de détails possible. Une pancarte lui apprit qu'il se trouvait dans la station SAINT-LAURENT. L'horloge numérique accrochée au plafond indiquait 8 h 47.

« Il n'y a qu'une façon de savoir si c'est un rêve », se dit le policier. Il tenta de saisir le bras de l'homme près de lui. À sa grande surprise, il ne passa pas à travers et l'étranger lui décocha un regard menaçant. Christian s'excusa et recula jusqu'au mur en se demandant pourquoi il se trouvait physiquement à cet endroit. Les wagons bleu et blanc arrivèrent à l'entrée du tunnel. Ils passèrent devant lui en faisant voler ses mèches brunes au vent. Toutes les portes s'ouvrirent en même temps, mais les usagers n'eurent pas le temps de sortir ou d'entrer dans les nombreux compartiments du véhicule souterrain. Une assourdissante explosion les projeta tous sur le sol.

Obéissant à sa formation policière, Christian chercha des yeux la source de la détonation. Il vit aussitôt le feu qui dévorait la voiture du centre. À l'intérieur, les pauvres victimes qui avaient survécu à la déflagration étaient dévorées par les flammes. Dans la fumée noire qui s'échappait par les portes, le policier crut distinguer un immonde visage qui souriait avec cruauté. « C'est le même que j'ai vu par les hublots de l'avion... », se rappela Christian.

Il tenta de se frayer un chemin jusqu'au brasier pour venir en aide aux passagers, mais une seconde explosion secoua la station. Christian se réveilla en sursaut, couvert de sueur. Il était couché sur le sofa de l'appartement de Mélissa. Il replia le bras pour voir l'heure sur sa montre. Il était 8 h 30.

« Mais je n'ai vu la date nulle part... » se désola-t-il en se redressant.

Mal à l'aise dans ses vêtements humides, il prit une douche et se changea en se demandant s'il devait appeler Mélissa pour lui raconter ce qu'il venait de voir. Par expérience, il savait que les gens qui appelaient la police pour les prévenir d'une catastrophe avant qu'elle se produise se retrouvaient bien souvent sur la liste des suspects.

Il alluma le téléviseur et serra la mâchoire en apercevant les chiffres lumineux dans le coin inférieur gauche de l'écran : 8 h 44. Crispé, il s'assit sur le bout du fauteuil, joignit ses mains et appuya ses index contre ses lèvres. Il lui sembla que les minutes étaient devenues des heures. Lorsque 8 h 47 finit par apparaître et que rien ne sembla se produire, Christian se décontracta. Il allait se lever lorsque tout l'édifice fut ébranlé par une brusque secousse.

– Non !

Il sauta dans ses bottes, enfila son parka et quitta l'appartement en toute hâte. Il courut sur le trottoir enneigé, au risque de se rompre le cou, mais ne put s'approcher de la porte de la station, car des centaines de personnes en sortaient en toussant.

– Laissez-moi passer ! ordonna Christian. Je suis policier !

Les usagers avaient eu si peur de mourir qu'ils ne se préoccupaient pas de lui. La seconde explosion se produisit et fit trembler tout le quartier. Christian n'arrivait tout simplement pas à avancer dans cette marée humaine terrifiée. Il n'entendit pas sonner son téléphone à l'intérieur de son manteau, mais le sentit vibrer contre son corps. Il cessa de lutter et se laissa emporter par le flot en sortant le petit appareil de sa poche.

– Christian, où es-tu ? fit la voix paniquée de Mélissa.

– Dans la rue.

– Ne prends pas le métro !

– Mel, j'ai vu cet incident en songe quelques minutes avant qu'il se produise. Je suis sorti pour porter secours aux blessés, parce que je suis incapable de le faire dans mes rêves.

– Retourne chez nous. Il n'y a rien que tu puisses faire.

– J'ai une bien meilleure idée. Je vais me rendre chez mon copain Sylvain et lui demander des explications. Depuis le temps qu'il écrit sur l'étrange, il doit bien avoir entendu parler d'un cas semblable au mien.

– Rappelle-moi lorsque tu y seras.

– Occupez-vous plutôt de trouver les terroristes qui ont fait ça.

– Es-tu bien certain que c'est un attentat ?

– Le wagon du centre a explosé juste après l'ouverture des portes, comme si c'était l'élément déclencheur.

– Nous allons regarder tout ça de plus près. Éloigne-toi de la zone dangereuse.

Mélissa avait raison : la police ne pouvait rien faire pour les victimes. Il appartenait aux services de santé de les prendre en charge. Il grimpa donc dans son véhicule stationné devant son immeuble, et s'éloigna du centre-ville avant d'y être immobilisé par les véhicules de secours. Il choisit de traverser le fleuve par le pont Champlain, puis fila sur l'autoroute jusqu'à Sainte-Julie.

Lorsqu'il frappa finalement à la porte de son ami, Christian était blanc comme un fantôme. Sylvain lui ouvrit, visiblement ébranlé. Il avait sans doute appris par le biais des médias ce qui venait de se passer à Montréal.

– Christian, est-ce que ça va ? s'alarma-t-il.

– Non, ça ne va pas du tout.

Sylvain lui fit enlever son manteau et l'emmena dans son bureau, au sous-sol, afin de ne pas inquiéter son épouse. Il referma la porte et invita son ami policier à s'asseoir.

– Ton accablement est-il relié à ce qui vient de se produire à la station Saint-Laurent ?

– Oui, mais laisse-moi t'expliquer ce qui m'arrive depuis le commencement.

Christian lui raconta l'épisode de l'écrasement d'avion, puis celui de l'explosion dans le métro.

– Comment puis-je avoir vu ces incidents avant qu'ils se produisent, Syl ?

– On appelle ça de la précognition.

– De la quoi ?

– Le phénomène parapsychologique qui consiste à connaître ce qui va arriver.

– Mais je n'ai jamais eu d'expériences psychiques de toute ma vie !

– Je t'en prie, calme-toi. Nous allons élucider cette étrange situation ensemble.

Christian s'adossa dans le fauteuil en expirant bruyamment.

– Certaines personnes naissent avec ce précieux don, commença Sylvain.

– Précieux ? s'agita le policier.

– Lorsqu'il est bien utilisé, ce talent peut permettre de sauver des vies.

– Je te crois, mais je ne suis pas né avec ce don et je ne sais pas quoi en faire.

– Parfois, ce pouvoir apparaît à la suite d'un traumatisme. Je connais une femme qui est devenue médium après un terrible accident de voiture. Lorsqu'elle a été remise de ses blessures, elle a commencé à voir l'avenir des gens.

– La torture et les coups de poignard peuvent-ils faire partie de ces traumatismes ?

– Ce sont des événements plutôt perturbants, en effet.

Christian se concentra pendant quelques minutes en se rappelant les supplices auxquels Desjardins avait soumis ceux qui tentaient de l'appréhender.

– Veux-tu apprendre à maîtriser ton nouveau don ? s'enquit Sylvain.

– Absolument pas ! Je veux m'en débarrasser ! Dis-moi que c'est possible. Dis-moi que tu as déjà rencontré des gens qui y sont arrivés.

Le silence du journaliste démoralisa Christian.

– Jure-moi que tu vas faire des recherches sur la façon d'empêcher ces manifestations psychiques.

– Tu sais bien que je remuerais ciel et terre pour toi. Mais j'aimerais que tu reviennes en arrière, à cette éprouvante soirée dans la forteresse du Jaguar, avant que…

Sylvain remarqua que le regard de son ami s'était immobilisé.

– Christian, est-ce que tu m'écoutes ?

Il ne répondit pas.

– Christian ?

Devinant que le policier avait une fois de plus une vision extrasensorielle, il attendit qu'il revienne de lui-même à la réalité. Quelques minutes plus tard, Christian sursauta et se mit à trembler.

– Qu'as-tu vu ?

– Une école… bredouilla Christian, qui blêmissait à vue d'œil.

– Continue.

– Des enfants et des adultes qui tombent comme des mouches… Sylvain, il faut que tu me délivres de cette malédiction…

– Tu sais bien que je ferais tout en mon pouvoir pour t'exaucer, mais en ce moment, ce qui importe, c'est que tu me fournisses le plus d'informations possible sur cette dernière prémonition. Nous pouvons peut-être sauver ces gens. Quel est le nom de l'école ?

Le policier plissa le front tandis qu'il s'efforçait d'explorer sa vision.

– Saint-Gault…

– J'ai besoin de plus de détails, Christian, l'encouragea le journaliste en écrivant ses propos sur un bloc de papier. As-tu vu la date quelque part ? Y avait-il un calendrier au mur ? Essaie de t'en souvenir.

Des perles de sueur se mirent à couler sur le front de son ami.

– Le 15 février… le mercredi 15 février…

– C'est dans deux jours. Es-tu certain que ces gens sont en train de mourir ? Dis-moi ce qui te le fait croire.

– Ils sont tous tombés en même temps.

– Sous les balles d'un tireur fou ?

– Non… c'est comme s'ils s'étaient tous endormis.

– Es-tu capable de retourner dans ce rêve ?

– Volontairement ? s'horrifia Christian.

– Arrête de penser comme un homme qui a peur du paranormal et recommence à réfléchir comme un enquêteur. Tu as la possibilité d'empêcher ce massacre.

Le policier commença par calmer ses craintes et ferma les yeux. Sylvain cessa de le questionner, persuadé qu'il profiterait de sa deuxième incursion dans l'avenir pour noter des éléments susceptibles de leur indiquer les mesures à prendre.

– Il a bloqué toutes les fenêtres et projeté des gaz mortels dans les conduites d'aération, déclara Christian en ouvrant les yeux.

– Qui a fait ça ?

– J'ai vu son visage flotter dans les airs, mais je ne le connais pas.

– Pourrais-tu le retrouver dans une banque de photos de criminels ?

– Sans doute, mais mon patron m'a mis en congé forcé et le psychologue, que j'ai refusé de consulter, va certainement s'assurer que je perde mon emploi. Alors, à moins d'avoir une preuve plus concrète qu'une vision, je vois mal comment on me donnera accès à ces renseignements.

– Dans ce cas, nous allons procéder autrement.

Sylvain pianota le nom de l'école sur son ordinateur et découvrit qu'elle était située à Montréal.

– Tu es bien certain que cette hécatombe se produira le 15 février ?

– J'ai clairement vu cette date sur le calendrier de plusieurs classes.

– Pour ne pas te mettre davantage dans l'embarras auprès de tes supérieurs, c'est moi qui me chargerai de faire évacuer l'école.

– Comment ?

– Moins tu en sais, mieux ce sera pour toi.

Sa proposition sembla soulager le policier.

– Tu vois bien que ton don peut servir à quelque chose, Christian.

– Malheureusement, il ne me permettra pas de gagner ma vie. Si tu veux vraiment me rendre service, tu dois m'en débarrasser.

– En attendant, puis-je t'emmener déjeuner quelque part ? J'entends gronder ton estomac jusqu'ici.

Sylvain ne donna pas le temps à son ami policier de protester. Il passa le bras autour de ses épaules et l'entraîna au rez-de-chaussée.

Chapitre 5

Sara-Anne

Le givre avait commencé à fondre sur les vitres de la maison des Kalinovsky et on pouvait enfin voir ce qui se passait dehors. Cette hausse de température n'avait cependant pas empêché la neige de continuer de tomber. Toutefois, les chasse-neige avaient enfin pu déblayer la plupart des routes de la région.

Assise devant la fenêtre du salon, Alexanne regardait tomber les gros flocons en mâchonnant le bout de son stylo-plume. Depuis son réveil, elle s'efforçait d'organiser ses idées afin de rédiger la dissertation que lui avait imposée son professeur de français. La jeune fée avait choisi de répondre à la question : lequel du théâtre ou du roman agit le plus puissamment sur son public ? Elle avait trouvé beaucoup d'informations sur Internet, mais elle devait maintenant les démêler et les mettre en ordre dans un plan.

La maison était si tranquille que l'adolescente arriva à se plonger profondément dans son travail scolaire. Les deux chiens ronflaient devant l'âtre et Coquelicot dormait dans une plante. Valéri et Tatiana jouaient au Scrabble dans la cuisine. Alexei et Danielle prenaient soin de leur petit ange à l'étage supérieur.

Alexanne venait de commencer la rédaction de sa dissertation lorsqu'elle entendit son oncle dévaler l'escalier et ouvrir la porte d'entrée. La jeune fée utilisa sa faculté d'écholocation et perçut l'approche de deux étrangers. En se concentrant davantage, elle découvrit qu'il s'agissait d'une femme et d'une fillette. En général, les conducteurs qui s'aventuraient jusqu'à la propriété de sa tante ne savaient plus où ils se trouvaient. Ils finissaient toujours par faire demi-tour. « Pourquoi Alexei se sent-il obligé de surveiller cette voiture en particulier ? » Alexanne déposa son stylo-plume et le rejoignit sous le porche, malgré le froid.

– Que ressens-tu ? voulut-elle savoir.

– Une enfant magique…

– Une fée ?

– Non.

« C'est donc ça qui l'inquiète », comprit Alexanne.

– Comment est-ce possible ?

– Je n'en sais rien.

La petite voiture japonaise s'arrêta au milieu de la rue, puisque personne n'avait dégagé l'entrée. Une femme et une fillette d'une dizaine d'années en sortirent. Elles se frayèrent un chemin dans la neige sans qu'Alexei bouge le petit doigt pour les aider. Le visage de l'homme-loup exprimait une si grande méfiance qu'Alexanne se demanda s'il n'allait pas tout simplement leur demander de rebrousser chemin une fois qu'elles auraient atteint le perron.

– Nous ne voulons surtout pas vous déranger, mais nous avons besoin de votre aide, leur dit la femme en s'arrêtant au pied des trois marches.

Son oncle demeurant muet, Alexanne se vit contrainte d'intervenir.

– Je vous en prie, entrez.

Alexei décocha un regard désapprobateur à la jeune fée tandis que les étrangères passaient devant eux.

– Ce sont peut-être des clientes de Tatiana, chuchota l'adolescente.

Elle se tourna ensuite vers la dame. Elle ne captait aucune énergie négative de sa part. Quant à l'enfant, c'était une tout autre affaire. Une magnifique aura blanche l'entourait.

– Êtes-vous en panne ? s'informa l'adolescente.

– Non. Nous avons suffisamment d'essence pour retourner chez nous. Nous sommes ici pour consulter la guérisseuse de Saint-Juillet.

– Qui vous a donné son adresse ?

– Plusieurs personnes, en fait. J'ai lu un article sur son travail exceptionnel dans un magazine et j'ai ensuite consulté toutes les personnes que je connais sur Facebook. De fil en aiguille, j'ai fini par savoir où elle habite.

« Ce n'est pas du tout rassurant d'apprendre qu'on peut retrouver aussi facilement les gens », songea Alexanne en s'efforçant de garder son sourire. Voyant que les visiteuses ne représentaient aucun danger pour sa famille, Alexei remonta à l'étage sans même les saluer. « Certaines choses ne changeront jamais », se désola la jeune fée en allant une fois de plus au-devant des étrangères.

– Je vous en prie, enlevez vos manteaux et vos bottes, les pria-t-elle.

Elle les fit ensuite asseoir au salon.

– Je m'appelle Alexanne. Je suis la nièce de la guérisseuse.

– Enchantée de faire votre connaissance, Alexanne. Je suis Judith Wakanda et voici ma fille, Sara-Anne.

– Aimeriez-vous une boisson chaude ?

– Ça nous ferait le plus grand bien.

Alexanne se rendit à la cuisine, où Tatiana l'attendait, un sourire aux lèvres.

– Tu as d'excellentes manières, ma soie.

– J'ai un bon mentor, répliqua la jeune fée, amusée.

Elles préparèrent le thé et le chocolat chaud ensemble.

– As-tu pris le temps de lire leur énergie avant de les laisser entrer dans la maison ? s'enquit Tatiana.

– Si elles sont venues pour se faire soigner, alors je ne sais pas de quoi elles souffrent, parce que je ne vois aucune trace de maladie dans leur corps.

– Très bien. Autre chose ?

– Elles s'appellent Judith et Sara-Anne Wakanda. La force vitale de la petite ne ressemble à rien de ce que j'ai ressenti depuis que je vis chez vous.

– Excellent. Allons voir ce qu'elles veulent.

Alexanne transporta le plateau de boissons chaudes jusqu'à la table basse. Les deux chiens étaient assis devant la petite fille et lui léchaient les mains en remuant la queue. C'était un très bon signe.

– Bonjour Judith, bonjour Sara-Anne. Je suis Tatiana Kalinovsky, se présenta la guérisseuse en tendant la main à la mère. Vous êtes très braves d'avoir circulé sur les routes enneigées pour venir jusqu'ici.

– On fait beaucoup de choses lorsqu'on est poussé par le désespoir, répliqua Judith.

– Je vous écoute.

Tatiana prit place à côté de sa nièce.

– Nous avons des raisons de croire qu'un criminel complote contre le pays ou pire encore.

Alexanne laissa tomber la cuillère dans le plateau en ouvrant des yeux effrayés.

– De quelle façon ? voulut savoir Tatiana.

– En provoquant de graves accidents qui font d'innombrables victimes.

– Avez-vous averti la police ?

– Non, parce qu'elle ne nous croirait pas. Ce qui nous arrive est si étrange que seule une personne comme vous nous écoutera. Je ne vous demande pas d'intervenir. Je veux seulement des conseils.

– Racontez-moi tout.

Judith se tourna vers sa fille et hocha doucement la tête. La petite commença par hésiter.

– Tu peux leur faire confiance, l'encouragea sa mère. Cette dame en a entendu d'autres.

Sara-Anne plongea la main dans la poche de sa veste en laine et en ressortit un gros galet entièrement noir, de forme ovale. Il ressemblait beaucoup aux pierres volcaniques utilisées par les masseurs.

– Il parle, leur apprit la fillette d'une voix presque inaudible.

– Quoi ? s'étonna Alexanne.

La fée consulta sa tante du regard et s'aperçut que cette dernière ne semblait pas du tout surprise.

– Où l'avez-vous trouvé ? demanda Tatiana.

– Sur la berge d'une rivière, à Chertsey, l'automne dernier. Nous sommes allées au chalet d'une de mes amies pour l'aider à le barricader pour l'hiver. Pendant que nous étions occupées, les enfants sont allés jouer sur le bord de l'eau.

– Nous n'étions pas censés nous mouiller, mais la pierre était trop belle, ajouta Sara-Anne. Je suis allée la chercher et je l'ai nettoyée.

– Ce n'est pas un vulgaire caillou de rivière, observa Tatiana. Puis-je y toucher ?

– Certainement, accepta Judith.

Sara-Anne tendit la pierre à la guérisseuse avec un soulagement qui ne passa pas inaperçu. Ne ressentant absolument rien lorsque l'objet entra en contact avec sa main, Tatiana pensa que l'enfant avait inventé cette histoire pour se rendre intéressante. Elle vit alors le regard intrigué d'Alexanne et lui remit le galet.

– De quelle façon parle-t-il ? s'enquit la guérisseuse.

– Au début, j'entendais des murmures quand je le mettais contre mon oreille, expliqua Sara-Anne. Puis les mots sont devenus plus clairs.

Alexanne l'appuya sur son propre lobe, mais ne perçut aucun son.

– Il y a plusieurs voix qui appartiennent à des personnes différentes, poursuivit la fillette.

– Et tu perçois clairement ce qu'elles disent ?

– Oui, madame. Elles utilisent des mots comme « domination », « épuration », « carambolage », « déraillement », « crash » et « disparition ». Maman m'a expliqué ce qu'ils veulent dire, alors j'ai commencé à avoir peur.

– Avez-vous entendu vous-même ces conversations, madame Wakanda ? voulut s'assurer Tatiana.

– Malheureusement, non. Il n'y a que la petite qui semble avoir cette disposition.

– Alexanne, il y a longtemps que les chiens ne sont pas allés dehors. Pourrais-tu t'en occuper ? Je suis certaine que Sara-Anne aimerait voir le jardin.

La jeune fée comprit sur-le-champ que sa tante désirait s'entretenir seule avec la mère.

– Excellente idée ! Yéti, Topaze, on s'en va jouer !

Les chiens se précipitèrent vers le vestibule en aboyant joyeusement. Heureuse de pouvoir échapper momentanément à la conversation sur ses dons, Sara-Anne n'hésita pas à suivre son hôtesse jusqu'à la cuisine.

– Je sais ce que vous allez me demander, avoua Judith à la guérisseuse. J'élève ma fille toute seule, parce que mon mari a perdu la vie lorsqu'elle n'avait que deux ans. C'était un homme extraordinaire que tout le monde aimait. Sara-Anne lui ressemble beaucoup.

– Son père doit lui manquer.

– Elle ne le connaît qu'en photos, mais elle le vénère.

– A-t-elle l'habitude d'inventer des scénarios pour accaparer votre attention ou celle de ses professeurs ?

– Sara-Anne a une imagination débordante, mais je lui ai appris très tôt dans sa vie qu'il est irrespectueux de mentir ou de chercher à tromper les gens. C'est pour cette raison que, même si ça peut paraître impossible, je l'ai crue lorsqu'elle m'a raconté que la pierre parlait.

– S'adresse-t-elle directement à la petite ?

– Jamais. Sara-Anne m'a dit qu'elle avait l'impression d'écouter ce qui se passait dans la pièce voisine, comme si elle appuyait l'oreille contre la porte. Ce qui a achevé de me persuader qu'elle disait la vérité, c'est lorsqu'elle a noté les mots qu'utilisaient ces gens, parce qu'elle n'en connaissait pas le sens. Je lui ai demandé d'écrire tout ce qu'elle entendait et ce qu'elle m'a fait lire m'a dressé les cheveux sur la tête.

Judith sortit de son sac à main une feuille lignée pliée en quatre et la lui confia. Tatiana la parcourut des yeux. Si l'écriture était enfantine, le contenu, lui, ne l'était pas du tout. On y parlait effectivement d'un complot pour réduire à moins de cinquante pour cent la population de la Terre par des moyens barbares.

– C’est en effet très troublant, admit la guérisseuse.

– Sara-Anne n’aurait pas inventé ça.

– Qu’attendez-vous de moi ?

– J’aimerais que vous gardiez la pierre afin de tranquilliser la petite qui la craint.

– Wakanda, c’est le nom de votre mari ?

– James appartenait à la grande nation sioux des États-Unis. Il a immigré au Canada à la recherche de travail. Nous nous sommes rencontrés à Montréal, tandis qu’il participait à la construction de gratte-ciel.

– Êtes-vous également amérindienne ?

– Mon père était algonkin. Croyez-vous que cela ait un rapport avec les facultés spéciales de Sara-Anne ?

– C’est possible. Y a-t-il autre chose que je devrais savoir au sujet de la pierre avant d’accepter d’en devenir la gardienne ?

– La semaine dernière, la petite s’est mise à voir les gens qu’elle y entend.

– Comment ?

– Je n’en sais rien. Chaque fois que j’aborde le sujet, elle se met à pleurer et je n’arrive plus à rien tirer d’elle.

– Ce détail est pourtant important.

– Peut-être saurez-vous mieux que moi lui soustraire cette information.

Tatiana lui offrit une tasse de thé qu’elle but en silence jusqu’au retour des filles.

– Je vous remercie du fond du cœur, madame Kalinovsky, fit Judith en déposant sa tasse. Cette pierre commençait à peser lourd sur Sara-Anne.

– J'ai essuyé les pattes de Topaze, annonça fièrement la fillette en entrant dans la pièce. J'aimerais tellement avoir un chien.

– Tu sais bien que c'est impossible, lui rappela sa mère. Premièrement, le bail de l'appartement ne nous le permet pas et, deuxièmement, nous sommes parties si souvent que le pauvre animal mourrait d'ennui.

Sara-Anne ne cacha pas sa déception.

– Madame Kalinovsky a accepté de garder la pierre, mais avant que nous partions, elle aimerait savoir ce que tu as vu la semaine dernière.

La pauvre enfant se mit à trembler de tous ses membres. Tatiana alla aussitôt s'agenouiller devant elle et lui prit les mains.

– Il ne peut rien t'arriver, ici, ma chérie, la rassura-t-elle. Je veux seulement savoir à quoi m'attendre.

– Ces gens sont des monstres… chuchota la fillette.

– Peux-tu me les décrire ?

– Ils sont complètement noirs… Ils n'ont pas de visage, mais ils arrivent à parler.

– Est-ce qu'ils peuvent te voir ?

– Je ne sais pas. Je me suis cachée sous mes couvertures.

– Combien y en a-t-il ?

– Quatre.

– Tu n'as plus rien à craindre, maintenant. Je vais m'occuper des monstres.

– Merci.

Avant de partir, Judith donna ses coordonnées à la guérisseuse, au cas où elle aurait d'autres questions. Même si les chemins recommençaient à s'enneiger, la Montréalaise décida de reprendre la route, car elle travaillait tôt le lendemain.

Chapitre 6

Saint-Gault

Christian quitta Sainte-Julie au début de l'après-midi, convaincu que son ami Sylvain, journaliste et expert du paranormal, allait trouver une façon de mettre fin à ses cauchemars. En traversant le pont Jacques-Cartier, il se mit à penser aux films d'horreur dont il avait raffolé durant sa jeunesse. L'ail, qui avait la propriété de repousser les vampires, serait-il efficace contre les visions nocturnes ? Et comment Mélissa réagirait-elle s'il accrochait des chapelets partout dans leur chambre à coucher ?

En arrivant dans le centre-ville de Montréal, Christian se heurta à plusieurs barrages de sécurité, car les pompiers continuaient leurs opérations dans le métro. Il fit donc de nombreux détours pour tenter de rejoindre la rue Saint-Timothée, puis dut se résoudre à montrer son badge aux policiers pour qu'on le laisse finalement passer. Il n'eut aucun mal à garer le VUS, car ses voisins, moins chanceux que lui, n'avaient pas réussi à franchir les barricades de sécurité. Il grimpa à l'appartement de Mélissa, glissa sa clé dans la serrure, mais n'eut pas le temps de tourner la poignée. Sa compagne ouvrit la porte et sauta dans ses bras.

– Le ciel soit loué ! Tu ne t'es pas mis les pieds dans le plat !

– Je comprends que c'est un cri de soulagement, mais ce n'est pas très flatteur pour moi.

Mélissa plaqua ses lèvres contre les siennes. Ils échangèrent un long baiser, puis elle l'agrippa par la manche de son parka et le tira à l'intérieur.

– Où étais-tu ?

– Je suis allé chez Sylvain, comme je te l'ai dit au téléphone.

– Je t'avais demandé de m'appeler une fois chez lui.

– J'ai oublié… Je suis désolé.

Rassurée d'apprendre qu'il ne s'était pas précipité dans le métro pour participer au sauvetage, Mélissa parvint à se détendre.

– Que t'a-t-il dit ?

– Apparemment, je ne serais pas fou, commença-t-il en enlevant son manteau. Il arrive que des gens qui ont subi des chocs graves, physiques, moraux ou mentaux, développent d'étranges facultés.

– Le coup de poignard de Desjardins ! s'exclama Mélissa.

– Frôler la mort pourrait sans doute être considéré comme un traumatisme.

Christian s'assit au salon tandis que Mélissa allait lui chercher une bouteille de bière bien froide.

– Je ne peux pas faire cesser les cauchemars pour l'instant, mais selon Sylvain, il existe sûrement une façon d'y mettre fin. Il va faire des recherches à ce sujet.

– En attendant, tu vas continuer de te réveiller en hurlant toutes les nuits ?

– Maintenant, ça m'arrive n'importe quand. Aujourd'hui, j'ai eu une deuxième vision après celle de la bombe dans le métro.

– Un autre désastre ?

– Pas encore. Étant donné qu'il n'aura apparemment lieu que dans deux jours, Sylvain pense que nous pouvons l'empêcher.

– Jure-moi que ça ne te mettra pas dans la ligne de mire d'une bande de criminels.

– Je ne le ferais pas volontairement, ça va de soi.

Il avala la moitié de sa bière.

– On dirait que tu es beaucoup plus calme, tout à coup, remarqua-t-elle.

– C'est plus facile de se relaxer quand on comprend ce qui nous arrive.

Ils préparèrent le repas ensemble et mangèrent devant le téléviseur. On ne parlait que de l'attaque du métro qu'aucun groupe terroriste n'avait encore revendiquée.

– Qui a posé cette bombe, à ton avis ? demanda Mélissa.

– J'ai l'impression qu'il s'agit d'une bande de fanatiques du même acabit que celle du Jaguar.

Son air insistant fit comprendre à la jeune femme qu'il désirait qu'elle se renseigne à ce sujet.

– Si tu te souviens bien, Christian Pelletier, nous n'avons aucune division d'enquête sur les crimes paranormaux.

– Mais nous en avons une qui surveille les agissements des chefs de sectes. Je veux juste savoir si certains d'entre eux sont actifs en ce moment dans la province.

– L'écrasement de l'avion s'est produit au Labrador et l'explosion à Montréal. Où doit se produire le prochain événement que Sylvain a l'intention de faire échouer ?

– À Montréal, également.

– Bon, d'accord, je vais voir ce que je peux trouver demain.

Lorsque Christian se réveilla, le lendemain matin, il s'étonna de n'avoir fait aucun cauchemar. Mélissa le lui fit d'ailleurs remarquer avant de filer au travail. Il resta couché après le départ de sa compagne, heureux de se sentir presque aussi normal qu'avant. « Peut-être que Sylvain m'a délivré de cette malédiction sans le savoir », songea-t-il. Il enfila des vêtements de sport et courut pendant une heure sur le tapis-roulant de l'appartement. Il prit une douche, s'habilla et se demanda ce qu'il pourrait bien faire du reste de la journée. Il se laissa tomber sur le sofa du salon et composa sur son mobile le numéro de téléphone de son ami, qui était procureur dans la ville de Québec.

– Simon Perron, répondit l'avocat sur un ton professionnel.

– Salut, Simon. C'est l'espèce de fou qui se promène avec le coffre de son camion bourré de fusils et de munitions.

– Christian ! Je pensais justement à toi.

– J'ai presque peur de te demander si c'est relié à tous les accidents qui se produisent depuis quelque temps.

– Mais tu lis dans mes pensées.

– Je suis seulement fort en déductions. Comment vas-tu ?

– Beaucoup plus détendu depuis que Desjardins a été neutralisé. Ni mon père, ni moi n'avons bien saisi la partie de ton courriel dans laquelle tu décrivais sa disparition dans les flammes.

– En fait, c'est comme dans les films de démons, quand les bons les tuent et que le feu de l'enfer les consume.

Le silence de Simon suggéra à Christian qu'il aurait dû choisir une autre image pour lui faire comprendre ce qui s'était passé.

– Il a véritablement brûlé, ajouta-t-il.

– Au fond, tout ce qui compte, c'est qu'il ait disparu et sa méchanceté avec lui.

– Je suis parfaitement d'accord.

– J'imagine qu'il faut avoir vécu de tels événements soi-même pour y croire. Les gens normaux ne croient pas au paranormal. Quand reprendras-tu du service ?

– Sans doute jamais, puisque le psychologue a déjà déterminé que j'ai perdu la raison.

– Que feras-tu ?

– Peut-être ouvrir un magasin de souvenirs dans les Caraïbes ou vendre des planches de surf à Hawaï.

L'éclat de rire du procureur arracha un sourire à Christian.

– Personne ne me prend jamais au sérieux… se plaignit le policier.

– Si tu t'achètes une maison par là, j'irai passer les vacances chez toi.

Lorsqu'il eut terminé sa conversation avec Simon, Christian se remit à lire le roman de *fantasy* qu'il avait commencé un an plus tôt et qu'il avait dû mettre de côté pour s'occuper du cas d'Alexei. « Peut-être que je devrais choisir quelque chose de plus réaliste », songea-t-il. Il n'en était qu'au deuxième chapitre lorsque ses paupières devinrent lourdes. La vision qui l'assaillit ne dura que quelques secondes, mais elle le plongea dans un indicible état de panique. Il se réveilla brusquement et s'empara du téléphone. Heureusement que le numéro de Sylvain faisait partie de ses contacts, car il tremblait tellement qu'il n'aurait jamais été capable de le composer.

– Bonjour, Christian, fit la voix de l'épouse de son ami.

– Bonjour, Maryse. Sylvain est-il là ?

– Il est allé faire quelques courses pour moi, mais tu peux l'appeler sur son portable.

Christian prit le temps de se calmer avant d'appeler le journaliste à son deuxième numéro.

– Ne me dis pas que tu as eu une nouvelle vision ? s'inquiéta Sylvain.

– Tout juste, et c'est toi qu'elle concerne.

– Que va-t-il m'arriver ?

– N'entre dans aucune cabine téléphonique aujourd'hui, demain ou n'importe quel autre jour de ta vie !

– Comment as-tu su ce que j'avais l'intention de faire ?

– Je t'ai vu, Sylvain ! Je ne sais pas qui tu appelais, mais une grosse voiture noire a tourné le coin et elle a embouti la cabine téléphonique dans laquelle tu te trouvais !

– Mais comment veux-tu que je lance une alerte à la bombe autrement sans ruiner ma réputation ?

– Une alerte à la bombe ? répéta le policier, incrédule.

– Connais-tu une meilleure façon de vider rapidement une école ?

– Il y a des téléphones publics ailleurs que dans la rue.

Sylvain garda alors un silence qui mit son ami mal à l'aise.

– À quoi es-tu en train de penser ? s'affola Christian.

– Si je mettais mon plan à exécution exactement comme prévu, mais que tu étais physiquement près de moi, au lieu de me voir en rêve, tu pourrais empêcher la voiture de me frapper et, du coup, arrêter l'instigateur de tous les accidents.

Christian se cacha les yeux avec la main qui ne tenait pas le petit appareil.

– Tu es encore plus débile qu'Alexei ! s'exclama-t-il. Rien ne prouve que je puisse faire quoi que ce soit et j'aurais ta mort sur la conscience pour le reste de mes jours !

– Tu es le meilleur tireur de ta division, Christian.

– Non, ne me demande pas ça.

– Nous avons l'occasion de mettre fin à tous ces accidents bizarres qui font des centaines de victimes chaque fois.

– Je ne suis pas censé porter d'arme jusqu'à la fin de mon congé forcé. Avec quoi vais-je stopper cette voiture ?

– Un arc et des flèches ?

– Arrête de faire l'idiot !

– Je sais que tu auras une idée géniale d'ici demain. Viens me rejoindre devant l'école, vers huit heures.

Le journaliste raccrocha.

– Sylvain !

Il tenta de le rappeler, mais son ami avait fermé son téléphone. Fébrile, Christian se mit à tourner en rond dans le salon. Son esprit fonctionnait à plein régime. Il avait certainement envie de faire incarcérer ceux qui s'amusaient à tuer des gens comme s'il s'agissait d'un jeu vidéo, mais pas au prix de la vie de Sylvain.

Lorsque Mélissa rentra chez elle, en fin de journée, elle trouva son amant debout devant la grande fenêtre du salon, les bras croisés sur sa poitrine, le menton appuyé sur sa main droite.

– Tu adoptes la même position quand un dossier t'obsède, fit la jeune femme en refermant la porte.

Christian se retourna, l'air sombre.

– Pas une autre prémonition ? se découragea-t-elle.

– Cette fois, elle concerne quelqu'un qui m'est cher.

Il lui raconta ce qu'il avait vu.

– Alors, j'irai avec toi, car je pourrai appréhender le chauffeur de la voiture, décida Mélissa.

Sans dire un mot, Christian l'attira dans ses bras et l'étreignit avec force.

– Je ne laisserai personne tuer tes amis, tu le sais bien… chuchota-t-elle à son oreille.

Même s'il n'avait plus d'appétit, il accepta de préparer un repas italien avec elle et éprouva beaucoup de réconfort lorsqu'elle n'alluma que des bougies sur la table de la salle à manger. Il se blottit contre elle, cette nuit-là, en essayant de ne pas ébaucher des dizaines de scénarios effrayants pour le lendemain.

Au milieu de la nuit, il se réveilla en poussant un cri de terreur. Maintenant habituée d'être tirée de son sommeil de façon brutale, Mélissa alluma la lampe près d'elle et saisit son amant par les épaules.

– Je t'ai vue mourir, hoqueta-t-il, clairement perturbé.

– Tu vois bien que je suis encore en vie.

– Mais pas demain... Tu ne dois pas m'accompagner. Tu dois me laisser y aller seul.

– Et comment arrêteras-tu les terroristes ?

– Je trouverai une autre façon...

Il se colla contre Mélissa pendant de longues minutes pour se rassurer, car les visions étaient aussi tangibles que sa réalité quotidienne. « Au moins, je sais qu'il m'aime », songea la jeune femme en lui frictionnant la nuque.

Au matin, lorsque Mélissa fut prête à partir pour le travail, Christian sortit en même temps qu'elle. Avant de monter dans son VUS, il lui fit encore une fois jurer de ne pas s'approcher de l'école Saint-Gault. Elle le lui promit et l'embrassa. Défiant les limites de vitesse, Christian se hâta jusqu'au point de rendez-vous fixé par Sylvain. Lorsqu'il descendit du véhicule, le journaliste vint à sa rencontre et lui indiqua la cabine téléphonique où il avait l'intention de faire son appel.

– Est-ce bien celle-là ?

Le policier examina attentivement les alentours, puis hocha doucement la tête.

– J'ai réfléchi à ce que tu m'as dit hier et j'en suis venu à la conclusion que si cette voiture m'a foncé dessus, c'est que le meurtrier fait déjà surveiller les environs. J'ai donc choisi un petit restaurant dans la rue voisine. As-tu eu une vision à ce sujet ?

– Non, affirma son ami sur un ton lugubre.

– Qu'est-ce que tu ne me dis pas, Christian ?

– Hier, j'ai envisagé avec Mélissa la possibilité de faire intervenir la police, mais dans ce scénario, elle se faisait tuer par les terroristes. Alors je lui ai demandé de ne pas s'en mêler.

– Viens. Nous allons discuter de la façon de les contrer.

Ils marchèrent jusqu'au restaurant, qui servait des petits déjeuners très tôt le matin, et commandèrent un café, afin de passer pour de vrais clients. Puis, Sylvain fit un clin d'œil au policier et marcha jusqu'au téléphone près des toilettes.

Méfiant, Christian examina le visage de tous les clients quand une nouvelle vision s'empara de lui. Elle ne dura que quelques secondes, mais lui permit de se lancer dans l'action. Il se précipita sur Sylvain et le plaqua sur le sol à la manière d'un joueur de football américain. Ils n'avaient pas encore atteint le plancher qu'une pluie de balles faisait voler la vitrine du restaurant en éclats. Ils entendirent alors crisser les pneus d'un véhicule qui fuyait la scène du crime.

– Maintenant ! hurla Christian.

Sylvain sauta sur ses pieds, décrocha le combiné, inséra sa carte de crédit dans la fente à cet effet, pianota le numéro de l'école et se laissa glisser le long du mur pour ne pas être dans la ligne de tir d'un deuxième attentat. Avec le brouhaha qui régnait dans l'établissement, le journaliste comprit qu'il était inutile de modifier sa voix.

– École Saint-Gault, comment puis-je vous aider ? répondit une voix charmante.

– J'ai placé une bombe dans votre école ! l'informa Sylvain en se faisant aussi menaçant que possible. Vous allez tous mourir !

Il raccrocha et expira tout l'air qu'il avait dans les poumons pour se calmer. Christian rampa jusqu'à lui.

– J'ai le regret de t'informer que nous faisons désormais partie des ennemis de ces criminels, annonça le policier.

Ils arrivèrent finalement au bord de la fenêtre et jetèrent un œil dehors. Une voiture de police venait de s'arrêter devant le restaurant. Christian vérifia que Mélissa n'était pas à son bord. Rassuré, il saisit le bras de son ami et l'aida à se relever.

– Partons, chuchota-t-il à Sylvain. Il ne faut surtout pas que mon nom apparaisse dans le rapport de cet officier.

Ils sortirent par la porte arrière et remontèrent la rue en surveillant les alentours. À l'intersection, ils constatèrent avec satisfaction que les élèves sortaient en courant de l'école et s'arrêtèrent pour surveiller leur fuite.

– Il y a un petit détail qui me tracasse, fit alors Christian en fronçant les sourcils. Comment savent-ils qui nous sommes et ce que nous projetons de faire ?

– Peut-être que les terroristes possèdent aussi la faculté de voir l'avenir, répondit le journaliste en haussant les épaules.

Cette possibilité glaça le sang de Christian dans ses veines.

– Comment pourrions-nous nous en assurer ?

– Continue de m'avertir chaque fois que tu as une vision.

– Promis. Ne restons pas dans le coin.

Les deux hommes se dirigèrent d'un pas rapide vers leur voiture.

Chapitre 7
La pierre noire

Assises l'une en face de l'autre, Tatiana et Alexanne observaient la pierre noire qui reposait au milieu de la table de la cuisine. Elles avaient utilisé toutes leurs facultés de fées pour en percer le mystère, en vain. Même s'il ne s'agissait manifestement pas d'un caillou ordinaire, il était impossible d'en deviner les propriétés surnaturelles.

– Quand j'étais petite, j'inventais parfois des histoires abracadabrantes pour que mes parents se préoccupent de moi, avoua Alexanne.

– Cette hypothèse m'a traversé l'esprit, admit la tante. Mais Sara-Anne pourrait aussi être un canal de communication entre les agents du bien et les agents du mal.

– Un quoi ?

– Certaines personnes, sans vraiment posséder de facultés particulières, sont si sensibles aux forces magnétiques environnantes qu'elles parviennent à percevoir des manifestations visuelles ou sonores qui se produisent à des kilomètres du lieu où elles se trouvent.

– Sara-Anne aurait donc notre pouvoir de double-ouïe ?

– Pas tout à fait, car contrairement à elle, nous maîtrisons cette faculté et nous sommes capables d'interpréter les informations que nous recevons. L'aptitude de Sara-Anne indique qu'elle pourrait sans doute devenir médium plus tard.

– Si la pierre renferme réellement une sorte d'antenne qui permet à Sara-Anne d'entendre ce que disent des personnes éloignées d'elle, alors, pourquoi nous, qui sommes des fées, ne sommes-nous pas capables de faire la même chose ?

– C'est une excellente question.

Alexei entra dans la cuisine avec le seau à couches sales. Il aperçut la pierre sur la table et haussa un sourcil.

– C'est un nouveau jeu ? s'enquit-il.

– Une énigme, plutôt, soupira Alexanne.

– Vous essayez de la faire bouger ?

– Nous tentons de découvrir ce qu'elle contient. Pourquoi ne poses-tu pas la main dessus, Alex ?

– Je ne veux surtout pas gâcher votre plaisir.

Il déposa le récipient en plastique sur le plan de travail.

– Tu as peur ? le défia Alexanne.

L'homme-loup pivota vivement sur ses talons et lui jeta un regard incendiaire.

– Tu possèdes plus de facultés magiques que nous, ajouta l'adolescente, avant de s'attirer ses foudres. Nous voulons seulement savoir si c'est une pierre ordinaire.

Alexei examina d'abord l'objet inerte avec ses yeux et se demanda pourquoi les deux femmes perdaient leur temps à lui chercher des propriétés anormales. Croyant avoir affaire à un caillou inoffensif, il fit deux pas vers la table et plaça la main sur sa sombre surface. Il fut aussitôt projeté vers l'arrière et son dos heurta violemment le mur.

– Débarrassez-vous-en ! hurla-t-il, en colère.

Il fonça dans le vestibule, abandonnant le seau et les couches sur le plan de travail.

– Que s'est-il passé ? s'inquiéta Alexanne.

– Je n'en sais rien, ma soie, avoua Tatiana, sans cacher sa propre angoisse.

– Pourquoi Alexei a-t-il senti quelque chose, mais pas nous ? Pourquoi Sara-Anne est-elle la seule à entendre des voix dans cette pierre ?

– Je l'ignore, Alexanne.

– Sara-Anne n'est pas une sorcière, tout de même. Vous auriez été la première à le discerner.

– Elle est différente de nous, mais je peux t'assurer que son énergie n'est pas celle d'une sorcière.

– Si votre ami Vengeur ne m'avait pas coupée psychiquement d'Alexei, je pourrais sentir ce qu'il vit en ce moment. Je saurais s'il a vu ou entendu quelque chose.

– Nous le demanderons à ton oncle lorsqu'il se sera calmé.

Rassemblant son courage, Alexanne tendit la main et toucha le galet noir à son tour.

– Rien…

L'adolescente se leva.

– Ce n'est pas le moment de harceler Alexei, l'avertit la guérisseuse.

– Il y a d'autres façons de s'informer.

Alexanne se rendit au salon pour faire une recherche sur Internet. Elle trouva quelques articles sur la charge émotive de certains objets anciens, mais rien sur les pierres parlantes. Découragée, elle décida de faire fi de la recommandation de sa tante et grimpa à la chambre de son oncle. La porte était ouverte, car Danielle n'aimait pas se sentir enfermée. Celle-ci était assise dans la chaise à bascule et berçait Anya pour l'endormir, tandis qu'Alexei, à plat ventre sur le lit, lisait un livre. Couchée aux pieds de la maman, Topaze releva la tête en apercevant la jeune fée.

– Alex, il faut que je te parle, se risqua l'adolescente.

– Je n'ai rien à te dire.

– Je veux juste savoir ce que tu as vu.

– Que se passe-t-il ? s'inquiéta Danielle.

– Rien du tout, affirma Alexei.

Afin de protéger le bonheur de la nouvelle mère, l'homme-loup descendit du lit et saisit le bras d'Alexanne. Il l'entraîna jusqu'à sa chambre et il la fit brusquement asseoir sur le lit.

– La paternité n'a pas adouci tes manières, on dirait, grommela l'adolescente en se frictionnant le bras.

– Ne mêle pas Danielle à tes expériences irréfléchies.

– Étant donné qu'elle vit chez des fées, il y a de fortes chances qu'elle soit éventuellement mêlée à d'étranges aventures, ou as-tu oublié ce que nous sommes ?

– Nous ne voulons rien savoir de tes histoires de Vengeur.

– J'ignore si cette pierre en fait partie, puisque tu refuses de me dire ce que tu y as vu !

– Elle est hantée.

– Par quoi ? Parle-moi, Alex.

– Ne la garde pas ici.

– Pour que j'accepte de m'en défaire, tu vas devoir m'expliquer pourquoi.

– J'ai vu des milliers de personnes en train de mourir et j'ai entendu leurs cris de terreur. Détruis la pierre.

Alexei tourna les talons et quitta la pièce, laissant l'adolescente dans la confusion la plus totale. Un sorcier avait-il emprisonné des âmes dans ce gros caillou ? Si oui, comment ? Alexanne dévala l'escalier et lança une nouvelle recherche sur son ordinateur. On ne parlait de ce genre d'envoûtement que dans les jeux de rôles…

– Me voilà bien avancée, soupira-t-elle.

– Je suis certaine que cet appareil ne contient pas toutes les réponses du monde, déclara Coquelicot en voletant devant le grand écran.

– Comment veux-tu que je les trouve autrement ? Ma tante n'en sait rien et Alexei ne veut pas en parler.

– Et les livres, eux ?

– Je ne lis pas le russe.

– Moi, si, fit une voix masculine.

Alexanne fit pivoter sa chaise et aperçut Valéri qui entrait dans le salon. Elle le suivit du regard alors qu'il prenait place dans son fauteuil préféré.

– Depuis que je suis arrivé au Canada, j'ai eu le temps de parcourir plusieurs des précieux ouvrages de ta tante.

– Avez-vous lu quelque chose sur les objets dans lesquels on entend des voix ?

– Non, mais je me souviens d'un passage sur la capacité d'absorption des énergies de certaines choses.

– Comme la maison de mes parents qui a retenu des images de ma sœur jumelle lorsqu'elle était bébé ?

– Il leur arrive aussi de conserver les émotions.

– Peuvent-ils servir d'émetteurs ou de récepteurs ?

– Ça, je n'en sais rien. Peut-être qu'il s'agit d'un engin fabriqué de la main de l'homme dans lequel un microphone a été inséré.

– Si c'était le cas, pourquoi Alexei y a-t-il vu des personnes en train de mourir ? Pourquoi a-t-il entendu leurs voix ?

– L'émetteur se trouvait sans doute à l'endroit du carnage.

Alexanne n'avait jamais considéré que la pierre puisse être artificielle.

– Merci, monsieur Sonolovitch. Votre commentaire nous sera sans doute profitable.

– Il ne faut pas hésiter à faire appel à moi, ma petite. Je veux me rendre utile dans cette maison.

– Je tâcherai de me le rappeler.

Alexanne alla chercher le gros caillou qui reposait toujours sur la table de la cuisine. Avant de s'en débarrasser, comme le lui avait fortement suggéré son oncle, elle allait au moins le soumettre à plusieurs tests de son cru.

Chapitre 8

L'impasse

En se réveillant d'une nuit sans rêves, Christian ne se doutait pas que le reste de sa journée allait le mettre durement à l'épreuve. Il déjeuna avec Mélissa, heureux de ne pas être sous l'emprise d'un autre cauchemar, puis courut sur le tapis-roulant pendant une heure et prit une douche. Il venait tout juste de fermer l'eau lorsqu'il entendit la sonnerie de son téléphone.

– Pelletier, répondit-il en s'essuyant le visage de l'autre main.

– Christian, c'est Éric. Le patron veut te voir ce matin. As-tu le temps de le rencontrer ?

– Je n'ai que ça à faire, mon homme. Dis-lui que je serai là dans une demi-heure.

Il se vêtit proprement et se rendit au poste de police. Il se doutait bien que son chef lui parlerait du rapport du docteur Edelman et des conséquences qui s'ensuivraient, mais sa plus grande qualité étant l'intégrité, Christian n'allait sûrement pas mentir à ses collègues pour tenter de s'en sortir.

Olier Fontaine était un homme dans la soixantaine, qui s'apprêtait à prendre sa retraite. Son parcours ayant été exemplaire depuis sa sortie de l'académie de police, il n'avait certes pas l'intention de laisser le cas de Christian Pelletier ternir son dossier en fin de carrière. Enfermé dans son bureau, le vétéran avait relu les rapports de son inspecteur à plusieurs reprises après avoir reçu celui du médecin. Fontaine avait déjà vu de bons officiers perdre la raison à la suite de graves chocs psychologiques sur le terrain, mais cela ne s'était jamais produit dans sa division, en dépit de la gravité des crimes sur lesquels elle enquêtait.

Malgré son sens de l'humour cinglant et ses méthodes expéditives, Pelletier faisait partie des membres les plus dynamiques de son équipe. Il avait élucidé de nombreux cas, certains même vieux de plusieurs années. Ce que Fontaine avait le plus aimé chez cet homme, c'était sa façon de penser différente. Mais cette fois, Pelletier avait dépassé les bornes.

Fontaine vit approcher Christian à travers les murs vitrés de son bureau. Ce dernier lui sembla pâle et amaigri. Cette histoire de secte avait miné sa santé. Fontaine lui fit signe d'entrer et attendit qu'il se soit assis avant de lui adresser la parole. Le chef crut alors déceler de la résignation sur le visage du policier.

– Je n'irai pas par quatre chemins, commença Fontaine.

Christian s'enfonça dans le dossier pour encaisser le coup.

– J'ai reçu l'expertise du docteur Edelman hier et j'ai pris le temps de la lire attentivement avant de me décider à te convoquer. Il ne te croit plus apte à poursuivre ton travail d'enquêteur.

– C'est son opinion.

– J'ai aussi parcouru tes derniers rapports plusieurs fois.

– Et vous n'y croyez pas, vous non plus, c'est ça ?

– J'exerce ce métier depuis plus de quarante ans, Christian. Je n'ai jamais été aux prises avec des sorciers, des gargouilles et des démons. Es-tu bien certain de ce que tu avances ?

– Même si mon travail est en jeu, je suis trop honnête pour revenir sur ce que j'ai déjà affirmé sur le cas d'Hugues Robin et de Frédéric Desjardins. Tout ce que je décris est réellement arrivé.

– Des chaînes qui sortent du sol, une épée qui flotte dans les airs, des monstres ailés qui épient les humains, une prière qui provoque l'embrasement d'un sorcier ?

Christian se contenta de soupirer avec découragement. Il était inutile d'ajouter quoi que ce soit à cette énumération.

– Tu as vraiment vu ces choses ?

– Malheureusement, oui.

« Et je ne vais certainement pas lui parler de ce qui m'arrive en ce moment », décida le policier.

– Mélissa était avec toi, mais elle n'en a pas parlé dans son propre rapport.

– Elle l'a fait, mais avec ses mots à elle.

– Christian, je ne peux pas mettre le public en danger en confiant sa protection à des agents qui souffrent d'hallucinations.

– Je ne suis pas fou, mais hélas, je ne peux pas le prouver.

– Je crois plutôt que tu as travaillé sur des affaires pour lesquelles tu n'étais pas préparé.

« Je les ai pourtant toutes résolues », songea Christian. Il sortit son badge de la poche de sa veste et le déposa sur le bureau de Fontaine.

– Vous pouvez arrêter de tourner autour du pot.

– Ce n'est pas d'un cœur léger que je te demande de remettre ta démission. Ton expérience et ta compétence vont cruellement nous manquer.

– Bien sûr…

– Que comptes-tu faire, Christian ?

– Ouvrir une agence de chasseurs de fantômes, évidemment.

– Je préférerais que tu te fasses soigner.

– M'interner moi-même, vous voulez dire ?

Fontaine comprenait son désarroi. Tout ce qu'il voulait, au fond, c'était son bien.

– Merci pour toutes ces belles années, chef, fit Christian en se levant. Je ne les oublierai jamais.

Avant que sa fierté ne l'abandonne et qu'il ne se mette à pleurer devant tout le monde, le policier quitta la pièce vitrée. Il marcha entre les pupitres de ses anciens collègues en s'efforçant de regarder droit devant lui. Il se doutait bien que Mélissa se tenait à la porte de son bureau et qu'elle se faisait violence pour ne pas le rattraper. Incapable de se contenir plus longtemps, Christian poussa violemment la porte qui donnait dans le vestibule. Il dévala les quelques marches et sortit enfin. Tremblant de tous ses membres, il parvint tout de même à se rendre à son VUS, y grimpa et éclata en sanglots. Le seul but de sa vie avait été de traquer et d'arrêter les criminels qui constituaient une menace pour les honnêtes gens. Olier Fontaine venait de lui ravir sa raison de vivre.

Christian mit le moteur en marche et lança le véhicule sur la route. Il ne savait plus où aller pour apaiser son âme. Des milliers d'images de sa carrière défilaient sous ses yeux. Malgré son tempérament effronté, il n'avait jamais essuyé une seule réprimande de la part de ses supérieurs. Il s'était toujours comporté de façon exemplaire, même dans le cas du procureur de l'enfer. Fontaine ne saurait jamais à quel point les habitants de la province l'avaient échappé belle.

Une voiture passa soudain devant son véhicule. Christian appuya vivement sur les freins et se rendit compte qu'il avait brûlé un feu rouge. Pire encore, il ne savait plus où il était rendu. Il se rangea près du trottoir et brancha son GPS. Avec étonnement, il constata qu'il n'était qu'à quelques mètres de la maison de son père. En état de crise, il s'était instinctivement dirigé vers le quartier de son enfance.

Il se ressaisit et poursuivit sa route jusqu'à la rue où il avait grandi. Rien n'avait changé. Il stationna le VUS dans l'entrée de la propriété familiale et prit de profondes inspirations avant de se décider à en descendre. « Comment vais-je lui annoncer ça ? » se demanda-t-il. Il appuya le doigt sur la sonnette. La porte s'ouvrit sur une version plus âgée de lui-même.

Priame Pelletier était un solide gaillard aux cheveux blancs, menuisier en bâtiment depuis son tout jeune âge. Il avait transmis de belles valeurs à ses deux enfants, dont il s'enorgueillissait.

– Christian, quel bon vent t'amène ? s'exclama joyeusement le père.

Le silence et les yeux rougis de son aîné lui indiquèrent tout de suite que quelque chose n'allait pas.

– La dernière fois que je t'ai vu dans cet état, le voisin venait de reculer sur ta bicyclette avec son camion.

– Si ce n'était que ça…

– Allez, entre, mon garçon. Peu importe le problème qui t'accable, je suis certain que nous pouvons le régler ensemble.

– Pas cette fois, papa…

Les larmes se remirent à couler sur les joues de Christian. Priame l'enlaça et le serra contre lui comme il le faisait lorsqu'il était enfant.

– Est-ce que tu as tué quelqu'un ?

– Non…

– Est-il arrivé quelque chose de grave à un de tes hommes ?

– Non…

– C'est Mélissa ?

Christian se dégagea doucement de son étreinte.

– J'ai perdu mon emploi…

Le visage de Priame se détendit. Il emmena son fils au salon et le fit asseoir.

– Si ta mère était encore là, elle te ferait la morale, mais moi, je vais me contenter de te dire qu'un gars aussi intelligent que toi ne restera pas longtemps sans rien faire.

– Je ne pourrai plus jamais être policier où que ce soit, à cause du dernier dossier sur lequel j'ai travaillé, précisa Christian en essuyant ses larmes.

Il lui raconta en détail tout ce qui s'était passé, depuis l'arrestation du chef de la secte de la montagne, jusqu'à la combustion spontanée de Frédéric Desjardins.

– C'est en effet un récit incroyable, confirma Priame.

– Mais vrai. Je te jure que tout ça s'est vraiment produit.

– Et tes patrons ont refusé de te croire…

– Je n'ai pas voulu mentir pour leur faire plaisir.

– C'est inquiétant d'apprendre que de telles créatures existent dans notre monde.

– Je soupçonne qu'il y en a encore beaucoup d'autres dont nous ignorons tout.

– Je sais que tu adorais ton travail, fiston, mais il arrive dans la vie que nous soyons obligés de changer de direction. J'ai été chanceux, parce que ça n'a jamais été mon cas, mais j'ai connu beaucoup de chics types qui sont devenus menuisiers après avoir exercé des métiers bien différents. Tous, sans exception, se sont aperçus au bout de plusieurs mois que c'était la meilleure chose qui leur était arrivée.

– J'aimais bien clouer des planches avec toi quand j'étais jeune, mais ma vocation, c'est de mettre les bandits en prison.

– Je vais faire un marché avec toi. Tu vas commencer par te reposer. Va te faire bronzer sur une plage dans le Sud pendant quelques semaines. Tu es pâle comme un linge ! Refais-toi une santé et reprends courage, puis on discutera de ton avenir. Je te trouverai même une place sur mes chantiers, si tu veux.

– C'est un peu tôt pour y penser.

– Il faut que tu remettes tes idées en ordre avant de choisir ta nouvelle route.

Priame ne remarqua pas immédiatement que le regard de son fils s'était immobilisé. Mais après lui avoir posé une question, il constata qu'il était tombé en catalepsie.

– Christian ! s'alarma-t-il.

Le fils prit une rapide inspiration, comme s'il venait de sortir la tête de la piscine, et battit des paupières.

– Ils vont faire dérailler un train… murmura-t-il, effrayé.

– Mais qu'est-ce que tu racontes ?

– Depuis que j'ai été poignardé par le sorcier, je fais des rêves prémonitoires.

– Mais tu n'étais pas en train de dormir, il y a cinq secondes.

– Ça m'arrive aussi en état de veille.

– Et tu vois des accidents ?

– Pire encore, je me retrouve dans le feu de l'action. Pas physiquement, bien sûr, mais je suis suffisamment conscient pour enregistrer une foule de détails qui me permettent de connaître les lieux, la date et même l'heure de l'événement qui ne s'est pas encore produit.

– Mais pourquoi les policiers n'utilisent-ils pas ton nouveau talent à bon escient ?

– Je ne leur en ai pas parlé. Ils pensent déjà que je suis fou à lier, alors j'ai gardé ce secret pour moi.

– Peux-tu au moins faire quelque chose pour empêcher ces tragédies ?

– J'ai réussi à sauver les élèves et les professeurs d'une école primaire d'une mort certaine, mais pas les passagers du vol 9999 ni les usagers du métro Saint-Laurent.

– Tu as vu ces accidents avant qu'ils ne se produisent ? s'étonna Priame.

Christian hocha tristement la tête.

– Alors, si je comprends bien, tu es passé de policier à superhéros ?

– Je ne possède malheureusement pas de superpouvoirs.

– Mais tu peux sauver des vies ! Peut-être même trouver les auteurs de ces tueries !

– Je n'en suis pas encore là, crois-moi. Est-ce que ton ordinateur fonctionne toujours ?

– Je viens juste de faire une mise à jour.

– Tu as accès à Internet ?

– Ce n'est pas parce que je suis plus vieux que toi que je ne connais rien à l'informatique.

Christian prit place devant l'appareil et accéda au moteur de recherche.

– Qu'est-ce que tu cherches ?

– Un train. J'ai vu le nom d'une station et l'heure sur la montre d'un passager.

– Si tu continues comme ça, Hollywood va vouloir faire un film sur ta vie.

– Je te défends de contacter qui que ce soit dans ce milieu.

– Mais tu as besoin d'un nouveau travail, non ?

– Papa, je t'avertis. Si tu parles de moi à un producteur, je disparaîtrai dans la nature et tu ne me reverras plus jamais.

– Je n'ai jamais compris pourquoi tu n'aimais pas la publicité comme ta sœur.

– Nous sommes différents, c'est tout. Bon, nous y voilà.

Il s'agissait d'un train en provenance d'Ontario qui devait arriver à Montréal vers 23 heures.

– Est-ce le train d'aujourd'hui ?

– Je n'en sais rien.

Le téléphone de Christian sonna dans sa poche.

– Pelletier, répondit-il distraitement.

– Je t'invite à dîner, fit alors la voix de Sylvain.

– C'est Mélissa qui te l'a demandé ?

– Elle m'a dit que tu aurais besoin d'un ami, aujourd'hui. Viens me rejoindre à midi à ton restaurant préféré près de chez moi.

Sylvain raccrocha sans lui donner le temps de refuser son offre. Christian remit le téléphone à sa place.

– Alors, tout ce qu'il te reste à trouver, c'est la date du déraillement, c'est bien ça ?

– Ouais... et ce n'est pas aussi facile que ça en a l'air.

Christian se tourna pour faire face à Priame.

– Est-ce que je peux compter sur ton entière discrétion ? s'enquit-il. Si la police apprenait que je peux prédire les catastrophes, elle m'ajouterait à sa liste de suspects et je pourrais fort bien me retrouver en prison.

– Je ne dirai rien, si c'est ce que tu souhaites.

Christian quitta son père quelques minutes plus tard pour se rendre à son rendez-vous sur la Rive-Sud. Sylvain avait réussi une fois à le replonger dans une de ses visions, alors il pourrait sûrement le faire de nouveau. Lorsqu'il arriva au restaurant, le journaliste était déjà installé dans un coin tranquille, où ils pourraient parler en paix.

– Je t'ai commandé une bière, l'informa Sylvain.

– Contrairement à ce que tu sembles croire, je vais bien.

– Mélissa a dit que tu étais en piteux état en sortant du bureau de Fontaine.

– Mets-toi à ma place.

– Je suis content que tu sois de si belle humeur, parce que j'ai une mauvaise nouvelle à t'annoncer.

– Ce n'est vraiment pas ma journée…

– Je peux attendre à demain, si tu veux.

– Vide ton sac. Moi aussi j'ai quelque chose de terrifiant à te dire.

– Terrifiant ?

– Toi d'abord.

– J'ai fait des recherches et il n'existe aucun élixir, sortilège ou incantation pour te débarrasser de ton nouveau don de prescience. Je suis désolé.

– Je commençais à m'en douter…

– À ton tour.

– J'ai vu un déraillement de train. Tu dois m'aider à l'empêcher.

Ils frappèrent leurs bouteilles de bière l'une contre l'autre, acceptant ainsi cette nouvelle mission.

Chapitre 9
Manoah

Assise sur son lit, Yéti à ses pieds, Alexanne observait la pierre qu'elle avait posée sur son édredon. Valéri avait raison : sa forme était trop parfaite pour qu'elle ne soit qu'un vulgaire caillou. L'érosion de l'eau finissait par arrondir et polir les petites roches au fond des rivières, mais aucune n'avait cette taille et aucune n'était aussi noire. Coquelicot voltigea au-dessus de l'adolescente et finit par se poser près de l'objet insolite.

– Tu ne vas pas commencer une ridicule collection comme le font les humains, lui reprocha la petite créature.

– Pour ton information, les collections finissent toujours par rapporter beaucoup d'argent aux amateurs qui sont persévérants. Dis-moi ce que tu ressens dans cette pierre ?

Coquelicot la caressa de la main.

– Elle est douce, froide et elle ne vient pas de la région, car je n'en ai jamais vu de pareilles.

La petite fée grimpa sur le gros galet et fit semblant de perdre connaissance en se laissant glisser de l'autre côté.

– Arrête de faire l'imbécile ! s'écria Alexanne.

– Tu devrais voir ta tête ! répliqua Coquelicot en riant. Mets-la sur une tablette et oublie-la.

– Je ne peux pas. Elle renferme un mystère.

– Qu'elle refuse de te divulguer.

– Sara-Anne entend des voix en appuyant cette pierre sur son oreille et elle a même vu les gens à qui appartiennent ces voix.

– Elle est peut-être folle.

– Nous avons d'abord pensé qu'elle tentait d'obtenir de l'attention, mais Alexei y a également vu quelque chose.

– Alexei ?

Coquelicot s'éloigna aussitôt de cette pierre maudite.

– Il faut sans doute être un grand sorcier pour percer cette énigme, conclut-elle.

– Ou avoir l'esprit ouvert, ajouta une voix masculine inconnue.

Effrayée, Coquelicot s'envola vers le mobile suspendu au plafond et se réfugia dans l'un de ses petits bateaux. Alexanne sentit tous ses muscles se crisper, mais fut incapable de fuir. Un jeune homme, habillé de vêtements noirs amples comme ceux des pirates, était apparu au pied du lit. Ses cheveux blonds bouclés retombaient sur ses épaules et ses yeux bleus étaient aussi pâles que ceux d'Alexei.

– Qui êtes-vous ?

– Je m'appelle Manoah.

– Êtes-vous un ange ?

– Oh non.

– La réincarnation de quelqu'un que j'ai connu dans une autre vie ?

– Non plus. Je suis l'un des guides qui assistent parfois les Vengeurs à leurs débuts.

– Monsieur Sonolovitch affirme qu'ils ne font que chuchoter les instructions du Créateur à leurs oreilles et ne leur apparaissent jamais.

– Il dit vrai. Nous ne nous matérialisons que lorsque les Vengeurs refusent de nous entendre.

– Moi ?

– Il est difficile de placer un seul mot dans un esprit qui ne cesse jamais de cogiter.

– Les guides sont-ils tous aussi cyniques ?

– Non.

Manoah s'assit sur le lit et Alexanne sentit bouger le matelas. Ce personnage n'était donc pas le produit de son imagination hyperactive.

– Cette pierre est-elle liée à mon nouveau rôle ? s'empressa de demander l'adolescente.

– Rien n'arrive jamais pour rien.

– Que suis-je censée en faire ?

– Ce n'est pas l'objet lui-même qui est important, mais le canal qui sait l'utiliser.

Un sourire moqueur illumina le visage de Manoah, qui s'évapora comme un mirage.

– Hé ! Revenez ! J'ai d'autres questions !

Elle retint son souffle, mais le jeune homme ne réapparut pas.

– Si ça continue ainsi, je vais aller vivre dans une autre maison, grommela Coquelicot en sortant la tête du minuscule voilier où elle s'était réfugiée.

– Ce n'est pas un être maléfique.

– Tu disais la même chose de ton oncle.

– Arrête de revenir tout le temps sur le passé, petit corbeau de malheur.

Abandonnant la pierre sur le lit, Alexanne courut jusqu'à la cuisine, où sa tante préparait le dîner. Assis à la table, Valéri coupait des carottes en dés pour lui donner un coup de main.

– Il vient de m'arriver quelque chose d'extraordinaire !

– Encore ? se moqua la guérisseuse.

– Un guide m'est apparu !

– Un autre ange ?

– Non, non. Un guide de Vengeurs !

– Comme c'est étrange, lâcha le vieux Russe.

– Il a dit que vous n'aviez jamais eu besoin de les voir, parce que vous les entendiez.

– Et toi, non ? s'étonna Tatiana.

– Il prétend que je pense trop et que ça m'empêche de capter ses messages.

– Tiens donc, grommela Alexei en arrivant dans la cuisine.

– Lui, au moins, il va m'aider à percer le mystère de la pierre noire.

L'homme-loup ramassa la pile de petites couches propres sur la sécheuse et retourna dans le vestibule sans réagir à sa critique. Alexanne haussa les épaules et s'assit devant Valéri.

– Vous ne les avez même pas un tout petit peu entrevus ? voulut-elle s'assurer.

– Jamais. Je suis un homme ordinaire choisi par Dieu, mademoiselle Kalinovsky. Je ne suis pas une fée. Je ne vois pas les choses invisibles comme vous le faites. Je les entendais, rien de plus.

– Faut-il obéir à nos guides ?

– C'est notre devoir, affirma Valéri.

– Que t'a révélé le tien, jeune fille ? s'enquit Tatiana.

– Ce n'est pas le caillou qui est important, mais le canal, donc Sara-Anne.

La guérisseuse sortit de la poche de son tablier le bout de papier sur lequel Judith Wakanda avait écrit ses coordonnées.

– Est-il prudent d'exposer la petite à ce danger ? s'étonna Alexanne. Est-ce que je veux vraiment m'y exposer moi-même ?

– Si tu ne veux pas faire le travail d'un Vengeur, mieux vaut te trouver un successeur au plus vite, répliqua Valéri.

– Je ressens une certaine crainte à l'idée de m'attaquer à des terroristes qui veulent diminuer la population de la Terre.

– La vie, c'est ce qu'il y a de plus précieux, lui rappela le vieux Russe. Personne n'a le droit de tuer son prochain.

– J'ai besoin de réfléchir à ça…

Alexanne traîna les pieds jusqu'au salon en fixant le numéro de téléphone sur le papier qu'elle tenait du bout des doigts. Elle s'assit en tailleur à quelques pas du foyer. Les flammes lui apportèrent un grand réconfort.

– Elle n'est qu'une enfant…

– Qui possède un don extraordinaire, chuchota une voix à son oreille.

L'adolescente sursauta. Manoah était appuyé contre l'âtre et l'observait avec un sourire amusé.

– Ne pourriez-vous pas au moins annoncer votre arrivée au lieu de me faire mourir de peur chaque fois ? se hérissa la fée.

– Entendu.

– Et cette fois, ne disparaissez pas avant d'avoir satisfait ma curiosité.

– Les fées sont-elles toutes des créatures aussi intransigeantes ?

Alexanne fit un gros effort pour ne pas se fâcher, sinon son guide prendrait encore une fois la poudre d'escampette.

– Pourquoi Sara-Anne entend-elle des voix dans la pierre noire, alors que ni ma tante ni moi n'y arrivons ?

– Parce qu'elle descend en ligne directe de ceux qui ont créé ces instruments de communication.

– C'est la réponse la plus nébuleuse qu'il m'ait été donné d'entendre depuis que je suis devenue une fée…

– Il y a vraiment trop de pensées dans ta tête.

– Au lieu de m'insulter, faites donc l'effort d'être plus clair.

– Les ancêtres de la petite étaient de grands ingénieurs qui savaient manipuler l'énergie de l'air et de la terre.

– Quels ancêtres ?

– Les premiers habitants de ce pays.

– Les Amérindiens ?

– Leurs ancêtres à eux.

– Les hommes des cavernes ?

Manoah éclata d'un rire cristallin qui n'amusa pas du tout la jeune fée.

– Et comment les premiers habitants auraient-ils pu créer des instruments de communication alors qu'ils grognaient au lieu de parler et qu'ils passaient le plus clair de leur temps à chasser pour se nourrir ?

– Il y a tant de choses que vous ignorez…

– Si les humains ont eu des mentors tels que vous, ce n'est pas étonnant !

– Nous ne parlons pas à tout le monde.

– Quels sont les pouvoirs de Sara-Anne ? demanda Alexanne, en choisissant de ne pas poursuivre sur cette voie.

– Ils ressemblent à ceux des fées, mais pas tout à fait.

– Bon, j'en ai assez. Retournez d'où vous venez. Je me débrouillerai beaucoup mieux sans vous.

Le corps de Manoah se divisa en une multitude de petites étoiles qui se mirent à tourbillonner avant de disparaître.

– Quel cabotin… maugréa l'adolescente.

Elle décrocha le combiné et rassembla son courage avant de composer le numéro de la mère de Sara-Anne.

– Allô ? fit Judith.

– Bonjour, madame Wakanda. C'est Alexanne Kalinovsky.

– Je pensais justement à vous. Avez-vous réussi à identifier les voix qui émanent de la pierre ?

– Non, pas encore. En fait, je vous appelais pour vous demander une faveur. J'aimerais passer un peu de temps avec votre fille afin d'en apprendre davantage sur son expérience. Pour qu'elle soit plus à l'aise, je pourrais me rendre chez vous.

– C'est une excellente idée. Sara a si peu d'amis.

– Dès que je trouverai un moyen de transport, je vous rappellerai.

Alexanne raccrocha et tourna le regard vers les flammes qui léchaient les bûches.

– Mais comment vais-je me rendre à Montréal ? soupira-t-elle.

La sonnerie de la porte lui arracha un grognement de mécontentement, puisque cette fois encore, elle n'avait pas ressenti l'approche de qui que ce soit. « Si c'est Manoah, je l'étrangle ! » se dit-elle en se levant. Elle courut jusqu'à la porte d'entrée et l'ouvrit brusquement pour ordonner à ce guide effronté de disparaître à tout jamais, mais c'est Christian Pelletier qu'elle trouva devant elle.

Chapitre 10

Faire le mal

L'air étonné d'Alexanne plantée sur le seuil de la maison des Kalinovsky fit penser à Christian qu'il aurait dû appeler avant de se rendre à Saint-Juillet. Il était 19 heures, mais il faisait aussi noir qu'en pleine nuit.

– Est-ce que j'arrive à un mauvais moment ?

– Mais non, entrez.

– Je suis désolé de ne pas vous avoir prévenus de ma visite.

– Vous savez bien que vous êtes toujours le bienvenu chez nous.

Alexanne lui fit accrocher son manteau dans la penderie du vestibule et enlever ses bottes en se disant que lui, au moins, il avait de bonnes manières.

– Mélissa n'est pas avec vous ?

– Elle travaille, ce soir.

La jeune fée le conduisit à la cuisine, d'où s'échappaient des arômes appétissants.

– Monsieur Pelletier ! s'exclama Tatiana. Quelle merveilleuse surprise !

– Je suis désolé de toujours arriver chez vous à l'heure des repas. Je vous jure que je ne le fais pas exprès.

Derrière les propos légers de Christian, la guérisseuse sentit non seulement son désarroi, mais aussi le stress qui commençait à miner sa santé.

– Asseyez-vous pendant qu'Alexanne met les couverts dans la salle à manger.

– Si vous n'y voyez pas d'inconvénient, je préférerais lui donner un coup de main. J'ai vraiment besoin de me changer les idées.

Christian suivit l'adolescente dans la grande pièce qu'il affectionnait, car elle lui rappelait les films qu'il avait vus sur la Russie impériale. Il déploya la belle nappe brodée sur la table et laissa Alexanne placer les couverts.

– Vous ne faites pas ça juste pour moi, au moins ? voulut-il s'assurer.

– Nous préférons manger ici, l'hiver. J'espère que vous aimez le pot-au-feu.

– C'est mon plat favori.

– Nous avons aussi préparé du pain. Il est encore tout chaud.

– J'ai déjà l'eau à la bouche.

Valéri apporta la première assiette et Christian s'empressa d'aller chercher les autres pour ménager les pas du vieil homme. Lorsqu'ils furent tous assis à table, Alexei arriva avec Danielle et la petite Anya, qu'il déposa dans un berceau près de sa mère, avant d'aller serrer chaleureusement la main de Christian.

– Je suis heureux de te revoir, annonça l'homme-loup avec un large sourire. Il vient très peu de visiteurs ici durant la saison froide.

– Les chemins sont difficilement carrossables, à moins de posséder un véhicule comme le mien.

Alexanne en prit bonne note. Lorsque viendrait le temps pour elle d'acheter son premier véhicule, ce serait un VUS.

– Survivez-vous à votre congé forcé ? demanda Tatiana.

– Il s'est malheureusement transformé en situation permanente.

– Qu'est-ce que ça veut dire ? s'étonna Alexei.

– Mes patrons m'ont mis à la porte.

La nouvelle attrista les Kalinovsky.

– C'est comme ça qu'on remercie ceux qui mettent fin aux activités des criminels ? se fâcha l'homme-loup.

– Ils sont contents que le Jaguar et le Faucheur aient été mis hors d'état de nuire, mais ils pensent qu'un policier qui parle de gargouilles, de sorciers et d'événements surnaturels dans ses rapports ne devrait pas œuvrer auprès du public.

– Même si ce que tu as dit était vrai ?

– Avant de vous connaître, moi non plus je ne croyais pas à toutes ces choses.

– Emmène tes patrons ici et nous leur prouverons qu'elles existent.

– Merci, Alex, mais ça n'y changerait rien, car ils perdraient aussi leur poste. La société a depuis longtemps choisi de porter des œillères pour ne pas être forcée de sortir de sa zone de confort. Tout ce qui menace son équilibre est rejeté en bloc.

– Comment vas-tu gagner ta vie ? s'inquiéta Danielle.

– Je n'en sais rien encore… surtout que j'ai un autre souci.

– C'est le moment d'en parler, l'encouragea Tatiana. Vous savez que nous ferons tout ce que nous pouvons pour vous aider.

– Merci. Vous faites partie des rares personnes à qui je peux me confier.

Christian soupira profondément avant de révéler son secret.

– J'ai bien peur d'avoir hérité de certains pouvoirs de Desjardins quand il m'a planté sa lame dans le cœur…

– Est-ce possible ? demanda Alexei à sa sœur.

– Avec les sorciers, tout est possible. Mais qu'est-ce qui vous fait dire ça, monsieur Pelletier ?

– J'ai commencé à faire des rêves dans lesquels je vois se commettre des actes terroristes et, quelques jours, voire quelques heures plus tard, ils se produisent réellement.

– Et vous pensez avoir hérité ce pouvoir du Faucheur ?

– Je n'ai jamais vu l'avenir avant l'incident de la forteresse. J'ai assisté en songe à l'écrasement de l'avion au Labrador et à l'explosion dans le métro sans pouvoir faire quoi que ce soit. J'ai aussi vu l'empoisonnement de centaines d'élèves dans une école. Toutefois, j'ai réussi, avec Sylvain, à l'empêcher, tout comme le déraillement d'un train de Via Rail. Malheureusement, nous ne pourrons pas passer notre vie à lancer des alertes à la bombe pour vider les écoles et empêcher les trains de partir.

– Pire encore, les terroristes vont bien finir par s'apercevoir que quelqu'un sabote leurs efforts, fit valoir Valéri. Alors, c'est à vous qu'ils s'en prendront.

– C'est déjà le cas. Au moment où nous allions appeler l'école, quelqu'un a criblé de balles le restaurant où nous nous trouvions.

– Êtes-vous venu jusqu'ici pour que nous vous débarrassions de cette faculté ? s'enquit Tatiana.

– C'était ma première idée, mais puisque mon but dans la vie, c'est de protéger les gens, et que je ne peux plus le faire en tant que policier, j'aimerais apprendre à maîtriser ce pouvoir afin d'être plus efficace comme civil.

– Ce n'est pas une mince affaire, étant donné que vos facultés sont médiumniques et non magiques.

– Je n'ai pas de mal à le croire.

– Si les Vengeurs sont bien souvent des gens ordinaires, je ne vois pas pourquoi ce ne serait pas possible, laissa tomber Valéri. La première étape, c'est de dominer votre peur.

– Ce ne sont pas les terroristes qui m'effraient, mais mon inaptitude à répondre adéquatement à mes visions.

– J'imagine qu'il faut posséder beaucoup de ressources pour contrer ce type de menaces, fit Danielle, découragée.

– Je ne veux pas me transformer en Batman, mais je veux agir pour protéger ma ville, affirma Christian.

– Même au risque de perdre la vie ? s'étonna Alexanne.

– Que vaut-elle en comparaison de celle de milliers d'innocentes victimes ?

– Vous avez raison, l'appuya Tatiana, mais vous devez me donner le temps de réfléchir à la meilleure façon de vous guider.

– Je ne m'attendais pas à une réponse immédiate, madame Kalinovsky.

Il dégusta volontiers l'excellente cuisine des fées. Curieusement, il se sentait de plus en plus rassuré. Alexanne fit bien attention de ne pas parler de son nouveau guide en présence de Danielle, pour ne pas s'attirer les foudres d'Alexei, qui était d'excellente humeur ce soir-là.

Après le repas, les membres de la famille se séparèrent. Danielle monta à l'étage avec le bébé. Tatiana, Alexanne et Valéri desservirent la table et commencèrent à laver la vaisselle. Alexei emmena donc son ami au salon pour bavarder en privé.

– Ça me soulage que tu n'exiges pas d'être libéré de ta faculté de voir l'avenir, parce qu'à mon avis, c'est impossible, avoua l'homme-loup.

– Ouais… Sylvain me l'a déjà confirmé.

– On peut débarrasser quelqu'un d'une malédiction ou de la possession d'un démon, mais pas d'un don.

– Ce n'est pas l'avenir en général que je vois, mais uniquement certains événements meurtriers. J'ai commencé à faire un effort conscient pour enregistrer le plus de détails possible à chaque vision. Avec la date, le lieu et l'heure, il est plus facile de contrer les intentions des terroristes.

– Valéri a raison : ils vont finir par trouver celui qui leur fait constamment manquer leur coup.

– À mon avis, ça pourrait se produire dans les prochains jours, puisqu'il y a de fortes chances qu'ils soient de nature démoniaque.

– Des sorciers ? s'alarma Alexei.

– Je ne suis pas un expert en la matière, mais quand le visage d'un homme se met à apparaître de nulle part, ce n'est pas naturel. Je voulais me mettre à sa recherche dans les bases de données de la police, mais maintenant que j'ai été congédié, ce ne sera plus possible à moins que je porte plainte, et là, je risquerais de ne pas être pris au sérieux.

– J'ai une idée.

Alexei fouilla dans les affaires de sa nièce sur son bureau d'ordinateur et revint s'installer devant son ami avec un bloc de papier et un stylo.

– Montre-le-moi.

– Comment ?

– Pense à ce visage.

Christian ferma les yeux et rappela à sa mémoire le nuage noir qu'il avait aperçu devant l'avion. L'homme-loup toucha sa tempe droite du bout des doigts pour se brancher à ses pensées. Lorsque l'ex-policier ouvrit les yeux, Alexei avait déjà commencé à dessiner. En quelques minutes à peine, il obtint un portrait très convaincant.

– Avec ça, Mélissa va pouvoir le trouver.

– Si c'est un sorcier, il peut changer de visage à volonté, l'avertit l'homme-loup.

– C'est tout de même un bon départ.

– Je sens une grande frayeur en toi, Christian.

– J'essaie pourtant de la cacher de mon mieux.

– Ici, c'est bien inutile.

– J'ai peur de développer le goût de tuer, comme Desjardins.

– Tu es trop bon pour ça.

– Il m'a transmis sa faculté de voir certains événements qui ne se sont pas encore produits, et ce sont tous des meurtres. Il y a donc fort à parier que s'il m'a légué autre chose, ce sera aussi destructeur.

– Moi aussi, j'ai éprouvé le goût de tuer jadis, mais heureusement, on m'en a empêché.

– Qu'arrivera-t-il si le Faucheur se met à vivre en moi ? se troubla Christian.

– À ce moment-là, nous pourrons le faire disparaître, parce que ce sera une possession.

– Pourquoi ne suis-je pas rassuré de te l'entendre dire ?

– Probablement parce que c'est nouveau pour toi. Tu es très brave de risquer ta vie pour sauver des gens que tu ne connais même pas.

– Mélissa préférerait que je m'éloigne du danger au lieu de courir après, répliqua Christian avec un sourire amusé.

– C'est normal, puisqu'elle tient à toi.

– Maintenant, je dois me trouver un emploi qui me procurera les moyens de pourchasser les terroristes sans demander un sou à Mélissa. Mon père m'a offert de travailler avec lui sur les chantiers de construction. Peut-être que je gagnerais à me délier les muscles.

– Qu'est-ce qu'il construit ?

– Des charpentes de maison.

Le regard interrogateur d'Alexei fit sourire l'ex-policier.

– C'est le squelette en bois sur lequel on pose les murs, les planchers et les plafonds, expliqua-t-il. Il m'est arrivé de faire quelques petits projets avec lui, dans ma jeunesse, et j'étais plutôt doué. Mon père aurait aimé créer une entreprise qu'il m'aurait léguée à sa mort, mais je voulais devenir policier.

– Il est important de suivre son instinct.

– Me promets-tu de m'empêcher de faire le mal, si jamais la sorcellerie de Desjardins devenait trop puissante en moi ?

– Je ferai tout ce que je peux pour que tu restes toi.

– Merci d'être mon ami, Alex.

– Merci à toi d'être le mien.

L'homme-loup alla chercher du thé vert et parla à Christian de son expérience de père.

– Il y avait beaucoup de bébés dans la secte, mais je n'ai jamais eu à m'en occuper, avoua-t-il. Je ne savais pas que ça nécessitait autant de soins. Ils ne font rien par eux-mêmes. Anya dort, mange, pleure et remplit ses couches. Nous sommes à son service à toute heure de la journée.

– Ça ne fait que commencer, mon homme. Vous allez passer de nombreuses années encore à lui apprendre la vie, jusqu'à ce qu'elle vous demande les clés de la voiture et qu'elle vous envoie promener.

– Comment pourrait-elle nous envoyer promener, si c'est elle qui a les clés ?

Christian éclata de rire pour la première fois depuis bien longtemps.

– C'est juste une expression, Alex. Ça veut dire qu'elle ne voudra plus que vous lui disiez quoi faire.

– Comme Alexanne, donc ?

– Et un jour, ta fille aura des enfants qui lui feront subir le même traitement. C'est le cycle de la vie. Quand elle constatera qu'elle n'est pas le nombril de l'univers, tu commenceras à avoir du plaisir avec elle. Quand je regarde Sylvain jouer avec son petit garçon qui a tout juste un an, je peux déjà voir naître un vrai rapport entre eux.

– Tu ne voudrais pas vivre la même chose ?

– Pas maintenant. Je n'aurais pas l'esprit tranquille.

– Tu as raison.

Alexanne apparut alors à la porte du salon.

– Est-ce une conversation privée ? voulut-elle savoir.

– Nous nous sommes tout dit, répondit Alexei en se levant. Je vais aller voir comment se débrouille Danielle.

Il quitta la pièce après avoir serré son ami dans ses bras.

– Il n'y a pas plus père poule que lui, soupira Alexanne en allant s'asseoir sur le sofa près de Christian.

– C'est normal, c'est son premier bébé. Mon père s'est montré beaucoup moins envahissant avec ma sœur, tandis que moi, j'ai passé une partie de mon enfance dans ses tentacules.

– J'ai connu ça aussi, avoua-t-elle en pensant à ses défunts parents. Ma tante est tellement moins étouffante qu'eux. Pour ce qui est d'Alexei, par contre, on repassera.

– Je suis certain qu'il n'a que de bonnes intentions.

– Ouais… fit la jeune fée avec un air espiègle.

Tatiana et Valéri se joignirent à eux.

– Vous êtes un homme extraordinaire, monsieur Pelletier, le complimenta le vieux Russe. Je vous en prie, soyez prudent dans vos nouvelles entreprises.

– Oui, bien sûr.

– Vous pourrez toujours compter sur nous, ajouta Tatiana.

– Merci, c'est très réconfortant.

Ils regardèrent le match de hockey à la télévision, puis Christian leur annonça qu'il était temps pour lui de rentrer à Montréal. La guérisseuse refusa de le laisser partir.

– À cette heure, le froid gèle la neige sur les routes et les rend glissantes et dangereuses.

N'ayant pas vraiment le choix, Christian se laissa conduire à la chambre d'amis. Tatiana lui fournit tout ce dont il avait besoin pour prendre une douche, mais lui conseilla plutôt de tremper dans un bain de mousse. Il la remercia et appela Mélissa pour lui annoncer qu'il ne coucherait pas à la maison.

Lorsqu'il entra finalement dans la salle de bains décorée d'anges et de cristaux, l'ex-policier découvrit que les fées lui avaient fait couler un bain qui sentait les fleurs.

– Ce n'est tellement pas mon style, soupira-t-il en se dévêtant.

Il dut toutefois admettre qu'il était beaucoup plus reposant de se coucher dans l'eau chaude que de s'y tenir debout et tomba sous le charme des ingrédients magiques que la guérisseuse y avait versés.

Chapitre 11

Un nouvel allié

Christian dormit comme un bébé cette nuit-là. Sans doute les visions maléfiques ne pouvaient-elles pas franchir la barrière de protection que Tatiana avait établie autour de sa résidence. Toutefois, il ouvrit les yeux bien avant le lever du soleil. Il consulta sa montre et vit qu'il n'était que quatre heures du matin. Incapable de fermer l'œil, il s'habilla et descendit à la cuisine avec l'intention de se préparer une boisson chaude. Quelle ne fut pas sa surprise de trouver Alexanne accoudée sur la petite table ronde, à observer une pierre polie posée à quelques centimètres de son nez.

– Est-ce un rituel de fée ? chuchota-t-il, sur le seuil.

– Pas du tout. Vous pouvez entrer.

– Je voulais juste un peu de thé.

– Vous devriez plutôt boire du lait chaud. Asseyez-vous. Je vais vous en préparer.

Christian savait bien qu'il était inutile de discuter avec une fée, alors il prit place dans la chaise à bascule.

– Que fais-tu debout à cette heure-ci ? s'enquit l'ex-policier.

– Je suis si hantée par le mystère de cette pierre que je ne pouvais plus dormir, alors je suis descendue pour tenter de le percer.

– Et tu n'y arrives pas ?

– Non, et Alexei, qui a de plus grands pouvoirs que moi, refuse de m'aider.

– Cette énigme peut-elle être résolue autrement que par la magie ?

– Je n'en sais franchement rien.

Alexanne lui apporta une tasse de lait chaud.

– Merci, jeune dame. Maintenant, explique-moi ton problème. Peut-être que mon esprit de policier y jettera un nouvel éclairage.

– Une femme de Montréal nous a confié cette pierre. Apparemment, sa fille y entend des voix et y capte même des images fort troublantes. Alexei, lui, y a vu des centaines de gens en train de mourir, mais il ne veut plus y toucher, alors je ne sais pas qui ils sont et quand c'est arrivé.

– Quelqu'un pourrait-il s'être servi de ce caillou pour tuer ces gens ?

– Si je me fie aux dires des Wakanda, la petite y a perçu les mots « domination », « épuration », « carambolage », « déraillement », « crash » et « disparition ».

– Quoi ?

– Je sais que ça peut sembler invraisemblable…

– Non, non, pas du tout. Tu viens de résumer tous mes cauchemars. A-t-elle entendu autre chose ?

– Les voix parlent d'un complot pour réduire à moins de cinquante pour cent la population de la Terre par des moyens détournés.

– Pas possible !

– Je ne peux pas confirmer la véracité des dires de l'enfant, puisque ni ma tante ni moi ne sommes capables d'activer les pouvoirs de la pierre. Il n'y a apparemment que la fillette qui y arrive.

– Si elle pouvait me donner des noms ou des adresses, je pourrais sans doute débusquer les coupables des attentats.

– Justement, j'ai dit à madame Wakanda que je désirais m'entretenir en privé avec sa fille, sauf qu'elles habitent Montréal… Vous pourriez m'y emmener ?

– Pas sans la bénédiction de ta tante, ça c'est sûr. Nous le lui demanderons tout à l'heure. Merci pour le lait et merci pour le tuyau.

Christian remonta à l'étage, encouragé par cette découverte. Il n'avait certes pas l'intention de mettre la jeune médium en danger, mais tout ce qu'elle pourrait lui apprendre l'aiderait à capturer les criminels qui avaient pris Montréal pour cible. Sylvain lui avait déjà expliqué que lorsqu'une personne choisissait la bonne voie dans sa vie, il se produisait une foule d'événements miraculeux destinés à la faire progresser.

Alexanne retourna dans sa chambre et déposa la pierre sur une des tablettes de sa petite bibliothèque. Elle s'empara de son cahier d'anges et leur parla des problèmes qu'elle éprouvait avec la pierre. Peut-être auraient-ils des conseils à lui donner…

Elle se glissa ensuite sous ses draps et éteignit la lampe sur le meuble d'appoint. Un timbre, qui n'était pas celui de la porte principale de la maison, résonna dans la pièce, lui arrachant un cri de frayeur. La jeune fée retrouva la lampe à tâtons et fit de la lumière. Manoah était assis en tailleur au pied de son lit.

– Êtes-vous fou ? s'écria-t-elle.

– Je me suis annoncé.

Alexanne attendit que son cœur se calme dans sa poitrine avant de poursuivre cette conversation.

– Vous allez réveiller tout le monde ! lui reprocha-t-elle finalement.

– Ce serait étonnant, puisque seul les Vengeurs dont je m'occupe peuvent m'entendre.

– Si ça continue ainsi, je ne le resterai pas longtemps. Que me voulez-vous au beau milieu de la nuit ?

– Simplement vous dire que c'est une excellente idée d'utiliser un allié.

– Monsieur Pelletier ?

– L'expérience supplée à l'ignorance.

– Pardon ? s'offensa Alexanne.

– Il saura quoi faire dans les situations difficiles.

Alexanne serra les poings.

– Maintenant que vous m'avez livré votre important message, je vous en prie, laissez-moi dormir.

– L'enfant ne sait pas qui elle est. Il faudra la ménager.

– Ça va de soi.

L'adolescente éteignit la lampe et se coucha, espérant que Manoah comprendrait qu'elle ne désirait plus lui parler.

– L'auteur de ces tentatives de crimes nous échappe depuis des années, poursuivit le guide.

– Dans ce cas, nous achèverons ce travail pour vous.

Manoah demeura muet. Alexanne ouvrit un œil et constata avec soulagement qu'il avait disparu.

Au matin, elle s'habilla en vitesse et dévala l'escalier, car elle pouvait déjà entendre les adultes bavarder dans la salle à manger.

– Bon matin, ma soie, la salua Tatiana. As-tu bien dormi ?

– Je suis aussi fraîche qu'une rose !

Elle prit place du côté opposé à Alexei et Christian, près de Valéri.

– Monsieur Pelletier m'a annoncé tout à l'heure que tu voulais te rendre à Montréal avec lui, poursuivit sa tante.

– Je ne vois pas d'autre façon d'aller rendre visite à Sara-Anne. Aucun autobus et aucun train ne passe dans le coin.

Alexanne aperçut le regard désapprobateur de son oncle, mais décida de ne pas en tenir compte.

– Aucun danger ne plane sur cette famille, désormais, ajouta-t-elle.

– Comment rentreras-tu à Saint-Juillet ? la questionna Alexei.

– Je n'en sais rien encore.

– Étant donné que je n'ai plus d'emploi, j'ai tout mon temps. Il me fera plaisir de la ramener à la maison, les informa Christian.

– En fait, je ne la laisserai partir que si vous la suivez comme son ombre à Montréal, précisa Tatiana.

– J'allais justement vous le proposer.

– J'ai seize ans et demi ! protesta la jeune fée.

– Pas toujours, répliqua Alexei. C'est une bonne idée que Christian t'accompagne.

– Quand allez-vous me faire confiance, à la fin ?

Alexei ouvrit la bouche pour répondre, mais le regard de sa sœur aînée lui fit ravaler sa remarque.

– Et je m'attends à ce que tu nous tiennes informés de tes démarches, ajouta la guérisseuse.

– Je ne vous appellerai pas toutes les cinq minutes, tout de même.

– Une fois de temps à autre suffira.

Alexanne se doutait bien que Christian le ferait à sa place plusieurs fois durant la journée. Elle mangea en silence pour ne pas leur donner l'occasion de changer d'idée, puis monta rassembler ses affaires dans son sac à dos. Lorsqu'elle redescendit, Alexei et Christian l'attendaient dans le vestibule.

– Si tu as si peur qu'il m'arrive quelque chose, pourquoi ne viens-tu pas avec nous ? fit l'adolescente en s'arrêtant devant son oncle.

– J'ai une femme et un bébé à protéger.

– Contre quoi ?

– Arrêtez de vous chamailler tout le temps, trancha Christian. Allez, dehors, mademoiselle Kalinovsky, sinon vous manquerez le dernier transport pour Montréal.

Il ouvrit la porte et la laissa passer devant lui.

– Il ne lui arrivera rien, promit-il à Alexei. Je t'en donne ma parole. Prends soin de Danielle et d'Anya. Je m'occupe du reste.

Il serra la main de l'homme-loup avec affection et sortit dans le froid.

Chapitre 12

Précisions

Le VUS avança lentement mais sûrement sur les routes couvertes de neige jusqu'à ce qu'il atteigne enfin l'autoroute. Celle-ci était bien déblayée, mais en raison de la présence possible de glace noire sur l'asphalte, Christian ne fit aucun excès de vitesse. Il sentait sur lui le regard de sa passagère qui l'examinait, mais il ne savait pas vraiment quoi lui dire. La moitié de sa vie, Christian avait surtout mené des interrogatoires et n'avait jamais vraiment appris à parler de tout et de rien.

– Ce doit être affreux de perdre son emploi parce qu'on a simplement dit la vérité, laissa finalement tomber l'adolescente.

– On ne pourrait pas plutôt parler de musique ou de sport ?

– Sans doute, mais comment apprendrai-je à me comporter comme une adulte si ceux qui m'entourent continuent de m'enrober dans de la ouate ?

– C'est un bon point, mais je pensais que la maturité, ça venait tout seul après vingt ans.

– Personnellement, j'aurais préféré attendre jusque-là pour devenir Vengeur, mais le destin en a décidé autrement, alors il va falloir que je vieillisse plus rapidement que les autres filles de mon âge.

– Pour répondre à ta question, chez les Pelletier, il était important de dire la vérité en toutes circonstances. Ma franchise et mon honnêteté m'ont valu beaucoup d'éloges au début de ma carrière. Jamais je n'ai tenté de maquiller les faits, que ce soit pour rendre service à quelqu'un ou pour me donner de l'importance. Lorsqu'on m'a assigné le cas de ton oncle, je me suis tout de suite heurté au scepticisme de mes patrons quand j'ai indiqué dans mes rapports qu'Alexei possédait des pouvoirs spéciaux. Mais puisque nous avions réussi à arrêter et faire condamner le Jaguar, ils ont cessé de poser des questions.

– Mais avec l'arrestation et l'évasion du Faucheur, tout s'est gâché, n'est-ce pas ?

– Si je n'avais pas vécu tous ces événements traumatisants moi-même, je n'aurais pas cru non plus ce que j'ai écrit dans mon dernier rapport. Mes supérieurs pensent que j'ai perdu la raison, mais j'ai refusé de revenir sur ce que j'avais dit.

– Parce que vous êtes intègre.

– Ils m'ont demandé de consulter le psychologue du service. J'ai obéi, mais ça ne s'est pas très bien passé non plus. Alors, ils m'ont congédié.

– Vous avez dû subir un grand choc…

– Je me suis senti trahi, mais après en avoir parlé avec mon père, ça fait moins mal.

– Monsieur Sonolovitch dit que toutes nos épreuves sont destinées à nous faire grandir.

– Sur le coup, c'est plutôt difficile de voir comment.

– Nous ne devons pas laisser nos émotions nous empêcher de faire notre travail, sinon le mal s'installera pour de bon sur la Terre.

– L'éventualité de passer ta vie à t'en prendre à d'autres Desjardins ne te fait pas peur ?

– C'est mon destin. Et puis, quand j'aurai neutralisé suffisamment de sorciers, je passerai mes pouvoirs de Vengeur à une autre personne.

– Ils t'ont au moins laissé une porte de sortie.

Tandis qu'ils approchaient de Montréal, Alexanne remarqua une étrange montre dans le compartiment qui se trouvait au-dessus de la boîte d'embrayage. Elle la prit entre ses doigts et examina le cadran gris, où aucun chiffre n'apparaissait. Il n'y avait qu'un seul bouton orange.

– Est-ce un chronomètre ? voulut-elle savoir.

– Non, même si ça en a l'air. C'est un bracelet de localisation. Les policiers utilisent ces bracelets quand ils se lancent à la chasse à l'homme ou quand ils font des recherches dans les bois. Il émet un signal qui permet au bureau central de le retrouver, en cas d'ennuis.

– Génial.

– J'ai oublié de le rendre à mes patrons. Ils vont certainement me le réclamer bientôt.

Ils arrivèrent sur la rue des Érables, où logeaient les Wakanda. Christian repéra le numéro, puis essaya de trouver un espace de stationnement assez grand pour son véhicule. S'il avait encore eu son badge, il aurait pu le garer en double file.

– Nous allons devoir marcher un peu, annonça-t-il à sa passagère.

– Ça nous fera du bien, répliqua-t-elle, conciliante.

Ils descendirent du VUS et s'engagèrent sur le trottoir plutôt glissant. La plupart des villes du Québec avaient cessé d'utiliser du calcium pour faire fondre la glace, en raison des problèmes environnementaux qu'il engendrait. On répandait plutôt du sable, des gravillons ou parfois rien du tout. Alexanne dut s'agripper au bras de l'ex-policier pour ne pas faire le grand écart sur la surface gelée.

– Nous y sommes presque, l'encouragea Christian.

Ils s'arrêtèrent devant un immeuble en briques de deux étages. Tant au premier qu'au deuxième, on y avait accès par des escaliers qui semblaient aussi dangereux que le trottoir.

– Heureusement, c'est en bas, se réjouit l'adolescente. Je n'aurais jamais été capable de me rendre jusqu'en haut.

– Tu affrontes des sorciers et tu as peur de quelques marches ?

Christian cassa facilement la couche de glace avec ses talons, exposant le bois peint en gris.

– Allez, viens, redoutable Vengeresse.

Ne trouvant pas la sonnette, ils frappèrent à la porte. Judith Wakanda écarta le rideau qui empêchait les passants de voir à l'intérieur de son logement par la porte vitrée. En reconnaissant Alexanne, elle ouvrit, puis jeta un regard inquiet à l'homme qui l'accompagnait.

– Bonjour, madame Wakanda, fit poliment la jeune fée. Voici Christian Pelletier, un ami de la famille qui a accepté de m'emmener jusqu'à Montréal.

– Je vous en prie, entrez.

Ils enlevèrent leur manteau et passèrent au salon. Les murs étaient couverts de cadres qui contenaient des photos de Sara-Anne à partir de sa naissance. Alexanne devina que l'homme aux cheveux noirs qui apparaissait sur certaines d'entre elles était le père de la petite.

– Monsieur Pelletier possède-t-il des dons semblables aux vôtres ? demanda Judith.

Christian allait répondre que non, mais Alexanne le devança.

– Il est médium, affirma-t-elle. Il reçoit lui aussi de puissantes visions et nous avons des raisons de croire qu'elles sont peut-être reliées à ce que votre fille a entendu dans la pierre. Est-elle à la maison ?

« Pour son âge, Alexanne se débrouille drôlement bien », songea l'ex-policier. Il décida donc de garder le silence et de se contenter de noter autant de détails qu'il le pourrait durant l'entrevue.

– Elle est en train de faire ses devoirs dans sa chambre. Je vais aller la chercher.

Quelques minutes plus tard, la fillette entra timidement dans le salon, marchant dans l'ombre de sa mère.

– Bonjour, Sara-Anne. Je te présente Christian. Je crois que vous recevez tous les deux des visions complémentaires.

– Il entend des voix ?

– Pas tout à fait. Il fait des rêves prémonitoires, mais nous en parlerons plus tard. Pour l'instant, nous avons besoin d'en apprendre un peu plus au sujet de ton expérience à toi.

– Vous n'avez rien entendu dans la pierre ?

– Non. Elle refuse obstinément de nous livrer ses secrets. C'est pour ça que je suis ici.

Sara-Anne jeta un œil craintif du côté de Christian et alla s'asseoir près d'Alexanne.

– Raconte-nous comment tu as capté les voix la première fois, la pria la fée.

– La pierre était sur mon bureau quand j'ai entendu les murmures, alors je l'ai mise contre mon oreille, comme on fait avec les coquillages. Au début, ça ressemblait à de la musique et je trouvais ça apaisant. Je la prenais tous les soirs dans mon lit et son ronronnement m'aidait à m'endormir. Mais après le jour de l'an, j'ai entendu des mots. Maman m'a demandé de les écrire, parce que je ne savais pas toujours ce qu'ils voulaient dire.

– Est-ce que ta mère pouvait aussi les entendre ?

– Sara-Anne ne s'en est jamais servie en ma présence, précisa Judith.

– Vous n'avez jamais cherché à vérifier si la pierre ne parlait qu'à votre fille ? s'étonna-t-elle.

Judith se mit à blêmir.

– Maman a peur des choses qui ne sont pas naturelles, avoua la fillette. C'est pour ça qu'elle s'est débarrassée de la pierre. Elle a eu de mauvaises expériences avec un…

– Sara-Anne, tais-toi.

La petite lui obéit sur-le-champ et baissa les yeux.

– Ils ne sont pas venus jusqu'ici pour que je leur raconte ma vie. C'est de toi qu'il s'agit.

– Oui, maman.

– Si la pierre était dans ta main et qu'elle se mettait à parler, crois-tu que je pourrais entendre ces voix moi aussi ? continua Alexanne comme si cette petite altercation n'avait pas eu lieu.

– Je ne sais pas.

– Est-ce que tu accepterais d'essayer ?

– Je n'ai plus la pierre.

– Elle est dans ma poche.

Christian vit la mère se raidir comme si Alexanne avait annoncé qu'elle était en possession d'un serpent venimeux.

– Je voudrais entendre les voix, moi aussi, insista la fée.

– D'accord…

Alexanne la déposa doucement sur la paume de la fillette et n'eut pas à attendre longtemps.

– *Quelqu'un s'amuse à contrecarrer nos plans…* fit la voix lointaine d'un homme.

Christian sortit son téléphone, actionna la fonction d'enregistrement sonore et l'approcha du gros caillou.

– *Ces amateurs ne savent pas à qui ils s'attaquent*, déclara une femme.

– *Je ne crois pas qu'il s'agisse d'amateurs*, répliqua l'homme. *Personne ne connaissait nos projets.*

– *Nous ne t'avons pas trahi, maître, car nous n'avons aucun contact avec le monde extérieur.*

– *Ceux qui ont saboté l'élimination des élèves et des passagers du train ne sont pas des humains ordinaires.*

« Des humains ? » répéta intérieurement Christian.

– *Peuvent-ils nous empêcher de faire disparaître tous les corrompus ?*

– *Non, car à partir de maintenant, nous allons mettre en action plusieurs mises à mort au même moment. Ils ne pourront pas intervenir partout.*

– *Le maître sera ravi.*

– *Mettez-vous au travail. Vous savez ce que vous avez à faire.*

La pierre se tut, alors Sara-Anne s'empressa de la remettre à Alexanne.

– Elle dit toujours des choses méchantes, gémit-elle.

– Une dernière question : pourrais-tu me dire si c'est en regardant la pierre que tu vois les gens à qui appartiennent ces voix ?

– Je les voyais dans ma tête, la nuit, quand je m'endormais avant de la mettre sur mon bureau, répondit la fillette en tremblant.

– Je vous en prie, arrêtez, les implora Judith.

– Si je te montrais le dessin d'un visage, est-ce que tu pourrais me dire si c'est l'homme qui parle dans la pierre ? s'enquit Christian.

– Ils n'ont pas de visage, hoqueta la fillette. Ils sont tous noirs…

– Merci, Sara-Anne, s'interposa Alexanne. Nous n'avons plus de questions.

– Je vous en conjure, ne laissez pas la pierre ici, fit Judith, effrayée.

– Ce n'était pas notre intention.

Christian suivit la jeune fée jusqu'à l'entrée et remit son manteau.

– Vous les avez vus aussi ? demanda Sara-Anne, qui les avait suivis.

– Je n'en ai vu qu'un seul, répondit l'ex-policier. Ne crains rien, petite. Je ferai tout ce que je peux pour les arrêter.

Les visiteurs retournèrent au VUS en silence.

– Il y a sûrement un récepteur à l'intérieur de cet objet, déclara Christian, une fois assis dans le camion. Si on arrivait à l'en extraire, on pourrait sans doute s'en servir pour retrouver l'émetteur.

Ils se rendirent donc chez Phil, un ami du père de Christian qui se spécialisait dans le découpage du métal à l'aide d'instruments au laser. L'ex-policier salua la réceptionniste et lui demanda si l'homme en question était au travail.

– Il est là depuis sept heures ce matin. Voulez-vous un guide ?

« Tant qu'il ne s'agit pas de Manoah… » grommela intérieurement Alexanne.

– À moins que vous ayez déplacé son atelier, je me souviens du chemin.

Alexanne suivit Christian dans un dédale de corridors, certains très bruyants, d'autres carrément poussiéreux. Ils aboutirent finalement dans une pièce où un homme, portant des lunettes de sécurité, était en train de découper une toute petite pièce de métal derrière un écran vitré. Les visiteurs attendirent dans la zone marquée sécuritaire qu'il ait terminé l'opération.

– Phil ? l'appela Christian lorsqu'il eut fini son travail de précision.

– Si ce n'est pas le petit Pelletier ! s'exclama le vieil ami de Priame.

Il s'approcha pour le serrer dans ses bras avec affection.

– Mais qu'est-ce que tu viens faire ici ? Et avec ta fille en plus ?

– Je n'ai pas d'enfants, Phil. Alexanne est la nièce d'un ami.

– Elle est ici pour un travail scolaire ?

– Non. C'est moi qui ai une faveur à te demander.

Christian fit signe à la fée de sortir la pierre de son manteau.

– Nous aimerions que tu la coupes en deux.

– J'ai plutôt l'habitude de travailler avec du métal, mais j'imagine que je peux au moins essayer. Restez ici.

Phil retourna à sa table de travail et calibra l'appareil.

– Et s'il endommageait le récepteur ? chuchota Alexanne.

– On le fera réparer par un autre de mes amis, la rassura Christian.

Ils patientèrent tandis que l'ouvrier s'affairait à fendre la pierre en deux, mais au bout d'une vingtaine de minutes, celui-ci revint derrière la barrière protectrice.

– Sommes-nous rendus au moment où tu m'avoues que cet objet est d'origine extraterrestre ? fit très sérieusement Phil.

– Quoi ? s'étonna Christian.

– Le laser n'altère même pas sa surface ! Où l'as-tu eu ?

– Dans une rivière, répondit Alexanne pour éviter un interminable interrogatoire.

– La seule chose que je puisse te conseiller, Christian, c'est de la porter à l'Agence spatiale.

– Merci, Phil. Tu viens de transformer ma médiocre vie en une merveilleuse aventure.

– Allez, filez, les enfants. J'ai du travail, moi.

En état de choc, Christian et Alexanne regagnèrent le VUS à toute vitesse.

– Extraterrestre ! s'exclama l'adolescente une fois qu'ils se furent éloignés de l'usine.

– Après les sorciers, les démons et les monstres, il ne manquait plus que ça.

Le téléphone sonna dans la poche de Christian. Il fouilla dans le petit coffre au milieu du tableau de bord et finit par trouver son oreillette. Il l'installa en un tour de main et la mit en marche.

– Pelletier.

– Où es-tu ? fit la voix inquiète de Mélissa.

– Je suis dans l'est de la ville avec Alexanne.

– Si tu as l'intention d'aller la reconduire maintenant, oublie ça. Il y a eu un carambolage monstre sur l'autoroute des Laurentides et personne n'y a accès sauf les véhicules d'urgence. Ramène-la à la maison. Nous déjeunerons ensemble, puis nous irons la reconduire plus tard dans la soirée, quand les débris auront été enlevés.

– Bien compris, chef.

– J'aimerais que tu me dises où tu vas, Christian, surtout en ce moment.

– Pardonne-moi. Je n'y ai pas pensé. Je serai à la maison dans une demi-heure tout au plus.

Il ferma l'oreillette et la remit à sa place.

– Chef ? s'étonna Alexanne.

– C'est le petit nom d'amour que je donne à Mélissa.

– Très romantique…

Christian se faufila de son mieux dans la circulation, tandis que la jeune fée regardait dehors, se rappelant les hivers de son enfance.

Chapitre 13

Éclaircissements

Au moment où Christian trouvait enfin un stationnement non loin de son immeuble, une neige abondante se mit à tomber. Il fit monter Alexanne chez lui et rangea leurs manteaux dans la penderie. Mélissa vint à leur rencontre et embrassa délicatement son amant sur les lèvres, heureuse de le voir moins misérable.

– J'ai décongelé la sauce à spaghettis, annonça-t-elle.

– Je vais t'aider à préparer le dîner pendant que cette jeune dame appelle sa tante pour lui expliquer qu'elle est retenue ici.

Alexanne se retrouva seule dans le salon ultramoderne de Mélissa Dalpé. Les sofas étaient en cuir brun et les tables en verre. L'adolescente s'installa dans un fauteuil en forme de cage, accroché au plafond, et composa le numéro de la maison.

– Bonjour, Alexanne, répondit Tatiana.

– Devinez où je suis.

– Chez mademoiselle Dalpé, où tu passeras la nuit.

– J'oubliais que vous savez toujours tout.

– Une autre tempête va s'abattre sur nos régions au cours de la soirée. Il serait plus prudent que vous ne preniez pas la route avant demain.

– Ce sera la première fois que je ne coucherai pas chez nous.

– Tu peux nous appeler si tu en ressens le besoin, mais je suis certaine que monsieur Pelletier prendra bien soin de toi.

– C'est un homme exceptionnel. J'aimerais bien que Matthieu lui ressemble quand il sera plus vieux.

– Essaie de te reposer, ma soie. Tu me raconteras toutes tes péripéties à ton retour.

– Promis.

L'adolescente raccrocha et envoya un texto à son petit ami, qui devait sûrement être enseveli sous la neige, puisqu'il en tombait toujours plus à Québec qu'à Montréal. Elle lui écrivit qu'il lui manquait beaucoup, mais décida de ne pas l'effrayer en lui racontant ce qu'elle avait appris sur la pierre. Elle lui parla plutôt de la triste situation de Christian et de sa détermination à surmonter sa déception.

– Le dîner est servi, annonça alors Mélissa.

Alexanne ferma le téléphone et rejoignit les adultes dans la salle à manger, attenante à la petite cuisine. Les spaghettis fumaient sur son assiette.

– Ça sent bon ! s'exclama la jeune fée.

– Alors, vous vous attaquez aux extraterrestres, maintenant ? se moqua Mélissa.

– Nous n'avons aucune preuve que cet objet provient de l'espace, fit remarquer Alexanne.

– Mais un laser ne lui fait pas une seule égratignure !

– Les savants inventent des tonnes de dispositifs dont nous ne savons rien pour le compte des gouvernements, rétorqua Christian.

– Pour les jeter ensuite dans les rivières ? répliqua Alexanne.

– L'espion qui le transportait a peut-être été obligé de s'en débarrasser avant d'être tué.

– Dans les films, oui, mais nous sommes dans la vraie vie. Pourquoi quelqu'un aurait-il mis un récepteur dans un objet en forme de pierre volcanique ?

– Je ne démords pas de ma théorie d'espionnage.

– C'est très curieux, en effet, admit Mélissa. Cependant, lorsque je vous écoute parler, j'ai l'impression que les gens qui possèdent l'émetteur n'ont aucune idée que le récepteur est actif. Ils se parlent sans retenue ou sans utiliser de code.

– L'espion a peut-être caché l'émetteur chez eux avant de mourir, ajouta Christian avec un sourire moqueur.

– Tu regardes trop de films, le taquina Mélissa.

– À mon avis, nous n'éluciderons ce mystère que lorsque nous aurons retrouvé les terroristes, prédit Alexanne.

– Nous ? s'étonna Mélissa. Il n'est pas question que Christian te mêle à une opération aussi dangereuse. Si quelqu'un doit l'appuyer, ce sera la police.

– Mon oncle dirait la même chose, mais vous oubliez que je suis désormais un Vengeur. Je n'aurai qu'à m'approcher du sorcier pour qu'il soit consumé par les flammes.

– Et si ce n'en était pas un ? fit la femme policier.

– Alors, vos fusils seront très utiles.

Parce qu'il n'y avait qu'une seule chambre à coucher dans l'appartement, Mélissa installa son invitée sur le sofa du salon dans de douces couvertures en molleton. La jeune fée reçut une réponse de Matthieu sur son téléphone et passa une heure à bavarder silencieusement avec lui par le biais de textos. Déçue d'avoir oublié son cahier d'anges à Saint-Juillet, elle éteignit tout et essaya de dormir. Ce n'était pas facile dans un endroit aux odeurs si différentes de celles auxquelles elle était habituée. Même le cynisme de Coquelicot lui manquait.

Elle commençait à s'assoupir lorsqu'elle sentit une présence près d'elle. D'une main tremblante, elle chercha le mécanisme pour allumer la lampe, mais n'eut pas le temps de le trouver. Une belle lumière dorée entoura son visiteur nocturne.

– Manoah… soupira la jeune fée, soulagée que ce ne soit pas un criminel.

– Cessez de malmener l'*insimul*.

– Le quoi ?

– La pierre de transmission.

– C'est maintenant que vous m'en parlez ?

– La plupart des *insimuls* permettent d'être entendu et de communiquer, mais certaines sont configurées pour accepter temporairement seulement une de ces deux fonctions. En la manipulant de la mauvaise façon, vous pourriez en modifier la programmation.

– Le récepteur pourrait se transformer en émetteur ? s'effraya-t-elle.

Ce qui signifiait que les terroristes pourraient à leur tour les entendre !

– Est-il trop tard ?

– Je n'en sais rien.

Alexanne sortit la pierre de son sac à dos et la lui présenta.

– Vérifiez-la.

– Cela ne fait pas partie de mes capacités. Je ne suis qu'un guide. Je donne des conseils, mais je ne possède pas suffisamment de densité pour intervenir directement dans le monde physique ou sur la matière solide.

– Ah bon…

L'adolescente déposa l'*insimul* sur la table basse.

– Restons-en donc à ce que vous pouvez faire. Parlez-moi de ce dispositif, et pas en paraboles, cette fois.

– Il a été créé il y a des milliers d'années par un peuple d'une planète ancienne.

– Des milliers d'années et il fonctionne encore ?

– Il s'agit d'une technologie qui utilise des cristaux plutôt que des pièces manufacturées, ce qui procure aux objets ainsi créés une longévité illimitée.

– Si ces *insimuls* ont été façonnées ailleurs, pourquoi en retrouve-t-on ici ?

– Ce peuple en a fait cadeau aux humains qu'ils ont sortis de leur état primitif en améliorant leur ADN.

– Je n'ai jamais entendu parler de ça dans mes cours d'histoire.

– Vous ne savez rien de votre passé, parce que les documents qui traitaient des premières civilisations ont disparu. Heureusement, il en existe des copies sur d'autres planètes.

– Quoi ?

– Le gouvernement galactique possède des archives impressionnantes. C'est le réceptacle de toute la connaissance du monde.

– Comme le Vatican, quoi ?

– Il ne s'agit pas de secrets, mais d'informations qui sont à la portée de tout le monde.

– Je pourrais les consulter ?

– Malheureusement, les habitants de la Terre ne sont pas encore assez évolués pour s'adresser à l'archiviste à l'aide de leurs facultés télépathiques, mais il n'est pas impossible que vous y arriviez un jour.

– À ce moment-là je ne serai probablement plus de ce monde, se découragea Alexanne. Continuons de parler des *insimuls*.

– Les humains étaient disséminés sur la Terre. Pour communiquer entre eux, ils utilisaient les *insimuls* comme téléphones.

– Ils parlaient tous la même langue ?

– Oui, au début des temps. Il est arrivé par la suite des colons d'autres systèmes solaires qui avaient leur propre langue et leurs propres coutumes.

– Nous sommes vraiment ignorants...

– Toutefois, vous n'êtes pas complètement responsables de votre ignorance. Ces connaissances ont été perdues lors de cataclysmes naturels que vous ne pouviez pas empêcher. Des bibliothèques ont aussi été ravagées par les guerres.

– Ça, c'est notre faute.

– Ce qui est important, c'est que vous n'arrêtiez pas d'évoluer. Un jour, vous rattraperez vos frères des étoiles.

– Mes petits-petits-petits-petits-enfants le feront, vous voulez dire.

– Je parle évidemment de la race humaine tout entière.

– Revenons à la pierre, Manoah. Si elle nous permet d'entendre les terroristes, est-ce parce qu'ils possèdent eux aussi une pierre semblable ?

– Assurément.

– Savent-ils que leur pierre est active ? Le font-ils exprès de nous transmettre de fausses informations ?

– Leur pierre est sur une étagère encombrée d'outils.

– Donc, en localisant son énergie, je pourrais découvrir où se cachent ces criminels ?

– Le rôle des Vengeurs n'est pas de jouer les détectives. Ils doivent se rendre sur les lieux qui leur sont indiqués en temps voulu.

– Alors, ils manquent toute l'action…

– Ils sauvent pourtant beaucoup de vies.

Alexanne n'eut pas le temps de le questionner davantage. Le salon fut brusquement plongé dans le noir.

Chapitre 14
Escarpes

Dans une usine désaffectée de Montréal, quatre sinistres personnages étaient réunis au centre d'une pièce dont les murs en béton grisâtre étaient lézardés un peu partout. Des bouts de tuyaux et des fils pendaient du plafond. Autrefois, ils servaient à conduire le gaz, l'eau et l'électricité vers d'énormes machines qu'on avait depuis longtemps arrachées à leurs écrous. Il n'y avait plus de chauffage ni de lumière dans l'énorme bâtiment aux fenêtres brisées. Malgré tout, Narciziu Lansing et ses trois acolytes féminins s'y cachaient depuis plusieurs semaines déjà, ignorant le froid et bien souvent la faim, afin d'y conduire leurs ignobles messes noires.

Donnant raison à Tatiana Kalinovsky, qui ne cessait de déclarer que la lumière ne pouvait exister sans l'obscurité, Narciziu et les trois femmes s'affublaient de tuniques rouges et ne cessaient d'implorer l'aide de tous les démons de l'enfer afin de tuer le plus d'humains possible. En effet, leur désir le plus cher était de redonner la Terre à Satan et de régner à ses côtés. Ils ignoraient évidemment que le Prince des Ténèbres ne partageait pas son pouvoir.

Jusqu'à présent, personne, sauf quelques médiums qui n'arrivaient pas à se faire entendre, ne s'était douté que les récents accidents et catastrophes naturelles avaient été causés par plusieurs groupes de sorciers de toutes les nationalités dispersés sur la planète.

Les quatre sombres personnages qui s'étaient donné pour mission de s'attaquer au Québec étaient assis en cercle au milieu d'un vieux kilim, autour duquel brûlaient de grands cierges. Une étoile à cinq branches avait été dessinée avec du sang au milieu du tapis.

– Narciziu, ne devrions-nous pas éliminer d'abord ceux qui contrecarrent nos plans ? demanda Tristana, une jeune femme aux cheveux noirs très courts et aux yeux orangés.

– Ils ne pourront pas empêcher tous les accidents que nous allons provoquer jusqu'au retour du maître, affirma le mage noir avec un fort accent slave.

Il était impossible de donner un âge à cet homme maigre comme un clou, au visage émacié et aux longs doigts squelettiques. Ses cheveux blonds clairsemés étaient si pâles qu'ils semblaient blancs et ses yeux vairons étaient fuyants. S'il semblait aussi frêle qu'un vieillard, il détenait néanmoins un terrifiant pouvoir, qu'il n'utilisait que pour faire le mal. Narciziu Lansing avait grandi dans un petit village de Bulgarie encerclé par de hautes falaises, élevé par sa grand-mère puisqu'il avait tué ses parents. Cette dernière lui avait appris tout ce qu'elle savait sur Lucifer et elle l'avait même poussé à signer un pacte avec lui. Depuis, Narciziu avait parcouru le globe à son service sans jamais enfreindre ses ordres. Il avait dirigé bien des équipes de jeunes gens depuis le début de sa carrière d'assassin, mais aucun de ses adeptes n'avait vécu bien longtemps.

– S'ils parviennent à faire obstacle une fois de plus à ta volonté, supposa Alfhilde, une grande rousse qui portait ses cheveux en queue de cheval, nous laisseras-tu les tuer ?

– Patience, mes amours. Vous pourrez vous amuser plus tard.

À son arrivée à Montréal, Narciziu avait choisi de s'entourer de femmes, car les hommes qu'il avait recrutés à Londres quelques années auparavant avaient tous sauté avec les bombes qu'ils avaient posées. À son avis, les femmes étaient plus rigoureuses et plus dociles. Sa troisième complice était une petite brunette silencieuse qu'il appelait Deirdra. Narciziu ne s'embarrassait pas des noms de famille.

– Cette semaine, incitons les autres cellules à frapper en même temps partout dans le monde. Nous pourrons ainsi découvrir combien de valeureux soldats de la lumière essaient de nous empoisonner la vie.

Il tendit les mains de chaque côté et les deux jeunes femmes qui avaient parlé les prirent aussitôt. Les quatre meurtriers formèrent ainsi un cercle. Au milieu du pentagramme reposait un petit autobus jaune en plastique sur une carte de la province. Plusieurs punaises rouges étaient plantées à différents endroits pour indiquer les lieux où le sorcier désirait que se produisent les accidents.

Narciziu se mit à réciter ses incantations en latin, implorant les démons de l'enfer de se manifester afin que chacun des autobus scolaires qui passeraient aux endroits choisis subisse leur attaque.

Des voix se firent alors entendre, d'abord sous forme de murmures, puis leur force augmenta jusqu'à ce qu'elles deviennent assourdissantes. Puis, d'un seul coup, le silence tomba dans la pièce soudain réchauffée par la présence des esprits malfaisants. Au centre de l'étoile, le petit autobus jouet s'enflamma.

Chapitre 15

Difficile à croire

Christian se leva le premier et prépara le petit déjeuner. Les arômes du café, du bacon et des œufs finiraient bien par attirer les deux femmes dans la cuisine. Alexanne fut la première à se manifester. Les cheveux en bataille, elle prit place à la table et posa la pierre noire devant elle.

– C'est devenu ton doudou ?

– Il semble en effet que je ne pourrai pas m'en débarrasser avant longtemps. J'ai cependant appris beaucoup de choses à son sujet la nuit dernière.

Alexanne lui répéta les propos de Manoah.

– Qui pourrait être assez fort pour retrouver la deuxième pierre en se servant uniquement de ses pouvoirs ? voulut savoir l'ex-policier.

– Alex, mais on ne pourra pas le décoller de son bébé, même si la survie de la planète entière en dépendait. Dommage que vous ne maîtrisiez pas votre don.

– Je n'en voulais même pas.

– Moi, je pense que c'est le destin qui vous pousse sur cette voie.

– Mon père me dit exactement la même chose, mais ce n'est pas encore très clair dans mon esprit.

– Quand je suis arrivée à Saint-Juillet, j'ai résisté moi aussi à ma nouvelle vie. Aujourd'hui, je ne changerais de place avec personne. Au contraire, j'aimerais avoir plus d'expérience en tant que fée pour mieux combattre le mal.

– Toutes les fées pourchassent-elles les terroristes ?

– Bien sûr que non. Ce sont d'abord et avant tout des guérisseuses. Moi, je suis un cas différent, parce qu'un Vengeur m'a cédé son rôle.

– Ces Vengeurs sont-ils obligés de faire cavalier seul ?

– Pas à ma connaissance.

– Faut-il être un être surnaturel pour les seconder ?

– Vous feriez ça pour moi ? se réjouit l'adolescente.

– Il n'est pas question que je laisse une enfant de seize ans se lancer toute seule aux trousses de meurtriers. Par quoi commence-t-on ?

– Si nous arrivions à localiser la pierre qu'ils possèdent, nous pourrions les capturer.

– Sans Alex ?

– Oublions-le. Pour l'instant, j'aimerais prendre l'air. J'ai besoin de réfléchir.

Dès qu'ils eurent terminé le repas, Mélissa se mit en route pour le travail, tandis que son amoureux et leur invitée allaient marcher sur la rue Sainte-Catherine, dont les trottoirs étaient déjà bien déneigés.

– Ça me fait du bien de revenir ici, avoua Alexanne, surtout que je sais maintenant que la mort n'est pas une fin, mais le commencement d'une autre vie.

– Tu fais référence à tes parents ?

– Oui. Ils ont péri en même temps dans un accident de la circulation. J'ai eu beaucoup de peine, jusqu'à ce que ma tante me fasse comprendre qu'ils n'étaient pas malheureux et qu'ils observaient mes progrès avec beaucoup de fierté.

– Es-tu certaine que c'est mieux de l'autre côté ?

– J'en suis persuadée.

– Je trouve ça bien difficile à croire.

– Comment voyez-vous la mort, alors ?

– Comme une espèce de grand trou noir dans lequel on nous jette quand notre expérience terrestre est terminée.

– C'est plutôt lugubre.

Les nouveaux partenaires dans la lutte contre le mal avancèrent en silence pendant un moment.

– Avez-vous l'esprit ouvert, monsieur Pelletier ? demanda finalement Alexanne.

– Après ce que j'ai vu à la forteresse de la montagne, disons qu'il est moins fermé qu'avant.

– Il n'y a pas que ma tante qui m'ait parlé de ce qui nous arrive dans l'au-delà. J'ai eu une longue conversation avec ma sœur jumelle, qui est décédée alors qu'elle n'avait que quelques mois.

– Tu as parlé avec un bébé mort ? s'horrifia Christian.

– Elle m'est apparue dans le corps qu'elle avait dans une autre de ses vies.

– Je crois aux démons, aux sorciers, aux fées et aux coïncidences, mais je n'ai rien vu qui me prouve que nous nous réincarnons.

– Ça viendra. Pour l'instant, ce que vous devez retenir, c'est que chaque seconde de notre existence est précieuse. Il faut apprendre à vivre au lieu d'attendre de mourir.

– Je ne sais pas si je serai capable de travailler longtemps avec une adolescente philosophe, plaisanta Christian.

– J'ai des moments de folie comme tout le monde.

– Pour tout te dire, je n'ai jamais pensé à ma mortalité avant qu'on me plante un poignard dans la poitrine. Je me suis senti vulnérable et je n'ai pas du tout aimé cette impression.

– Vous êtes comme Alexei. Lui aussi, il a besoin de se sentir puissant.

– Si nous allions nous réchauffer un peu dans un petit café ? J'ai les pieds congelés.

– C'est parce que vous ne savez pas choisir vos bottes !

Ils entrèrent dans un petit établissement où on servait surtout du café et des collations. Christian ouvrit la bouche pour commander du café, mais Alexanne le devança.

– Deux tasses de thé vert, je vous prie.

L'ex-policier paya la note et suivit l'adolescente jusqu'à la table la plus rapprochée de l'appareil de chauffage.

– On dirait que vous n'aimez pas l'hiver, remarqua la fée en plongeant le sachet de thé dans l'eau bouillante.

– Le froid ne me dérangeait pas quand j'avais ton âge. Je jouais au hockey avec mes copains sur la patinoire extérieure de mon quartier et je faisais du ski alpin. En vieillissant, il a commencé à s'infiltrer jusqu'à mes os.

– Avec une meilleure alimentation et des vêtements plus convenables, vous pourriez éviter ces souffrances.

– Est-ce que tu serais la réincarnation de ma mère, par hasard ? la taquina-t-il.

– Peut-être bien. Je ne connais pas toutes mes vies antérieures. Je sais seulement que j'en ai eu.

– Ce qui me trouble le plus dans toutes ces histoires, c'est qu'on ne nous a jamais enseigné ça à l'école.

– J'ai eu la même réaction que vous la première fois qu'on m'en a parlé. C'est comme si la majorité avait décidé de nous retenir dans le monde matériel parce qu'elle avait peur des croyances de la minorité.

– Il n'y a donc pas que ta famille qui croit à tous ces trucs ?

– Ma tante dit que les gens qui connaissent la vérité sont de plus en plus nombreux.

– Où peut-on prendre un cours accéléré sur tout ce qu'on a oublié de nous dire ?

– Chez les Kalinovsky, le taquina Alexanne. Mais si vous voulez mon avis, le mieux, c'est de prendre une chose à la fois. On ne peut pas déprogrammer un cerveau d'un seul coup, surtout à votre âge.

– Quoi ?

– Vous avez été davantage exposé à la désinformation que moi, avouez-le. On vous a inculqué des schémas de pensée et des méthodes que vous avez adoptées sans réfléchir et dont vous avez maintenant beaucoup de mal à vous départir.

– Qu'est-ce que tu essaies de me dire, au juste ?

– Avant d'acquérir de nouvelles connaissances, vous allez devoir faire table rase de tout ce que vous avez appris.

– Puis-je te faire remarquer que les techniques policières qu'on m'a enseignées pourraient nous être fort utiles dans notre enquête ?

– Je parlais de vos croyances.

– Dieu, les anges et tout le tralala ?

– Les premiers existent. C'est tout le tralala que vous devez réexaminer.

– J'ai compris qu'il existe des créatures bizarres et des hommes qui possèdent des pouvoirs dont on ne fait état que dans les livres d'épouvante. Je viens également d'apprendre que des malfaiteurs complotent pour régler le problème de surpopulation de la Terre. C'est déjà beaucoup.

– Il vous faudra aussi accepter que vous n'êtes pas uniquement un homme de chair et de sang, mais aussi un être de lumière qui a emprunté un corps afin d'accomplir quelque chose de merveilleux durant son passage sur cette planète.

– Pourrait-on remettre cet exercice mental à plus tard ?

– Oui, bien sûr.

– Parlons plutôt des terroristes que nous devons stopper. Si nous faisons le point, nous avons un récepteur que nous ne pouvons pas ouvrir, alors nous devons imaginer une autre façon de localiser l'émetteur qui se trouve entre les mains des meurtriers. Nous avons besoin de l'aide d'une personne possédant des pouvoirs de localisation, parce que les moyens conventionnels ne fonctionneront pas. Tatiana ?

– Ma tante est puissante, mais elle utilise ses facultés pour guérir les malades.

Alexanne but une gorgée de thé en réfléchissant.

– Elle m'a aussi révélé que j'ai de la parenté magique partout dans le monde.

– Nous n'avons ni le temps, ni l'argent pour aller chercher une fée en Russie.

L'adolescente sortit son téléphone de la poche de son anorak et composa le numéro de la maison.

– Bonjour, tante Tatiana. Puisque vous savez déjà ce que je vais vous demander, quelle est votre réponse ? fit moqueusement Alexanne.

– Je ne sais malheureusement pas tout, ma soie. Avant de te donner l'information que tu cherches, je veux d'abord te remercier de me donner de tes nouvelles, comme je te l'avais demandé.

– Ne me remerciez pas trop vite, parce que ce n'était pas l'intention de cet appel.

– Maintenant, ça l'est. Tu as une cousine à Montréal, qui porte le nom d'Ophélia Ivanova.

– Fait-elle partie des membres de la famille avec lesquels vous correspondez régulièrement ?

– Nous nous écrivons au moins une fois par année. C'est une femme très occupée, qui soigne les âmes de personnalités connues.

– Aura-t-elle le temps de nous recevoir ?

– Je vais lui téléphoner et voir si c'est possible. Toutefois, je ne suis pas certaine qu'elle puisse te venir en aide.

– Si, contrairement à moi, elle a développé tous ses pouvoirs, elle pourra sûrement me fournir un indice sur la cachette des criminels.

– Tu as aussi une cousine aux États-Unis qui travaille avec la police.

– Dans quel État ?

– Au Colorado.

– C'est loin, mais si jamais nous aboutissions à une impasse, peut-être devrais-je m'y rendre. En passant, combien ai-je de cousines ?

– Un peu plus de quarante.

– Mon père connaissait-il leur existence ?

– Oui, ma chérie, mais il ne t'en a pas parlé, pour t'empêcher de devenir une fée comme elles.

– C'est vraiment dommage.

– À mon avis, tu rattrapes bien le temps perdu. Fais attention à toi, d'accord ?

– Cessez de vous inquiéter. Les sorciers brûlent quand je les approche !

– Mais leurs armes ont sans doute une très grande portée.

– Je serai prudente. À tout à l'heure.

Alexanne nota l'adresse de sa cousine de Montréal sur son téléphone et remercia sa tante.

– Ce sera notre prochaine étape, annonça l'adolescente à l'ex-policier qui l'observait.

Ils eurent le temps de boire tout le thé avant que Tatiana rappelle sa nièce : la fée montréalaise acceptait de rencontrer le duo d'enquêteurs en début d'après-midi.

– Décidément, ma vie ne sera plus jamais la même… soupira Christian.

Chapitre 16
Ophélia

Sa formation de policier poussa Christian à questionner Alexanne sur cette cousine russe qui, curieusement, habitait la métropole. L'adolescente ne savait encore rien à son sujet, sauf qu'elle possédait les mêmes pouvoirs que toutes les autres fées. Ils retournèrent à l'endroit où Christian avait garé le VUS et traversèrent patiemment le centre-ville, longèrent le cimetière de la Côte-des-Neiges et descendirent sur le chemin Queen Mary jusqu'à l'intersection du chemin Circle. Les chasse-neige venaient tout juste de nettoyer la rue. Alexanne étira son cou pour aider son ami à trouver l'adresse d'Ophélia.

– C'est là ! s'exclama soudain la jeune fée.

La maison n'était pas une construction récente. Elle semblait plutôt provenir tout droit du Moyen Âge avec sa tour en pierre et ses murs blancs.

– Même sans l'adresse, je pense que j'aurais pu la reconnaître, indiqua Christian.

Il stationna le VUS dans l'entrée du garage et attendit qu'Alexanne fasse le tour du véhicule pour se diriger vers la porte.

– Comment vas-tu lui demander ce service ? s'inquiéta l'ex-policier.

– De la façon la plus simple possible.

L'adolescente chercha le bouton de la sonnette autour de la porte.

– À mon avis, il faut se servir de ce truc-là, indiqua Christian en pointant une tête de dragon qui tenait un gros anneau entre ses dents. C'est un heurtoir.

– À vous l'honneur.

Il frappa quelques coups sur la porte avec la boucle de métal. La porte s'ouvrit. Avant même d'apercevoir le visage d'Ophélia, les visiteurs furent assaillis par tout un bouquet de douces odeurs.

– Bonjour, Alexanne, lui dit la fée en lui souriant.

Elle ressemblait à une version plus jeune de Tatiana !

– Je vous en prie, entrez.

Il était difficile de deviner l'âge d'Ophélia, mais elle semblait être de la génération de Christian. Ses yeux verts pétillaient de bonheur et aucune mèche grise n'apparaissait dans ses cheveux noirs légèrement bouclés qui balayaient ses épaules.

– Madame Ivanova... commença l'adolescente.

– Entre cousines, on peut bien utiliser notre prénom, n'est-ce pas ? la coupa la fée.

– Oui, bien sûr. Alors, Ophélia, je vous présente Christian Pelletier, un ami de la famille.

– Je vous en prie, découvrez-vous.

Elle n'avait pas terminé sa phrase que l'adolescente avait déjà fait glisser la fermeture Éclair de son manteau.

Voyant que son compagnon avait du mal à déboutonner son pardessus, Ophélia l'aida à l'enlever. Ce contact avec l'énergie de Christian fit tressaillir la médium.

– Vous avez vu des choses vraiment horribles… murmura-t-elle en reculant.

– Je ne fais qu'accompagner la petite, se défendit l'ex-policier.

– Vous êtes son ange gardien.

Tout en accrochant son manteau dans la penderie après en avoir retiré la pierre noire, Alexanne décocha un regard inquiet à Christian.

– Il a plutôt été celui d'Alexei, corrigea l'adolescente. Maintenant, il m'aide à résoudre des problèmes épineux.

– Je vous en prie, passez au salon.

Christian la suivit sans hésitation, persuadé que cette maison n'était pas un repaire de démons. La présence des statuettes d'anges absolument partout dans la pièce suivante acheva de le rassurer. Tout comme Tatiana, cette fée vouait un culte à ces créatures lumineuses qui venaient en aide à ceux qui prenaient la peine de les solliciter.

Les visiteurs s'installèrent dans des fauteuils qui semblaient sortis tout droit d'un musée. En fait, tous les meubles et même les rideaux étaient d'un style très ancien.

– Ça vient de Russie ? laissa échapper l'ex-policier.

– Vous êtes un connaisseur ? se réjouit Ophélia.

– Pas vraiment, mais ça ressemble beaucoup à la décoration de madame Kalinovsky.

– Les gens n'en sont pas conscients, mais les objets antiques renferment une énergie très spéciale. Quand on sait les écouter, ils nous racontent des histoires fabuleuses.

– Justement… commença Alexanne en sortant la pierre du repli de son pull.

– Vous avez un don extraordinaire, monsieur Pelletier.

– Je suis plutôt d'avis que c'est une terrible malédiction.

– Vous rattraperez un jour le sommeil que vous êtes en train de perdre.

– C'est madame Kalinovsky qui vous a parlé de mes problèmes ?

Ophélia secoua doucement la tête, affirmant que non.

– Comment savez-vous que je fais des cauchemars ?

– C'est écrit sur votre visage.

Alexanne s'adossa dans le fauteuil, jugeant que l'intervention de sa cousine allait peut-être parvenir à libérer le pauvre homme de ses tourments.

– Toutefois, ce que vous croyez n'être que de mauvais rêves sont en réalité des prémonitions.

– Je suis d'accord avec vous, mais mon souhait le plus cher, c'est de reprendre une vie normale et de faire ce que j'aime.

– Sauver des vies ? Capturer des criminels ? N'est-ce pas ce que vous proposent vos visions à une autre échelle ?

Christian garda le silence, car la fée avait parfaitement raison.

– Ne vous en faites pas pour l'argent, poursuivit Ophélia. Les soldats de lumière reçoivent toujours une compensation pour leurs services, parfois de façon miraculeuse.

L'ex-policier se demanda s'il n'était pas préférable qu'il retourne s'asseoir dans le VUS pendant qu'Alexanne expliquait à Ophélia le véritable but de leur visite.

– C'est votre anxiété qui vous empêche d'utiliser votre talent sans vous poser de questions. Vous devez apprendre à méditer.

– Je suis plutôt hyperactif.

– Ce n'est pas un défaut, dans votre métier.

– Mon ancien métier.

– Vous serez toujours un agent de l'ordre, monsieur Pelletier, parce que le destin en a décidé ainsi. Votre vie ne sera plus jamais la même : elle sera meilleure.

Tandis que sa cousine tentait de rassurer Christian, Alexanne crut apercevoir un léger mouvement dans une de ses plantes. Elle plissa les yeux et distingua le joli minois d'une minuscule fée aux longs cheveux bruns. « Ces petites créatures accompagnent-elles toujours les guérisseuses et les voyantes de notre famille ? » se demanda l'adolescente.

– Prenez ma main, offrit Ophélia à Christian.

– Nous ne sommes pas ici pour moi.

– Je suis certaine qu'Alexanne peut attendre quelques minutes, surtout si je le fais pour répondre à vos questions silencieuses.

Christian jeta un regard inquiet à sa jeune compagne.

– Je suis d'accord, si ça peut vous aider, affirma-t-elle.

– Je comprends votre méfiance devant l'intangible, monsieur Pelletier, ajouta Ophélia d'une voix apaisante. Vous avez assisté à des phénomènes qui dépassaient votre compréhension.

– Horribles, vous voulez dire ?

– Il y a des émotions conflictuelles en vous à ce sujet.

Ophélia lui tendit sa paume avec un sourire. Incapable de s'empêcher de trembler, Christian appuya les doigts sur ceux de la médium. Il ne sentit rien de particulier dans ce contact, mais vit le regard de cette étrange femme s'immobiliser.

– Un sorcier… murmura-t-elle en penchant doucement la tête de côté.

Christian se crispa.

– Il vous a fait du mal…

L'ex-policier voulut se dérober, mais Ophélia serra sa main dans la sienne pour ne pas perdre le lien psychique.

– Sans le vouloir, il vous a transmis une partie de ses facultés…

– Non ! se fâcha Christian.

Son éclat ne sembla pas déconcentrer la fée.

– Heureusement, vous n'avez pas hérité de son âme obscure… Le métal est un puissant conducteur de pouvoirs magiques.

– Il m'a planté un poignard dans la poitrine.

– Et il est demeuré suffisamment longtemps dans votre chair pour que le transfert se produise.

– Est-ce que je finirai par devenir un meurtrier comme lui ?

– Non… mais avec le temps, vous vous servirez de son présent pour vous défendre contre les mages noirs.

– Il ne manquait plus que ça.

Ophélia libéra sa main en souriant.

– Cessez de vous tourmenter, lui recommanda-t-elle.

La jeune femme se tourna vers sa cousine.

– Je ressens déjà l'énergie de l'objet que tu veux me montrer, indiqua-t-elle.

– Vraiment ? s'étonna Alexanne. Pourquoi est-ce que je ne perçois rien et tante Tatiana non plus ?

– Les fées n'utilisent pas nécessairement leurs talents dans les mêmes disciplines. Ta tante est une grande guérisseuse et tu es…

– Un Vengeur, soupira l'adolescente.

– C'est une vocation plutôt inhabituelle chez les fées, mais louable. Peu d'entre nous possèdent la faculté de détruire le mal à la source.

Alexanne lui remit la pierre.

– Mon don est de scruter les gens et les objets et de déterrer leurs secrets les plus impénétrables.

– Je pense qu'Alexei le possède aussi.

– Ton oncle est une anomalie dans le monde magique. Mais nous parlerons de lui plus tard.

Ophélia entra en transe, comme elle l'avait fait en prenant la main de Christian.

– Cet objet est très ancien…

– Est-il synthétique ? demanda l'ex-policier.

– Oui et non…

Christian plissa le front, confus.

– À la base, c'était une pierre volcanique, mais la main d'un magicien l'a façonnée pour lui donner une utilité…

– Que peut-elle faire ? s'enquit Alexanne.

– Réchauffer, éclairer, guérir les plaies, arrêter le sang…

– Tout ça ?

– A-t-elle aussi une autre utilisation ? insista Christian.

– Jadis, elle servait de moyen de communication…

– Comme nos téléphones mobiles ?

– La meilleure analogie qui me vient à l'esprit, c'est le visiophone.

– Le quoi ? s'étonna Alexanne.

Ophélia revint brusquement de son état second et laissa tomber la pierre sur le tapis.

– C'est la technologie qui permet de voir la personne à qui on parle en même temps qu'on l'entend, expliqua Christian.

– Sara-Anne a dit qu'elle pouvait voir et entendre les gens en noir.

La médium porta la main à sa tête comme si elle était en proie à une violente migraine.

– Veuillez m'excuser un instant, murmura-t-elle en se relevant.

Ophélia sortit du salon.

– J'espère que ce n'est pas la pierre qui lui cause cette souffrance, laissa échapper Alexanne, inquiète.

– Je ne suis pas un expert, mais j'imagine que les objets anciens siphonnent davantage l'énergie des fées que les objets plus récents.

– Comment pourrais-je le savoir ? grommela l'adolescente.

– Le sentirais-tu si elle avait besoin d'aide médicale ?

– Ça, oui.

– Alors, je te conseille d'aller voir comment elle va.

Christian n'eut pas à le lui dire deux fois. Alexanne fonça vers la porte. Puisqu'elle ne se sentait nullement menacée dans cette maison angélique, elle parvint à lancer sa recherche psychique sans la moindre difficulté. Elle trouva Ophélia dans la cuisine, à boire lentement de l'eau froide. Les deux fées s'observèrent en silence pendant un moment, puis l'aînée déposa le verre sur le plan de travail.

– Tu as reçu des communications du ciel, murmura-t-elle, ravie.

– J'ai un cahier d'anges, comme toutes les fées.

– Ils t'ont parlé directement.

– J'ai vu Haziel.

– C'est un grand privilège.

– Il m'a dit que je mettrais ma vie au service des autres.

– Tu es sur la bonne voie.

– C'est la pierre qui vous a occasionné ce malaise ?

– Elle n'a pas été créée pour faire le mal, mais elle le véhicule, malheureusement.

– Les terroristes s'en servent-ils pour se parler entre eux ?

– C'est possible… mais ils pourraient tout aussi bien ignorer qu'il se trouve une pierre semblable dans leur refuge. Viens. Je veux te montrer quelque chose.

Alexanne suivit la médium jusqu'à la bibliothèque. Les étagères couvraient tous les murs, du plancher jusqu'au plafond. Malgré le nombre impressionnant d'ouvrages que contenait cette pièce, Ophélia se rendit directement à celui qu'elle cherchait. Elle le feuilleta rapidement, puis le présenta à sa cousine.

– Tout ce que j'ai de russe, c'est mon nom, avoua Alexanne en apercevant les caractères cyrilliques.

Ophélia tourna la page afin que l'adolescente puisse étudier l'illustration qui accompagnait le texte. Sur une paume reposait une pierre noire en tout point semblable à celle que les Wakanda lui avaient confiée.

– C'est la même ! s'exclama-t-elle. Que dit-on à son sujet ?

– Les premiers habitants de cette planète s'en servaient pour toutes sortes de choses.

– Réchauffer, éclairer, guérir les plaies, arrêter le sang et communiquer, c'est ça ?

– Ils ont eu la chance de recevoir cet enseignement de nos frères des étoiles.

– Il y a donc de la vie ailleurs dans l'univers ?

– Oui, dans les mondes visibles tout comme dans les mondes invisibles. Au fil des siècles et des incessants conflits entre les descendants du premier peuple de la Terre, cette importante connaissance s'est perdue.

– Mais les objets qu'ils ont créés ont subsisté malgré le temps.

– Ce traité d'archéologie le prétend, mais je crois que c'est la première fois que nous mettons la main sur une telle pierre.

– Et il y en a forcément une autre, puisque celle qui est en ma possession reçoit des informations de quelque part.

– Lorsque vous aurez appréhendé ces criminels, me serait-il possible de l'avoir ? demanda Ophélia avec un regard insistant.

– Seulement si elle ne représente plus aucun danger.

– Je suis plus prudente que la plupart des chercheurs.

– Qu'en feriez-vous ?

– Je mettrais ses autres propriétés à l'épreuve…

– J'aimerais bien voir ça.

– Tu serais évidemment la première à l'apprendre si je réussissais.

Ophélia referma le livre et le remit à sa place.

– Il y a quelque chose que tu ne me dis pas au sujet de la pierre.

Alexanne fouilla sa mémoire.

– Vous voulez parler de Manoah ?

– Tu n'as donc pas eu des contacts qu'avec les anges.

– Il prétend être un guide de Vengeurs, ce que je suis devenue bien malgré moi. Il donne le nom d'*insimul* à cette pierre noire et il m'a vaguement parlé de connaissances perdues qui se trouvent encore dans des archives galactiques. Ce n'est pas facile à accepter.

– Les fées croient pour leur part qu'un endroit semblable existe dans le monde invisible. Il s'agit d'un grand hall où sont classées toutes les données imaginables sur l'univers. Nous les appelons les annales akashiques.

– Je crois que tante Tatiana m'en a déjà glissé un mot.

– On y a accès par la méditation.

– J'imagine que seules les fées très puissantes peuvent entrer dans cet endroit.

– N'importe qui peut y accéder en se soumettant à un entraînement rigoureux.

– Est-ce dangereux ?

– Tout dépend de la nature de tes recherches. Y sont entreposés autant de documents bénéfiques que de documents néfastes.

– Donc, les sorciers qui ont appris à méditer y ont aussi accès.

– Je crains que oui.

– Heureusement que mon oncle n'aime pas se couper du monde physique, car il ne semble pas y avoir de limites à ce qu'il peut faire.

– Les fées mâles représentent un grand danger pour nous depuis des milliers d'années.

– Pas Alexei. Il est l'exception à la règle.

– Je souhaite que tu dises vrai. Accorde-moi quelques minutes seule et je vous en dirai plus au sujet de votre quête.

– Oui, bien sûr.

Alexanne comprit qu'Ophélia voulait faire de plus amples recherches avant de poursuivre leur entretien.

Chapitre 17
Un objet sacré

Exauçant le vœu d'Ophélia, Alexanne retourna s'asseoir au salon avec Christian. D'un seul regard, l'ex-policier comprit que tout allait bien. Pendant que l'adolescente s'entretenait avec sa cousine, il avait fait le tour du salon et examiné tous les bibelots. Même avant d'avoir hérité d'une partie des pouvoirs de Desjardins, Christian avait toujours su « lire » une scène de crime. Ce qu'il appelait son instinct de policier lui fournissait une foule de renseignements que les autres enquêteurs ne remarquaient pas. « Je possédais peut-être déjà des aptitudes psychiques sans le savoir », songea-t-il.

Ils attendirent le retour d'Ophélia en discutant de ce que cette dernière avait révélé à Alexanne. Christian faisait de gros efforts pour garder l'esprit ouvert, mais il avait beaucoup de mal à imaginer une grande librairie galactique ailleurs que dans les films de science-fiction.

– J'ai découvert la façon d'activer la pierre, annonça Ophélia en revenant au salon.

– Génial ! s'exclama Alexanne.

– Toutefois, seuls les descendants directs de la première civilisation terrestre possèdent l'ADN requis pour animer cet objet.

– Les Russes ?

– Non, répondit Ophélia en riant. Les Amérindiens.

– Mais Alexei a ressenti quelque chose en touchant la pierre et il n'a pas une goutte de sang amérindien.

– Il a capté une image, un son ?

– Les visages de personnes en train de mourir, affirma Alexanne.

– Son intervention a-t-elle fait fonctionner l'objet ?

– Non. Il est resté inerte.

Ophélia prit la pierre qu'Alexanne avait déposée sur la table basse.

– Avez-vous du sang amérindien, monsieur Pelletier ?

– Je n'en sais franchement rien.

La médium déposa l'objet ancien dans la main de l'ex-policier, qui se surprit à retenir son souffle.

– Pas de vision ? demanda Ophélia.

– Non.

– Pas de voix ?

Christian appuya le gros caillou contre son oreille.

– Non. Selon toute évidence, il n'y a que la petite Sara-Anne qui puisse en tirer quelque chose. Le problème, c'est qu'elle est terrorisée par ce qu'elle entend.

– Je suis habituée à travailler avec des gens sous l'emprise de la peur, affirma Ophélia.

– C'est gentil de nous offrir vos services, mais nous trouverons une façon de la rassurer nous-même, répondit l'ex-policier, qui avait deviné qu'elle parlait surtout de lui.

– Vous connaissez mon adresse.

– Merci de nous avoir accordé tout ce temps, ajouta Alexanne.

– C'est normal de se rendre service entre membres d'une même famille. N'hésite jamais à faire appel à moi.

Les visiteurs remirent leurs vêtements d'hiver et retournèrent au VUS. Christian emmena Alexanne manger un hamburger dans son restaurant préféré.

– Je ne sais plus vers qui me tourner ou si ça vaut même la peine d'essayer, soupira l'adolescente, découragée.

– On ne peut pas… commença Christian.

La sonnerie de son téléphone portable l'empêcha d'aller plus loin.

– Comment te sens-tu ? fit la voix angoissée de Mélissa.

– Curieusement bien.

– As-tu vu d'autres tragédies ?

– Pas encore, ce qui est une bonne chose tant que nous ne pourrons pas nous servir de la pierre pour retrouver les criminels.

– Es-tu à la maison ?

– Non. Je suis au restaurant avec Alexanne. Arrête de t'inquiéter, veux-tu ?

– Je viens d'apprendre que je ferai des heures supplémentaires, ce soir.

– J'en profiterai pour aller conduire la petite chez elle.

Assise devant lui, Alexanne secoua la tête pour protester.

– Si tu ne manges pas chez les Kalinovsky pour dîner, il y a plusieurs plats congelés chez nous.

– Bien compris, chef.

– Je t'aime. Fais attention à toi.

– Moi aussi. Je ne ferai pas de bêtises.

Il raccrocha et fit glisser le petit téléphone dans la poche intérieure de son manteau.

– Je ne peux pas repartir tant que le mystère de la pierre ne sera pas percé, regimba Alexanne.

– Nous en savons beaucoup plus qu'avant sur son compte.

– Mais nous sommes incapables de l'utiliser.

– La seule chose qui me reste à faire, c'est de trouver un Amérindien adulte qui acceptera de m'aider.

– Et moi, là-dedans ?

– Tu vas retourner à Saint-Juillet et me laisser m'occuper de cette affaire qui est davantage de mon ressort.

– Je veux y participer !

– Il y a sûrement des trucs de fées que tu peux accomplir avec ta tante et ton oncle.

– Vous ne vous débarrasserez pas aussi facilement de moi, monsieur Pelletier.

– Je veux juste te mettre en sûreté.

– Je suis un Vengeur ou une Vengeresse, appelez ça comme vous voulez. C'est mon travail, de détruire les sorciers. Et si je veux un jour être libérée de cette charge, il faut que j'en fasse flamber plus qu'un.

– Je déteste qu'on m'oppose des arguments convaincants, soupira l'ex-policier.

– Vous avez besoin de moi, même si je n'ai que seize ans.

Christian mangea son hamburger en silence.

– Où trouve-t-on un Amérindien adulte ? demanda finalement Alexanne.

– Il y a plusieurs réserves au Québec, mais nous ne pouvons pas prendre n'importe qui non plus. Si on pouvait trouver un homme ou une femme possédant déjà une certaine connaissance ésotérique et le désir de sauver le monde, ce serait fantastique.

– Sur Internet ?

– C'est risqué.

L'ex-policier continua de mâcher en réfléchissant.

– Sylvain Paré ! s'exclamèrent en même temps les deux justiciers.

Dès qu'ils eurent terminé leur repas, Christian appela son ami d'enfance. Celui-ci devait faire quelques courses avec sa femme durant la journée, mais il accepta de les recevoir à la fin de l'après-midi. Ce journaliste du paranormal connaissait tous les médiums, chamans, astrologues et clairvoyants du pays. Il saurait certainement les conseiller.

Pour passer le temps, Christian emmena la jeune fille dans un grand centre commercial de Saint-Bruno-de-Montarville. Ils regardèrent toutes les vitrines et achetèrent même des vêtements chauds pour la petite Anya. À l'heure convenue, ils se dirigèrent vers Sainte-Julie. Il faisait déjà sombre lorsque le VUS s'arrêta enfin dans l'entrée des Paré.

Le fumet de la viande qui cuisait dans le four chatouilla les narines des visiteurs. Tandis qu'ils enlevaient leurs manteaux, Sylvain leur expliqua que Maryse avait commencé à cuisiner pour recevoir sa famille durant le week-end. Il les invita même à goûter à l'une des succulentes tourtières qu'elle avait préparées.

– Nous ne voulons surtout pas nous imposer, protesta Christian.

– C'est moi qui vous invite, insista Sylvain.

Ils passèrent donc directement à table. Maryse avait déjà installé le petit Félix dans sa chaise haute. Âgé de plus de un an, il n'avait plus besoin qu'on le fasse manger, mais il ne maîtrisait pas encore tout à fait le maniement de sa petite fourchette, alors il plongeait ses mains dans son assiette en riant. Même si ses parents avaient tous deux les yeux et les cheveux bruns, Félix était blond aux yeux bleus comme un dieu scandinave.

– Est-ce qu'il marche ? voulut savoir Alexanne.

– Il est passé par-dessus cette étape, répondit Maryse en déposant son assiette devant elle. Il a longtemps marché à quatre pattes, puis le jour où il a décidé de se lever, il s'est mis à courir. Il est pressé comme son père.

– La vie est courte ! plaisanta Sylvain.

Christian ne voulant pas discuter de la pierre devant Maryse, qui n'aimait pas vraiment l'ésotérisme, il se contenta plutôt de parler de sa vie personnelle.

– As-tu l'intention de porter plainte aux autorités supérieures au sujet de ton licenciement ? voulut savoir le journaliste.

– Le psychologue a jugé que j'étais fou à lier et il a recommandé à mon chef de me laisser partir. Je me vois mal expliquer à un arbitre que la police ne veut plus me garder à son service parce que j'ai combattu un avocat qui était en fait le sorcier à tout faire du gourou de la montagne. Même si je portais mon cas jusqu'à la plus haute instance du pays, le résultat demeurerait le même. Personne ne croit à ces choses.

– Qu'est-ce que tu vas faire ? se désola Sylvain.

– Mon père m'a offert de travailler avec lui. C'est une solution temporaire.

– Et à long terme ?

Alexanne immobilisa sa fourchette près de ses lèvres en se demandant ce que révélerait l'ex-policier.

– Je suis beau, intelligent et débrouillard, répondit Christian avec un sourire rassurant. Peut-être que j'irai vendre des hot-dogs dans un stand sur le bord de la mer là où il fait toujours beau.

– Au moins, tu n'as pas perdu ton sens de l'humour, constata Sylvain avec soulagement.

– Sur le coup, j'étais moins joyeux, mais une bonne amie m'a dit que toutes les médailles avaient deux faces.

C'est peut-être la vie qui m'a poussé vers la porte afin que je sois plus utile ailleurs.

– J'admire ta force de caractère, avoua Maryse.

Ils parlèrent ensuite des progrès du petit Félix. S'il avait appris à marcher plus tard que les autres enfants, il avait par contre commencé à parler très jeune. D'ailleurs, pendant le repas, le bambin s'amusa à répéter tout ce qu'il entendait.

– Nous faisons bien attention à ce que nous disons, précisa Sylvain.

– Mais il est le seul garçon de son âge à prononcer des mots tels que « fantôme », « sorcier » et « vampires », ajouta sa femme.

– Heureusement qu'il ne sait pas ce que c'est, fit observer Alexanne.

– Ça viendra bien assez vite.

Après le repas, Alexanne voulut aider la jeune mère à desservir la table et laver la vaisselle, mais elle ne voulut rien entendre.

– Allez parler de vos mystères en bas, loin des oreilles de mon fils, insista-t-elle en les poussant à l'extérieur de la cuisine.

La nouvelle attitude de Maryse face à l'étrange plut énormément à Christian. Il suivit ses amis dans le petit bureau au sous-sol et prit place avec eux.

– Pour que tu me rendes visite deux fois en plein hiver, avec Alexanne en plus, ça doit être grave, laissa tomber le journaliste.

– Je vais essayer d'être bref, répliqua l'ex-policier. J'ai découvert, en me rendant chez les Kalinovsky, que mes visions étaient reliées à un autre phénomène avec lequel les fées sont aux prises.

L'adolescente sortit la pierre noire de sa poche et la tendit à Sylvain. Prudent, celui-ci commença par la regarder, puis accepta de la manipuler.

– Il me semble l'avoir déjà vue quelque part… murmura-t-il.

– Nous voulons apprendre comment la faire fonctionner, expliqua Alexanne.

– Fonctionner ?

– C'est en quelque sorte un téléphone portable préhistorique, voulut l'éclairer Christian.

Sylvain haussa un sourcil, intrigué.

– Les premiers habitants de la Terre s'en servaient pour communiquer entre eux et pour une foule d'autres choses.

– Êtes-vous en train de vous payer ma tête ? se méfia le journaliste. Nous ne sommes pourtant pas le 1er avril…

– Quand je t'ai parlé de mes visions, tu m'as cru, non ?

– J'ai même eu l'occasion d'en vérifier l'authenticité à plat ventre dans un restaurant criblé de balles de mitraillette.

– Quoi ? s'étonna Alexanne, à son tour.

– Puisqu'il vous manque à tous les deux une partie différente du puzzle, laissez-moi recommencer du début.

Christian parla donc de ses cauchemars, ainsi que de ses efforts pour faire échouer les plans des terroristes, auxquels Sylvain avait finalement été mêlé. Il enchaîna avec l'arrivée de l'*insimul* chez les Kalinovsky, les inquiétants messages qu'il transmettait et les révélations d'Ophélia Ivanova.

– C'est plus clair maintenant, avoua Sylvain.

– Ce qu'il nous faut, c'est le concours d'une personne fiable qui a du sang amérindien, ajouta Alexanne.

– Je peux probablement vous aider, mais si je me faisais l'avocat du diable, je vous mettrais sérieusement en garde contre un tel procédé. Même si un Amérindien arrivait à activer la pierre, il ne sait pas plus que vous comment la maîtriser. Les malfaiteurs risqueraient de vous tomber dessus avant que vous puissiez les localiser.

– En fait, ça nous épargnerait du temps et des efforts, fit innocemment Alexanne.

– On ne parle pas d'enfants de chœur, ici, mais de dangereux assassins.

– Je ne sais pas encore très bien ce que nous ferons une fois que nous aurons compris le mystère de cet objet, admit Christian, mais s'il était possible de l'utiliser en conjonction avec mes visions, il est certain que nous arriverions à les coincer.

– Et s'ils n'étaient que la pointe de l'iceberg ? s'entêta Sylvain. Ils font peut-être partie d'une organisation monstre qui veut détruire la planète.

– Dans ce cas, il nous faudra des preuves solides pour convaincre les autorités de cette conspiration.

– Et qui vous écoutera ?

– Tu es vraiment exaspérant, ce soir ! s'exclama l'ex-policier.

– J'essaie tout simplement de vous ramener les pieds sur terre. Votre croisade est légitime, mais vous oubliez qui vous êtes et à qui vous avez affaire.

– On ne pourra pas passer notre vie à saboter leurs efforts et on ne sera pas capable de sauver tout le monde, Syl. Je serais incapable de vivre avec la perte d'autant d'innocents sur la conscience.

– Que feriez-vous si vous étiez à notre place ? demanda sagement Alexanne.

– Je formerais un groupe composé d'experts en tous genres.

– Comme dans les films ?

– Ce n'est pas bête… souffla Christian, songeur.

– À quel genre de spécialistes faites-vous référence ? s'enquit l'adolescente.

– Il n'est évidemment pas question de combattre le mal par le mal, signala Sylvain. Cela n'engendrerait que plus de violence. Il vous faudrait réclamer l'aide de personnes bien au fait des activités des groupes maléfiques, capables de prévoir leurs gestes et de leur opposer une force neutralisante.

– Mais où les trouver ? se découragea Alexanne.

– Habituellement, dans ce type de quête, les soldats entrent en scène comme par enchantement. Prenez cette dame, Ophélia, par exemple.

– Ma cousine ne combat pas le mal. Elle guérit les âmes malades.

– Ce qui implique qu'elle a une immense connaissance de ce qui peut les déséquilibrer. Vos efforts pour débarrasser l'humanité d'un aussi grand fléau ne doivent pas se limiter à une bataille sans merci contre le mal. Vous devez envisager cette lutte comme une partie d'échecs et calculer attentivement chacun de vos gestes.

– Tu as raison, concéda Christian. Nous nous précipitons dans l'action alors que nous ne savons rien de nos adversaires.

– Ça me soulage que tu le comprennes.

– Mais combien de personnes mourront tandis que nous attendons que les membres de l'équipe se manifestent ? s'inquiéta Alexanne.

– Nous avons réussi, jusqu'à présent, à faire échouer quelques-uns des complots par des moyens fort simples, leur rappela le journaliste.

– Êtes-vous en train de nous dire que vous faites partie de nos soldats ?

– Monsieur Pelletier est passé maître dans l'art de me mêler à toutes ses aventures, soupira Sylvain.

– Que veux-tu ? Nous travaillons bien ensemble !

– Avez-vous tout de même un Amérindien à nous conseiller ? poursuivit Alexanne.

Sylvain se mit à fouiller dans les dossiers de son classeur.

– J'ai en tête un homme que j'ai interviewé une seule fois.

– J'espère que ce n'était pas au Yukon, grommela Christian.

– Tu as de la chance, car aux dernières nouvelles, il habitait à Boucherville, sur le bord du fleuve Saint-Laurent.

– As-tu une adresse ?

– Ce serait plus courtois de lui passer un coup de fil.

Sylvain ouvrit son dossier devant ses amis. Une copie de l'article qu'il avait rédigé sur l'homme en question, ainsi que sa photo, y figuraient.

– Quel âge a-t-il ? Quel est son parcours ?

– Voilà le policier qui refait surface, le taquina Sylvain. Il s'appelle Chayton Maïkan.

– Si tu as ressenti le besoin d'écrire sur lui, c'est certainement parce qu'il n'est pas normal.

– Il possède en effet le don de voir l'avenir et de retrouver les gens et les objets manquants.

– N'est-il pas un peu tard pour appeler chez les gens ? indiqua Alexanne en consultant l'heure sur son téléphone.

– Ce médium se couche tard.

Sylvain signala le numéro de l'Amérindien sur sa ligne d'affaires et mit l'appareil sur le haut-parleur.

– Allô ?

– Bonsoir, monsieur Maïkan. Excusez-moi de vous déranger, mais…

– J'attendais justement votre appel, monsieur Paré.

Un large sourire éclaira le visage du journaliste, qui aimait bien cet Algonquin.

– Si vous voulez me rencontrer, ce serait une bonne idée de venir ce soir, car je déménage demain.

– Je croyais que vous aimiez les vibrations du bord de l'eau.

– Je n'ai pas changé d'avis, mais les événements qui vont secouer la planète risquent de submerger ma maison et ça, c'est trop d'eau pour moi.

– Est-il trop indiscret de vous demander où vous songez vous établir ?

– Au sommet d'une montagne, dans les Laurentides. Ne serait-il pas plus intéressant d'en parler en personne ?

– Je pars tout de suite.

– N'oubliez pas vos deux amis.

Christian écarquilla les yeux avec surprise.

– Nous serons là sous peu.

Sylvain raccrocha.

– Y a-t-il une caméra sur ton téléphone ? demanda son ami.

– Chayton Maïkan n'en a pas besoin. Il va vous épater. Maintenant, il nous reste un dernier obstacle à franchir.

– Maryse… firent en chœur Christian et la jeune fée.

– Attendez-moi ici.

Sylvain grimpa au rez-de-chaussée en cherchant les mots qui persuaderaient sa femme de le laisser partir avec Christian. Il trouva Maryse dans la salle de bains, en train de laver leur fils. Le petit Félix riait aux éclats en tapant dans l'eau avec ses mains. Les cheveux et le pull de sa mère étaient d'ailleurs tout trempés.

– Si tu avais l'intention de m'offrir ton aide, c'est trop tard.

– En fait, je voulais te demander une faveur.

– Christian t'a encore embarqué dans une histoire abracadabrante ?

Sylvain lui avait raconté son intervention à Saint-Gault, mais pas la fusillade qui l'avait précédée.

– Il veut rencontrer un médium qui habite à Boucherville ce soir et je pense que ce serait une bonne idée que je l'accompagne.

– Puisque tu connais ces gens bizarres mieux que lui, je crois aussi que ce serait préférable.

Sylvain était si surpris par son acquiescement qu'il ne trouva plus rien à dire.

– Ne le fais pas attendre, ajouta Maryse, juste avant de recevoir au visage le contenu du verre en plastique avec lequel jouait maintenant son fils.

– Petit chenapan ! s'écria-t-elle en chatouillant l'enfant.

Sylvain quitta la pièce de plus en plus inondée avant que sa femme ne change d'avis.

Chapitre 18
Chayton

Sylvain accepta de monter dans le VUS de Christian, mieux équipé que sa voiture pour affronter les routes enneigées menant à Boucherville. Alexanne laissa les hommes s'asseoir sur les sièges avant et s'installa derrière eux. Elle regarda le paysage qui défilait sous ses yeux tandis que les deux amis bavardaient. L'adolescente n'avait jamais aimé l'hiver lorsqu'elle habitait à Montréal, car la neige qui fondait sur les routes et les trottoirs était toute sale. À Saint-Juillet, c'était si différent ! Elle gardait sa belle couleur blanche et permettait à la nature de se reposer un peu.

– Nous y voilà ! annonça Sylvain en pointant la maison à Christian.

– Ce n'est pas l'imposant manoir que j'imaginais.

– Il n'y a pas que de grosses maisons sur le bord du fleuve. Monsieur Maïkan a plutôt acheté une vieille habitation que l'ancien propriétaire n'a pas voulu faire démolir au profit du progrès.

Christian arrêta son VUS derrière celui du médium. Il descendit du véhicule et attendit que les deux autres le rejoignent avant de se diriger vers l'entrée. Il n'eut pas le temps d'appuyer sur la sonnette que la porte s'ouvrait.

– Soyez les bienvenus chez moi ! les salua l'Algonquin. Veuillez excuser le désordre. Habituellement, c'est plus accueillant.

Il fit passer ses visiteurs devant lui. Des boîtes en carton étaient empilées un peu partout entre les meubles de fabrication rustique.

– Est-ce vraiment le bon moment pour nous recevoir ? se découragea Sylvain.

– Si vous aviez attendu à demain pour m'appeler, ç'aurait été trop tard. Le téléphone sera coupé cette nuit.

– Vous partez parce que vous craignez une inondation ? se risqua Christian.

– Je ne crois pas qu'on puisse qualifier ainsi le volume d'eau qui déferlera sur la région. Permettez-moi de me présenter. Je m'appelle Chayton Maïkan.

– Christian Pelletier, fit l'ex-policier en lui serrant la main.

– Alexanne Kalinovsky, ajouta l'adolescente en lui tendant la main à son tour.

Ils s'installèrent sur le sofa et les fauteuils disposés en demi-cercle devant le foyer.

– Je vous attends depuis bien longtemps, laissa alors tomber l'Amérindien.

– Je ne pouvais pas vraiment rouler plus vite, rétorqua Christian.

Chayton éclata d'un grand rire.

– Qu'est-ce que j'ai dit ?

– Tu oublies que monsieur Maïkan voit l'avenir, lui rappela Sylvain.

– Vous aviez prédit notre arrivée chez vous ?

– Plusieurs fois.

L'Algonquin jeta une autre bûche sur le feu.

– J'ai passé ma vie à chercher des gens et des objets disparus, à prédire l'avenir et à conseiller les autres, tout en sachant qu'un jour, j'accomplirais ma véritable mission sur la Terre. Toutes ces années, je me suis préparé en aiguisant mes facultés psychiques.

– Savez-vous donc ce que nous allons vous demander ? s'étonna Alexanne.

– Vous êtes sur la piste d'une bande de criminels qui veulent réduire la population mondiale. Je me suis souvent demandé pourquoi sans arriver à le deviner. Le mal est doué pour cacher ses motivations.

– Savez-vous autre chose à leur sujet ? s'empressa de demander Christian.

– Ils opèrent partout sur la planète.

– Partout ? s'étrangla Alexanne.

– Ceux qui vous préoccupent ne sont que quatre et on leur a ordonné de jeter le Québec dans le chaos.

– Autrement dit, même si nous réussissions à neutraliser ces meurtriers, il en restera des centaines d'autres ? crut comprendre Sylvain.

– Des centaines ? Ils sont des milliers.

– Qui les dirige ? poursuivit Christian qui, contrairement à ses amis, ne semblait nullement découragé par la nouvelle.

– Si je vous disais que c'est le diable lui-même, me croiriez-vous ?

– Après ce que j'ai vu dernièrement, oui, je vous croirais.

– Ma mission, c'est d'éliminer des sorciers, pas de m'en prendre à Satan lui-même, s'effraya l'adolescente.

– Pourquoi n'ai-je pas perçu que vous étiez un des Vengeurs ? s'étonna Maïkan.

– C'est assez récent.

– Je sais déjà que monsieur Paré est journaliste et mes visions m'ont informé que monsieur Pelletier était policier.

– Et moi ? fit l'adolescente, inquiète.

– Curieusement, la seule impression qui me vient en tête, c'est le mot « fée ».

– Vous n'avez vraiment jamais entendu parler de nous avant aujourd'hui ?

– Tous mes clients ont la même réaction que vous, jeune demoiselle, mais je vous assure que mon don est authentique. Je ne pourrais pas vous expliquer d'où il vient, ni comment il procède, mais il me hante depuis mon enfance.

Chayton se tourna vers Christian.

– Vous recevez aussi des révélations, devina-t-il.

– Oui, mais depuis quelques semaines seulement.

– Vous avez connu la mort dans cette vie-ci et vous l'avez vaincue.

– Y a-t-il quelque chose que vous ignorez à mon sujet ?

– Je vois le passé et l'avenir des gens à l'intérieur de petites perles attachées sur un long fil de vie.

– Si mes visions se manifestaient de cette façon, je ne me réveillerais pas en criant, ronchonna Christian, avec une pointe de jalousie. Je fais d'horribles cauchemars durant lesquels je me retrouve au milieu de l'action.

– Vous êtes témoin des accidents provoqués par les terroristes.

– Exactement, et ce n'est pas plaisant du tout.

Le médium fronça les sourcils en promenant son regard sur les trois étrangers tour à tour.

– Je capte votre intention de former un groupe d'assaut.

– Est-ce seulement envisageable ? voulut savoir Sylvain.

– Les élus sont déjà en route.

– Je ne comprends pas, avoua l'ex-policier.

– Votre décision de vous regrouper afin de protéger ce monde émane d'un niveau supérieur très subtil. Vous n'avez pas été les seuls à être contactés.

– Tout ce que nous faisons en ce moment nous est dicté par une force extérieure à nous-mêmes ? voulut s'assurer Sylvain.

– C'est exact.

– Comme dans le film *Rencontres du troisième type* ? demanda Christian.

– Ce serait un bon exemple.

– Des extraterrestres sont en train de nous manipuler ? se troubla Alexanne.

– Ça dépend de votre conception du Prince des Ténèbres, répondit Chayton avec un sourire. Ce que je peux affirmer, c'est que le cerveau dirigeant de ces attaques réside dans un endroit où il est difficile de l'atteindre. Le mieux, c'est de s'en prendre à ses tentacules, même si nous savons fort bien qu'il peut lui en repousser d'autres.

– C'est certain qu'on ne peut pas se croiser les bras pendant qu'ils tuent tout le monde autour de nous, grommela Christian.

– J'admire votre esprit combatif, monsieur Pelletier.

– Je ne suis malheureusement pas toujours aussi courageux.

– Pourtant, vous êtes bien décidé à vous attaquer à bien plus fort que vous. Puis-je vous servir à boire ? Il me reste encore quelques tasses et une théière.

Le sourire qui s'étira sur les lèvres de Christian fit comprendre à l'Algonquin que la boisson chaude lui ferait le plus grand bien. Pendant qu'il préparait le thé, Alexanne regarda autour d'elle. Il y avait encore beaucoup de choses à emballer : des tableaux, des capteurs de rêves, des peaux d'animaux, des bibelots représentant des scènes de la vie amérindienne. « Ça me change de voir des bisons, des loups, des aigles et des chevaux », songea-t-elle. Chez elle, il y avait des anges partout.

– Combien de personnes voyez-vous se joindre à l'équipe que désire former Christian ? demanda alors Sylvain.

– Parce que vous n'en ferez pas partie, monsieur Paré ?

– Sa femme n'acceptera jamais de le laisser pourchasser des suppôts de Satan, expliqua l'ex-policier.

– Je ne suis pas sûre non plus que ma tante me laisse y aller, même si je suis un Vengeur, ajouta Alexanne.

– Lorsque leur survie est en jeu, les gens acceptent de sortir de leur zone de confort, affirma Chayton.

– Comme vous le faites, par exemple ? s'enquit Sylvain.

– Croyez-vous vraiment que votre présence ici, ce soir, est le fruit du hasard, monsieur Paré ?

Chayton versa le thé dans des gobelets de terre cuite, puis retourna s'asseoir dans son fauteuil préféré.

– Qui sont les braves qui se joindront à nous ? demanda Christian.

– Je ne connais pas encore leurs noms, mais j'ai vu une femme dont les facultés sont similaires aux miennes, un autre guerrier dans votre style, monsieur Pelletier, ainsi qu'une femme très riche qui vous offrira des ressources que vous ne pourriez acquérir autrement.

– Ah oui ?

– Je vois aussi un curieux personnage encore plus difficile à identifier que tous les autres. La seule image qui me vient de lui est celle d'un loup.

« Alexei… » songea Alexanne.

– Donc, huit au total.

– En m'incluant ? demanda la jeune fée.

– Vous aurez votre rôle à jouer, mademoiselle Kalinovsky.

Alexanne se rappela que toutes ses facultés n'étaient pas encore fonctionnelles. Cependant, elle ne se lancerait pas seule dans cette aventure. « Je pourrais même épargner des blessures inutiles aux membres de l'équipe en incendiant rapidement tous les sorciers que nous rencontrerons », se dit-elle pour s'encourager.

– Mais comment ces gens sauront-ils ce que nous projetons de faire ? lâcha l'ex-policier. Nous ne pouvons tout de même pas l'annoncer dans les journaux sans risquer nos vies.

– Les nouvelles voyagent rapidement dans l'Éther.

– Où sera située notre base d'opération ?

– Non loin de ma nouvelle propriété sur le chemin de la Montagne. C'est d'ailleurs pour cette raison que je l'ai choisie.

– Le chemin de la Montagne ? répéta Alexanne, incrédule.

– Vous connaissez déjà cet endroit ?

– Quel est le village le plus proche de votre nouvelle maison ? s'informa Christian.

– Il s'appelle Saint-Juillet.

L'air surpris des trois visiteurs fit rire une fois de plus l'Amérindien.

– Je n'en reviens pas, laissa tomber Christian.

– Expliquez-moi comment vous avez choisi cet emplacement ? s'enquit Sylvain.

– Le sujet d'un autre article, monsieur Paré ?

– Peut-être bien.

– Contrairement à bien des gens qui rejettent les idées farfelues qui se forment dans leur esprit, je suis constamment à l'écoute des miennes. Il y a deux mois, et cela n'a rien à voir avec toutes les prédictions de fin du monde qui circulent en ce moment, j'ai rêvé à un immense mur d'eau frappant de plein fouet mon domicile. Quelques semaines plus tard, j'ai commencé à être obsédé par l'image d'une maison. En sortant du supermarché, la semaine dernière, je l'ai aperçue sur la page de couverture d'un magazine de propriétés à vendre. Je me suis tout de suite rendu sur place et j'ai été forcé de constater que c'était exactement la maison qui revenait constamment dans ma tête.

– Alors, vous l'avez achetée ? conclut Sylvain.

– Sans me poser de questions. Une puissance invisible veut que je quitte le bord du fleuve le plus rapidement possible et que je m'installe à flanc de montagne.

– C'est quand même curieux que cette maison soit située non loin de chez moi, fit remarquer Alexanne.

– Au pays des fées, vous voulez dire ? la taquina Chayton. Lorsqu'on obéit à ses intuitions, on se retrouve toujours au bon endroit.

– Je suis certaine que c'est vrai, mais je ne vois pas encore comment je serai mêlée à cette quête, vu mon âge.

« Sans compter que je vais devoir expliquer ça à Matthieu… » songea-t-elle.

– L'univers ne se préoccupe pas de ces petits détails, mademoiselle Kalinovsky. Il nous laisse cependant le choix d'accepter ou de refuser les missions qu'il nous confie.

– Sans pénalité ?

– Contrairement à ce qu'on vous a raconté durant votre enfance, notre Créateur est une entité bienveillante, qui nous aime inconditionnellement. Ce sont les hommes qui s'imposent des punitions.

– Comment expliquez-vous le karma, dans ce cas ?

– Le Créateur nous a laissés quitter son paradis à la condition qu'à notre retour, nous soyons aussi purs que lors de notre départ. Il incombe donc à chacun de se débarrasser de son mieux des dettes accumulées d'une incarnation à l'autre.

– C'est ce que vous faites en acceptant de vous joindre à cette équipe ?

– En partie.

Sylvain jugea que le moment était enfin venu de parler à Chayton du but premier de leur visite.

– Alexanne et Christian cherchent quelqu'un qui pourrait animer une curieuse pierre qu'on leur a confiée.

– Personne ne peut « animer » une pierre, monsieur Paré.

– La petite fille qui nous l'a remise y entend des voix et y distingue même de sombres personnages, affirma Alexanne.

Le visage de Chayton devint très grave.

– Quelqu'un a-t-il corroboré les dires de cette enfant ?

– C'est malheureusement impossible, puisque seuls les représentants de la première civilisation terrestre ont le pouvoir de s'en servir et que nous n'en faisons pas partie.

– Rien ne prouve que ce soit les Algonquins non plus, répliqua Chayton.

– Apparemment, tous les Amérindiens seraient les descendants de cette société.

– D'où tenez-vous cette information ?

– D'un guide qui a récemment commencé à m'apparaître.

Alexanne retira la pierre noire de sa manche où elle l'avait cachée.

– Êtes-vous sûr de n'en avoir jamais entendu parler par vos parents ou vos grands-parents ? demanda-t-elle.

– Si elle fait partie d'une légende de mon peuple, alors elle a dû se perdre au fil du temps.

Chayton tendit la main.

– Avant de vous la donner, je tiens à vous mettre en garde contre le danger que comporte son utilisation.

– Elle pourrait exploser ? la taquina le médium tout en conservant son air sérieux.

– J'espère bien que non…

– Nous avons de bonnes raisons de croire qu'elle est une sorte d'émetteur-récepteur entre des personnes qui en ont de semblables, expliqua Christian.

– Qui sont-elles ?

– Probablement les terroristes qui provoquent tous ces horribles accidents. Nous ne savons pas comment fonctionne cet objet, mais nous pensons qu'il pourrait nous mener jusqu'à la cachette de ces bandits.

Le médium observa longuement la pierre avant de se décider à la prendre dans sa main. Il ferma les yeux et fut immédiatement pris d'un vertige. Ses doigts s'écartèrent, comme si l'*insimul* était soudain devenue très pesante. Celle-ci tomba sur le plancher de bois avec un bruit sourd.

– Avez-vous vu ou entendu quelque chose, monsieur Chayton ? s'inquiéta Sylvain.

– Des centaines de voix…

– La pierre est demeurée inerte, leur fit remarquer la jeune fée. Elle ne nous a rien fait entendre.

– Laisse-le parler, Alexanne, exigea le journaliste.

– Il est difficile de démêler autant de phrases prononcées en même temps, mais j'ai clairement entendu les mots « jeunesse ingrate », « sports » et « éliminer ». Mon intuition me dit que ces assassins sont sur le point de porter un coup à des enfants qui font du sport…

– Savez-vous combien il y en a uniquement au Québec ? se découragea Christian.

– Il est physiquement impossible de faire une alerte à la bombe dans tous les organismes qui offrent des activités sportives aux jeunes, renchérit Sylvain.

Décidé à fournir davantage d'informations aux membres de l'équipe, Chayton ramassa la pierre et la plaça prestement sur le pouf devant lui, sans se mettre en transe.

– Que fait la petite pour l'activer ? voulut-il savoir.

– Elle l'appuie contre son oreille, répondit Alexanne.

– Advienne que pourra.

L'Algonquin prit une grande inspiration et fit ce qu'Alexanne proposait. Dès que la pierre toucha son lobe, ses yeux s'écarquillèrent. Christian et Sylvain échangèrent aussitôt un regard inquiet. La dernière chose qu'ils voulaient, c'était que cet homme se fasse tuer en tentant de les aider.

– Monsieur Chayton, intervint l'ex-policier en tendant le bras vers lui.

Le médium lui fit signe de ne pas le toucher et porta l'index à ses lèvres pour leur recommander le silence. Ses trois visiteurs arrêtèrent presque de respirer. Puis, d'un geste vif, Chayton remit la pierre sur le pouf.

– Vous avez partiellement raison, haleta-t-il comme s'il venait de courir le cent mètres. Les pierres recueillent les propos d'un grand nombre de mauvaises personnes qui, à mon avis, ne sont pas conscientes qu'on peut les entendre.

– Les malfaiteurs posséderaient à leur insu des *insimuls* ? crut comprendre Sylvain.

– Pourraient-elles avoir été cachées dans ces cellules terroristes par des gens bien intentionnés comme nous ?

– Ce n'est pas impossible, avoua Chayton.

– Pouvez-vous les identifier ?

– Si vous me laissez la pierre, je finirai par en percer le mystère, mais en gardant le silence, au cas où j'enclencherais par erreur le mécanisme de transmission.

– Ça me convient, affirma Christian en consultant ses amis du regard.

Alexanne et Sylvain hochèrent la tête pour signifier leur accord. L'Amérindien écrivit sur un bout de papier sa nouvelle adresse et son nouveau numéro de téléphone.

– Nous pourrions faire le point chez vous dans une semaine, proposa Christian en se levant.

– À ce moment-là, je devrais avoir plus d'informations.

Les nouveaux coéquipiers se serrèrent la main. Alexanne suivit le journaliste et l'ex-policier jusqu'au VUS.

– Quelles sont tes impressions sur cette soirée ? demanda Christian à Sylvain.

– Nous pouvons faire confiance à ce médium, mais il semble bien que nous ayons beaucoup plus de pain sur la planche que prévu. Nous n'avons toujours pas les moyens de contrer les efforts de terroristes partout sur le globe.

– À moins que cette dame fortunée se manifeste bientôt.

– Ma tante est à l'aise financièrement, mais elle n'est pas riche à millions, leur fit savoir Alexanne. Mais je peux affirmer que cet homme n'est pas un sorcier, puisqu'il ne s'est pas enflammé quand nous sommes entrés chez lui.

– C'est une bonne nouvelle, acquiesça Christian.

Ils reconduisirent d'abord Sylvain chez lui. En descendant du véhicule, le journaliste confia à ses amis qu'il ne répéterait pas les propos de l'Amérindien à sa femme avant d'y être contraint. Le moins elle en savait pour l'instant, le mieux ce serait pour elle et son fils. Alexanne et Christian promirent d'en faire autant et quittèrent Sainte-Julie.

– Vous n'allez pas me reconduire chez moi à une heure pareille, n'est-ce pas ? le supplia l'adolescente.

– Ce ne serait en effet pas très poli d'arriver chez ta tante au milieu de la nuit. Appelle-la tout de suite.

Alexanne ne se fit pas prier pour téléphoner à Tatiana, mais la fée savait déjà qu'elle ne reverrait pas sa nièce avant quelques jours.

Chapitre 19
Le suspect

De retour à l'appartement, Alexanne fila sous la douche, puis enfila un des pyjamas de Mélissa que Christian avait trouvé dans les tiroirs de la commode de sa compagne. Les cheveux enroulés dans le drap de bain, la jeune fée revint au salon, chaudement emmitouflée dans le vêtement de flanelle. Elle s'installa dans le fauteuil et ramena ses jambes sous elle. Christian était assis sur le sofa et écoutait les nouvelles, une bière à la main.

– Ne m'en demande pas, indiqua-t-il sans regarder Alexanne.

– Je n'aime pas la bière de toute façon. Je préfère le vin.

– Si ça continue ainsi, il va falloir t'acheter d'autres tenues.

– J'avoue que l'idée de courir les magasins est très tentante, mais je peux continuer de laver mes vêtements tous les soirs, vous savez. Ça ne me dérange pas de porter plusieurs fois la même chose.

« Je n'aurais jamais dit une chose pareille il n'y a pas si longtemps », songea-t-elle.

– Tu ne ressembles vraiment pas aux adolescentes que je connais.

– C'est sans doute parce que je vis à la campagne. Mes besoins ont changé.

– C'est possible…

Alexanne dénoua la serviette et essora ses cheveux châtains. Christian l'observa en se rappelant ce que Maïkan leur avait dit. Cette petite, qui possédait le pouvoir d'incendier les sorciers, n'était toutefois pas à l'abri des balles de fusils. Avait-elle raison d'hésiter à se joindre à leur équipe de justiciers ? « Sa tante prendra cette décision pour elle », décida finalement l'ex-policier.

– Si les Amérindiens sont les descendants des premiers habitants de la Terre, d'où venons-nous ? demanda alors Alexanne.

– Tu le demandes à la mauvaise personne.

– Les autres races sont-elles arrivées par la suite ? Et comment ?

– Ce n'est pas moi l'expert en histoire ancienne. Tu devrais plutôt t'adresser à Sylvain.

– Ça ne vous intéresse pas de le savoir ?

– Je trouve ma réalité quotidienne bien assez complexe.

Mélissa entra alors dans l'appartement, portant un gros sac en papier brun. Christian s'empressa de la décharger de son fardeau et l'embrassa tendrement.

– C'est le genre de baiser qui me plaît, murmura-t-elle.

– Avec tout ce qui m'arrive, je commence à apprécier chaque petit instant de ma vie, lui confia son amant. Ça sent bon là-dedans. Des mets chinois ?

– Excellente déduction, inspecteur.

– Ne me dis pas que tu n'as pas eu le temps de dîner.

– Tu sais comment ça se passe, au travail. J'en ai acheté plus que je peux en manger, alors, si vous voulez bien vous joindre à moi, ça serait vraiment plaisant.

Alexanne suivit les adultes à la cuisine et se servit du riz, du poulet et de la sauce aux cerises. Imitant Christian et Mélissa, elle tenta d'abord de saisir sa nourriture avec les baguettes de bois, puis alla chercher une fourchette. Elle savoura le tout en écoutant l'ex-policier raconter leur journée à son amie.

– Huit personnes contre un réseau mondial de terroristes ? s'étonna la femme policier.

– Tout comme toi, j'ai du mal à le croire, avoua Christian, mais les membres de ce groupe spécial ne sont pas des gens ordinaires.

– Contre des milliers de bandits ?

– Pourrais-je utiliser votre ordinateur pour bavarder avec Matthieu ? les interrompit Alexanne pour échapper à la discussion.

– Oui, bien sûr, lui permit Mélissa tout en conservant un regard incrédule sur son amoureux.

L'adolescente s'empressa de se rendre au salon.

– Tu te rends au moins compte que tu ne pourras pas inclure cette enfant dans l'équipe ?

– Je ne suis même pas certain qu'il y en aura une, Mel. Plus j'y pense et plus je suis persuadé que c'est de la folie, mais en même temps, est-ce que je peux vraiment laisser ces lâches tuer des millions d'innocents ?

– Tu as encore un bel avenir devant toi, Christian.

– Pas si on en croit le docteur Edelman. Et puis, je n'ai vraiment pas envie d'aller pratiquer mon métier dans un coin perdu du monde. Quand j'ai décidé de devenir policier, c'était pour protéger les gens contre les criminels qui n'hésitent pas à tuer ou à blesser les autres. Ce que le destin m'offre maintenant, c'est ce dont je rêve depuis toujours.

– Malgré ton indéniable talent, tu ne peux pas te mesurer à des terroristes.

– Pourtant, Sylvain et moi avons réussi à faire échouer certains de leurs plans.

– Dans cette province. Que ferez-vous si les complots s'ourdissent dans des centaines de pays en même temps ?

– Notre bravoure pourrait peut-être inspirer d'autres âmes charitables.

– Toutes les nations possèdent des forces policières, Christian.

– Et sans doute d'autres docteurs Edelman qui les décourageront d'intervenir si les suspects sont des satanistes.

– Cette conversation est superflue, n'est-ce pas ? Tu as déjà pris ta décision.

– C'est une aventure insensée, mais une petite voix dans ma tête me pousse à la tenter.

Mélissa baissa la tête en déposant ses baguettes sur la table.

– Nous ne regardons plus dans la même direction, Christian.

– C'est bien ce que je constate…

– Tu vas bientôt te lancer à la poursuite des terroristes où qu'ils se trouvent.

– Mel, je comprends ce que tu me dis et je ne veux surtout pas te faire de mal. Tu mérites l'amour d'un homme sain d'esprit qui sera toujours là pour toi. Pour ma part, si je ne fais pas quelque chose pour sauver ma planète, ton futur mari cessera d'exister avant même que tu le rencontres. Il sera éliminé avec des milliers d'autres bonnes personnes. Les terroristes pourraient aussi remonter jusqu'à toi et te faire souffrir juste pour me persuader de cesser mes recherches.

– Tu n'as pas besoin d'énumérer toutes les raisons qui t'obligent à me quitter, tu sais… l'arrêta Mélissa avec un sanglot dans la voix.

– En fait, je vais partir parce que je t'aime.

La jeune femme alla se blottir dans ses bras.

– Si jamais… voulut poursuivre Christian.

– Ne dis plus rien.

Mélissa le serra très fort en retenant ses larmes.

– Si tu tombes amoureux d'une belle terroriste, je te tuerai, l'avertit-elle.

Un sourire se dessina sur les lèvres de l'ex-policier.

– Au risque de parler comme Sylvain, peut-être que nos chemins se croiseront à nouveau lorsque la menace aura été éliminée… à moins que tu perdes ton emploi toi aussi et que tu te joignes à nous.

– Je ne suis pas aussi impétueuse que toi, tu le sais bien. Que ce soit bien clair, je ne te chasse pas. Tu peux revenir quand tu veux.

– Je sais…

Mélissa tenta de le faire taire en l'embrassant. Pendant que les adultes se faisaient leurs adieux, Alexanne avait réussi à communiquer avec Matthieu par le truchement de l'Internet. La jeune fée ne savait pas comment annoncer à son petit ami qu'on venait de la convier à une chasse aux pires malfaiteurs qui soient. Matthieu lui avait clairement exprimé le vœu de passer sa vie avec elle, mais sans être mêlé à toutes ses histoires abracadabrantes. Utilisant la caméra de l'ordinateur, les deux adolescents réussirent rapidement à se voir.

– Je ne reconnais pas ce décor, s'étonna Matthieu.

– C'est l'appartement de Mélissa.

– Qu'est-ce que tu fais encore là ?

– Je te l'expliquerai dès que je serai de retour à Saint-Juillet. Parle-moi plutôt de toi.

– Je suis en pleine période d'examens et j'ai commencé à lire des romans de *fantasy* pour me détendre. Ça ressemble drôlement à ce qui se passe dans ta famille.

– C'est pour t'habituer à ta future vie avec moi ?

– Je préférerais ne pas voir débarquer des gnomes, des trolls, des dragons et des sorcières dans notre maison, mais le seul fait de m'informer à leur sujet semble me rendre plus courageux.

– Tu l'es déjà beaucoup plus que lorsque nous nous sommes rencontrés, Mou.

– Je l'avoue… mais, avec toi, on ne sait jamais ce qui va nous arriver.

Alexanne fit de gros efforts pour ne pas se mordre les lèvres d'inquiétude et conserver son sourire.

– Si je ne réussis pas à obtenir quelques jours de congé avant la fin de la session, viendras-tu passer quelques jours à Québec ?

– Ce serait génial ! se réjouit la jeune fée.

– Je t'expliquerai la façon de te rendre jusqu'ici en autobus dans un courriel.

Christian revint alors s'asseoir au salon. Il ne semblait pas du tout dans son assiette.

– On se reparle demain ? suggéra alors Alexanne à son copain.

– Oui, bien sûr, mais avant, jure-moi que tu n'es pas encore en train de te mêler à une autre histoire de sorciers.

– Je te le jure.

Alexanne souffla un baiser à Matthieu et se tourna vers son hôte.

– Une mauvaise nouvelle ? s'inquiéta-t-elle.

– J'en ai vu d'autres…

– Où est Mélissa ?

– Elle est allée se coucher.

– Vous vous êtes querellés ?

– Pas vraiment, mais nous envisageons la possibilité de nous séparer.

– Quoi ? Vous êtes faits l'un pour l'autre !

– Alexanne, quand tu seras plus vieille, tu comprendras que les unions parfaites n'existent que dans les contes de fées.

Le dernier mot arracha un sourire au policier attristé.

– J'imagine que ce ne sera pas ton cas, puisque tu en es une. Toutefois, les humains que nous sommes connaissent des moments de bonheur et des moments de tristesse dans leurs relations amoureuses.

– Je vous en prie, monsieur Pelletier, cessez de tourner autour du pot.

– Mélissa ne veut pas que je me lance à la poursuite des terroristes, tandis que je sens au plus profond de mes tripes que c'est ce que je suis venu faire sur Terre.

– Aucun compromis n'est envisageable ?

– C'est ce que j'essaie de t'expliquer. Il arrive parfois, au cours de notre existence, que nous ayons à faire des sacrifices douloureux.

– Vous allez laisser passer votre chance de vivre un grand amour pour sauver le monde ? s'émut Alexanne.

– Ouais… quelque chose comme ça.

Christian reprit place dans son fauteuil préféré et changea de chaîne de télévision afin d'écouter les nouvelles qu'il avait manquées durant leur repas.

– Où habiterez-vous ? demanda Alexanne, qui n'avait pas compris qu'il ne voulait plus parler de sa peine.

– Je n'en sais rien. Peut-être chez mon père.

L'ex-policier ne possédait plus grand-chose depuis l'incendie qui avait ravagé sa maison. Il était donc libre de s'installer n'importe où. Tout ce qu'il lui restait tenait dans une seule valise.

– Vous pourriez vous installer chez ma tante, proposa l'adolescente.

– Merci, mais je ne supporterais pas longtemps les pleurs de votre adorable petite Anya.

– C'est vrai qu'elle est matinale.

– Cesse de te faire du mauvais sang pour moi. J'ai appris à survivre.

Christian entendit alors les premiers mots d'une nouvelle qui lui fit dresser les cheveux sur la tête.

– L'accident qui a coûté la vie à une équipe entière de jeunes joueurs de hockey, plus tôt aujourd'hui, n'aurait pas été causé par le mauvais état de la chaussée, comme l'ont d'abord cru les policiers chargés de l'enquête, déclara le reporter dont le visage apparaissait en gros plan sur l'écran.

Derrière le journaliste, on apercevait les gyrophares des véhicules de secours et un bon nombre de curieux. Cependant, le regard expérimenté de Christian percevait des détails que le commun des mortels ne remarquait pas. Parmi les passants se trouvait un bien étrange personnage… L'ex-policier se précipita sur l'ordinateur et chercha à obtenir les images filmées par l'équipe de nouvelles afin de les télécharger et de les étudier.

– Un témoin affirme avoir parlé au chauffeur, qui a été éjecté sur la chaussée. Le bon Samaritain a tenté de le maintenir conscient jusqu'à l'arrivée des secours. Voici ce que le chauffeur lui aurait dit.

Le visage du reporter fut remplacé par celui d'un homme très nerveux, vêtu d'un anorak bleu et portant un bonnet des Canadiens de Montréal.

– Ses roues n'ont pas glissé et il n'a pas mis les freins, raconta-t-il. Il a heurté quelque chose qui ne pouvait pas se trouver là : le visage géant d'un monstre.

– Il n'y a sur cette section de la route ni poteau, ni lampadaire, ni blocs de ciment, continua le journaliste, et encore moins des monstres. En fait, il n'y a ici que des champs cultivés ensevelis sous la neige. Toutefois, les traces laissées par les pneus sur la chaussée semblent indiquer que le gros véhicule s'est arrêté brusquement. Nous devrons attendre les résultats de l'enquête afin de comprendre ce qui s'est passé.

Alexanne se posta derrière Christian pour regarder par-dessus son épaule.

– Vous croyez que c'est l'œuvre des assassins que vous cherchez ?

– J'en suis même persuadé.

Il trouva enfin ce qu'il cherchait et ressentit une grande tristesse en lisant les premières informations qui avaient suivi la tragédie. Tous les jeunes, qui se rendaient en Ontario pour disputer un match amical, étaient morts sur le coup. Le chauffeur ne portait pas sa ceinture de sécurité. Ses paroles incohérentes laissaient croire qu'il avait sans doute absorbé de la drogue ou de l'alcool. Le rapport d'autopsie le confirmerait sans doute. Il avait succombé à ses blessures quelques minutes après son arrivée à l'hôpital. Christian enregistra les nombreux reportages sur l'accident et les transféra sur une clé USB.

– En te reconduisant chez ta tante, j'irai m'acheter un ordinateur, dit-il à Alexanne.

Puis il fit jouer plusieurs fois les images captées par les journalistes en les étudiant attentivement.

– Qu'espérez-vous voir ? s'enquit l'adolescente.

– Cette personne, répondit Christian en appuyant l'index sur l'écran. Elle se tient en arrière-plan dans tous les reportages.

L'individu suspect portait un long manteau et son visage était assombri par son capuchon. Cependant, il n'était pas inhabituel de s'habiller chaudement au Québec en hiver.

– Il y a plein de monde sur le bord de la route, fit remarquer Alexanne.

– C'est vrai, mais son comportement est différent. Tous les autres sont troublés par la scène d'horreur qu'ils ont sous les yeux.

– Comment le savez-vous ?

– Observe leur langage corporel.

Les curieux étaient en effet animés et ils gesticulaient en parlant à leurs voisins. L'homme au manteau long était immobile et semblait plutôt examiner les lieux à la manière d'un détective.

– On dirait qu'il scrute les lieux.

– Ou qu'il se repaît du spectacle, précisa Christian.

– C'est affreux !

– La plupart des criminels aiment admirer leur œuvre destructrice. C'est souvent ainsi qu'on arrive à les attraper.

– Alors, c'est le meurtrier que nous voyons là ?

– C'est fort possible, car je ne saurais expliquer autrement son comportement.

La sonnerie du mobile de l'ex-policier les fit sursauter tous les deux.

– Pelletier.

– C'est Chayton Maïkan. Regardez-vous le bulletin d'informations en ce moment ?

– Ça fait plusieurs fois que je visionne les images tournées après l'accident de l'autobus.

– Avez-vous également pris connaissance des nouvelles internationales ?

Christian se raidit d'un seul coup sur sa chaise.

– Que s'est-il passé ?

– Le même type d'accident s'est produit à une centaine d'endroits différents dans plusieurs pays.

– Pas possible !

– Il semble que les serviteurs du mal aient décidé d'accélérer l'exécution de leur plan. Mais ce n'est pas tout. J'ai entendu quelque chose dans la pierre. Je crois que ce serait une bonne idée de nous revoir dès que possible.

– Quand emménagerez-vous dans votre nouvelle maison ?

– J'y serai dès demain matin.

– Dans ce cas, je m'arrêterai chez vous en reconduisant la petite à Saint-Juillet.

– Notre mission est en train de prendre forme, monsieur Pelletier. Ne tardez pas.

– Vous pouvez compter sur moi.

Christian raccrocha et se perdit dans ses pensées. Alexanne dut mettre la main sur son épaule pour lui rappeler qu'elle était debout près de lui.

– Il y a eu d'autres accidents similaires, soupira-t-il en apercevant le regard inquiet de la fée.

– Je veux vous accompagner chez le médium.

– Ça commence à être dangereux, Alexanne. Je préférerais obtenir l'avis de ta tante avant de te mêler à cette histoire.

– Elle sait qu'il s'agit de mon destin.

– Je veux quand même l'entendre de ses propres lèvres.

Christian continua de regarder les vidéos et parvint à isoler une image du suspect, puis à l'imprimer en plusieurs exemplaires. Lorsqu'il se retourna vers son invitée, il constata qu'elle s'était endormie sur le sofa. Il éteignit l'ordinateur et se rendit à la chambre qu'il allait bientôt cesser de partager avec Mélissa. Sans faire de bruit, il se déshabilla et s'allongea près d'elle.

– Je sais ce que tu vas me demander, soupira la jeune femme. J'essaierai de mettre la main sur le rapport de cet accident demain matin.

– Comment l'as-tu deviné ?

– J'ai appris à lire tes pensées.

– Mel, je ne veux pas te faire souffrir.

– J'imagine que tous les superhéros disent la même chose à leur petite amie.

– Je ne suis pas un superhéros.

– Mais tu es sur le point de le devenir. Tu n'es pas fait pour une vie normale. Tu ne l'as jamais été.

– Je n'ai pas du tout envie de me changer en monstre vert ni de trimbaler partout un gros marteau et encore moins de porter des collants.

Mélissa se retourna et embrassa son amant comme si elle n'allait jamais plus le revoir.

– Dans ton cœur, tu as toujours été un défenseur des opprimés, Christian Pelletier. Essaie de ne pas te faire tuer, d'accord ?

– Ce n'est pas dans mes plans, rassure-toi, mais si ça devait arriver, j'espère que ce sera en sauvant le plus de vies possible.

Blottie contre Christian, la jeune femme finit par s'endormir. Au matin, lorsqu'il ouvrit les yeux, Mélissa était déjà partie.

« Je ne dirais pas non à une armure de métal impénétrable », songea Christian en se levant. Il fila sous la douche et rassembla le peu de biens qu'il possédait dans une grosse valise, qu'il fit rouler jusqu'au salon. Alexanne était déjà assise devant l'ordinateur.

– Prête à partir ?

– Pas avant que vous ayez avalé quelque chose. Le petit déjeuner est le repas le plus important de la journée.

– Si tu commences à me faire la morale, alors c'est certain que tu ne feras pas partie de l'équipe.

– Il faut bien que quelqu'un vous apprenne à prendre soin de vous-même.

– Je vais manger, pas parce que tu me le demandes, mais parce que j'ai faim.

Christian entra dans la cuisine et fit rôtir un bagel, qu'il tartina de fromage à la crème. Il se versa une tasse de café et engouffra le tout sans plus de façon.

– Vous devriez apprendre à déguster votre nourriture, lui dit Alexanne, qui l'épiait depuis la porte.

– Qu'est-ce que je viens de te dire ?

Il déposa la vaisselle sale dans l'évier, s'essuya les mains et se dirigea vers le salon.

– En route ! lança-t-il.

Déjà emmitouflée dans son manteau, Alexanne l'attendait dans le petit vestibule.

– Je ne serais pas capable de partager la vie d'une fée, soupira l'ex-policier.

– Heureusement, les hommes ne sont pas tous comme vous.

– Allez, dehors, avant qùe je me fâche.

Alexanne ne se fit pas prier. Elle ouvrit la porte et sortit la première sur le palier.

Chapitre 20
Narciziu

Debout près des carreaux brisés des grandes fenêtres de l'usine d'où il menait ses opérations meurtrières, Narciziu Lansing se délectait des images qu'il captait sur une petite tablette électronique. Non seulement son rituel satanique avait donné les résultats escomptés, mais les serviteurs du maître disséminés partout sur la planète avaient également porté un coup important à l'humanité. L'assassinat de cette belle jeunesse n'était qu'un prélude…

Narciziu avait écouté tous les bulletins de nouvelles, étonné qu'aucun journaliste n'ait encore remarqué que des centaines d'autobus transportant des enfants avaient subi le même sort à quelques heures d'intervalle. Il serait bien plus facile qu'il l'avait cru d'éliminer la moitié de la population terrestre.

Alfhilde lui tendit alors une coupe de sang. Comme ses deux acolytes, elle était chaudement vêtue sous sa tunique écarlate, vu l'absence de chauffage dans l'usine. Pour sa part, Narciziu ne ressentait pas la morsure du froid. Sa réussite occupait toutes ses pensées.

– Bois à notre victoire, l'incita Alfhilde.

– Et à celles qui suivront ! renchérit Tristana.

Afin de les encourager, le sorcier avala le contenu de la coupe et leur servit son sourire le plus maléfique.

– Nous allons continuer à frapper les humains partout où nous le pouvons, annonça-t-il, mais nous serions bien plus efficaces si nous pouvions faire périr les bébés au berceau. Il en naît beaucoup trop à chaque instant.

– Ou rendre les femmes stériles, proposa Deirdra.

– Nous y veillerons lorsque la population aura suffisamment diminué, lui assura Narciziu.

Il s'approcha de la tablette où ses compagnes avaient aligné les différents objets qu'elles avaient recueillis pour l'exécution de leurs sinistres rituels : autobus, automobiles, avions et trains miniatures, statuettes, reproductions d'immeubles et de constructions de la région.

– Quelle est notre prochaine cible, Narciziu ? voulut savoir Tristana.

Le mage noir choisit un petit pont en céramique.

– Voyons si nous sommes suffisamment puissants pour tous les faire s'écrouler en même temps ? ricana-t-il.

Il déposa le bibelot au centre du kilim.

– Changez les bougies et préparez-vous, ordonna-t-il en redevenant très grave.

Les trois femmes se hâtèrent vers l'échafaudage où elles avaient entreposé les cierges subtilisés dans les églises, les commerces et les manufactures de la province. Alfhilde allait s'emparer d'une dizaine de longues chandelles effilées lorsqu'un frisson secoua ses épaules.

Elle s'immobilisa, à l'écoute de ses sens qui l'avertissaient d'un danger. Avec soin, elle promena son regard sur les planches qui avaient jadis servi à disposer les pièces fabriquées par les ouvriers. Les serviteurs de Satan avaient évidemment des ennemis qui cherchaient sans cesse à les éliminer. Il arrivait que ceux-ci leur tendent des pièges.

Ses yeux s'arrêtèrent finalement sur un article qu'elle n'avait vu qu'une seule fois auparavant : une pierre noire ovale d'une vingtaine de centimètres de long dissimulée derrière les centaines de cierges. Elle la souleva avec précaution, même si elle savait qu'elle ne risquait pas de lui exploser au visage, et l'apporta à son sombre maître. S'il n'avait pas été aussi pâle, le visage de Narciziu aurait blanchi davantage.

– Où as-tu pris ça ? s'étrangla-t-il.

– Sur une tablette.

– Qui l'a mise là ?

Narciziu se tourna vivement vers les deux autres femmes, qui ne comprenaient pas ce qui se passait. Il arracha l'objet des mains d'Alfhilde et l'enveloppa dans l'écharpe d'une de ses acolytes avant de l'enfouir au fond d'un sac à dos qu'il alla porter à l'autre bout de la pièce.

– Qui a osé apporter cette *insimul* ici ? hurla le sorcier en revenant vers les femmes.

– Je ne sais même pas ce que c'est… balbutia Tristana.

– Elle était peut-être déjà ici avant notre arrivée, tenta Deirdra.

– Ceux qui se servent encore de ces instruments anciens ne les laissent pas traîner dans des établissements désertés !

Narciziu poussa un cri de rage, tourna en rond pendant quelques secondes en serrant les poings, puis se planta à nouveau devant Alfhilde.

– Comment sont-ils entrés ici sans que nous nous en rendions compte ? ragea-t-il.

– Mais de qui parles-tu ? osa demander Tristana.

– Des *Malaks* !

Les trois complices de Narciziu savaient que c'était ainsi qu'on appelait parfois les serviteurs de la lumière, mais seule Alfhilde connaissait l'origine hébraïque de ce nom, qui signifiait « ange ».

– À moins qu'un traître se cache parmi nous…

Narciziu saisit Deirdra à la gorge et la souleva de terre.

– Tu cherches un coupable au mauvais endroit ! l'avertit Alfhilde.

Le sorcier relâcha la jeune femme et se tourna vers la grande rousse. Celle-ci sortit un petit couteau de la poche de son manteau. Elle s'entailla la paume et fit couler son sang devant le terroriste. Tristana et Deirdra l'imitèrent aussitôt.

– Je ne sais même pas ce qu'est une *insimul*… murmura Deirdra, troublée.

– C'est une pierre de lave aux propriétés magiques, expliqua Alfhilde.

– Elle sert de moyen de communication aux entités évoluées, ajouta Narciziu.

– Les mages de Thulé ? s'enquit Tristana.

– Exactement. Ces créatures lumineuses ne peuvent pas s'approcher de nous sans risquer d'être consumées par notre noirceur, alors elles trouvent d'autres façons de nous épier.

– Mais comment ont-elles pu entrer dans notre refuge ? s'étonna Deirdra.

Narciziu se mit à marcher sur le pourtour du grand tapis d'Orient en réfléchissant.

– Ils ont probablement recruté les corrompus qui ont fait échouer certains de nos plans… grommela-t-il.

– Tuons-les avant de poursuivre notre œuvre, suggéra Alfhilde.

– Nous n'avons pas vu leur visage au restaurant, lui rappela Tristana.

– Mais leur énergie a été facile à retrouver, fit remarquer Deirdra. Si nous avons réussi à les traquer une fois, nous pouvons le faire encore.

– Cela risque de retarder les plans du maître, soupira Narciziu.

– Les soldats de lumière pourraient aussi les contrecarrer.

– Alfhilde a raison : éliminons ces casse-pieds avant qu'ils nous causent de plus gros ennuis, conseilla Tristana.

Narciziu n'avait plus vraiment le choix.

– Que ferons-nous de la pierre ? demanda Alfhilde.

– Nous l'utiliserons pour piéger les corrompus, décida le sorcier.

– Comment ?

– L'*insimul* transmet nos paroles à ceux qui possèdent des roches semblables, alors nous allons les conduire là où nous pourrons les éliminer sans difficulté.

– Et si c'étaient des policiers ou des soldats ? s'inquiéta Tristana.

– Ça ne changera rien à leur sort. Mieux encore, leurs souffrances indiqueront à leurs chefs qu'ils ont affaire à une force supérieure à la leur. Personne ne nous arrêtera.

Narciziu se retourna vers le kilim sur lequel était tracée une étoile à cinq branches.

– Où sont les cierges ? tonna-t-il.

Les femmes s'empressèrent de placer les chandelles dans les bougeoirs dispersés autour du pentagramme afin d'amorcer le prochain rituel.

Chapitre 21

Sachiko

Alexanne garda le silence dans le VUS pour ne pas indisposer Christian davantage, alors qu'il la conduisait chez elle, dans les Laurentides. La jeune fée admira d'abord le paysage glacé en essayant de trouver une façon d'expliquer à Matthieu qu'elle avait un autre sorcier à tuer. Elle venait tout juste de se convaincre de lui dire la vérité toute crue lorsqu'elle lut les panneaux de signalisation sur le bord de l'autoroute.

– Vous vous êtes trompé de chemin ! s'exclama-t-elle.

– Pendant que tu rêvassais, j'ai eu une idée.

– Où allons-nous ?

– Sur les lieux de l'accident d'hier.

– Mais vous n'êtes plus policier.

– Ce n'est pas parce que je n'ai plus mon insigne et mon revolver que j'ai perdu mon infaillible instinct d'enquêteur. Je vais peut-être voir quelque chose que les autres ont manqué.

– Ou pas.

– Je crois que le détour en vaut tout de même la peine.

Une heure plus tard, ils arrivèrent sur la route de campagne en question. Le journaliste avait eu raison de s'étonner des dommages considérables qu'avait subis le gros véhicule, car il n'y avait en effet aucun obstacle avec lequel il aurait pu entrer en collision. Alexanne partageait les pensées de Christian lorsque celui-ci freina si brusquement que la ceinture de sécurité étouffa presque l'adolescente. Sans aucune explication, l'ex-policier ouvrit sa portière et se précipita dehors.

– Que se passe-t-il ? cria en vain Alexanne.

Craignant un danger qu'elle ne discernait pas encore, Alexanne ne suivit pas son ami. Elle chercha plutôt à se calmer pour mieux évaluer la situation à sa façon. À travers le pare-brise, elle vit Christian courir à fond de train droit devant lui. Au lieu de sortir la tête par la fenêtre, la fée ferma les yeux et chercha à savoir ce qu'il faisait. Elle perçut aussitôt la présence d'une autre personne devant l'ex-policier. Ce n'était pas un sorcier, mais l'énergie que dégageait le fuyard était étonnante.

En arrivant à l'endroit où l'autobus avait percuté un obstacle invisible, Christian avait tout de suite aperçu, penché sur la chaussée, l'insolite personnage au long manteau ! Persuadé qu'il tenait enfin l'un des terroristes, l'ex-policier avait foncé comme un chien de chasse. Le bruit de ses bottes avait immédiatement alerté sa proie, qui avait détalé comme un lapin en direction opposée.

– Arrêtez-vous ! cria Christian.

Il avait pourchassé bien des criminels dans sa vie, mais aucun n'était aussi agile que celui qui courait maintenant devant lui. Au bout de quelques minutes de poursuite épuisante, Christian utilisa une technique qu'il avait apprise en jouant au football américain : il plongea et referma les bras autour des jambes du fugitif, le plaquant dans la neige fondante qui couvrait le bord de la route. La partie n'était pas pour autant gagnée. Le suspect se retourna vivement sur le dos et lui assena un coup de pied au visage pour se dégager de son emprise.

L'ex-policier poussa un cri de rage et se jeta une seconde fois sur l'inconnu afin de le neutraliser. Celui-ci se débattit comme une anguille et faillit bien s'échapper. S'il avait eu son arme, Christian aurait pu l'obliger à s'arrêter.

– Je veux seulement vous parler ! hurla l'ex-policier.

À son grand étonnement, l'individu s'immobilisa. Même s'il risquait de le voir lui filer entre les doigts, Christian le libéra et recula de quelques pas sur ses genoux.

– En fait, j'ai besoin de votre aide.

Le large capuchon de l'étranger glissa sur ses épaules alors qu'il s'asseyait.

– Vous êtes une femme !

– Est-ce un crime ?

Elle n'avait pas d'accent étranger, mais ses traits étaient asiatiques. Ses longs cheveux noirs étaient attachés sur sa nuque et elle ne portait aucun maquillage. Christian se remit sur ses pieds et lui tendit la main. La suspecte se releva d'un seul bond sans son assistance.

– Qui êtes-vous ? cracha-t-elle, furieuse.

– Vous d'abord.

– Sachiko Aoki.

– Christian Pelletier. Que faisiez-vous sur cette route ?

– Je ramassais des cailloux.

– Vraiment ? Êtes-vous au courant que vous apparaissez dans tous les reportages en rapport avec l'accident qui s'est produit ici ?

– Vous êtes enquêteur pour la police ?

Le silence de Christian mit la jeune femme sur ses gardes.

– Le père d'un des garçons, alors ?

– Non…

– Un parent du chauffeur ?

– C'est difficile à expliquer, soupira-t-il.

– Vous me devez ces éclaircissements après m'avoir projetée sur la chaussée.

– Je mène ma propre investigation sur les circonstances mystérieuses qui entourent cette tragédie.

– Êtes-vous médium ?

– Tout dépend de ce que vous entendez par « médium ».

Elle se contenta de hausser les sourcils.

– Disons que j'ai commencé à avoir des visions après avoir été assassiné, ajouta-t-il.

Le visage de Sachiko exprima la surprise la plus totale.

– Vous êtes un fantôme ?

– Non !

Elle étira le bras et toucha à sa poitrine pour s'en convaincre.

– Ne vous faites pas de fausses idées. J'ai été ranimé à temps. Je vous en ai suffisamment dit sur mon compte. C'est à votre tour.

– Je suis également à la recherche des monstres qui ont provoqué cette hécatombe. Je ne possède aucune faculté qui ressemble à la vôtre et je ne travaille pas pour la police.

– Pour qui, dans ce cas ?

– Vous ne me croiriez pas.

– J'ai l'esprit beaucoup plus ouvert que vous le pensez.

– Si vous n'êtes que médium, alors je vous conseille de vous retirer de cette enquête pendant qu'il en est encore temps.

– Quelles sont vos compétences pour la mener toute seule ?

– J'ai été formée pour retrouver des criminels différents de ceux qui font la une des journaux.

– Des sorciers et des satanistes ?

– Entre autres. Retournez à vos cartes et à votre boule de cristal et laissez-moi faire mon travail.

– J'ai peut-être un pas d'avance sur vous en ce qui concerne ces accidents inquiétants.

– J'en doute.

– Je les vois avant qu'ils se produisent.

Sachiko plissa le front, incrédule.

– J'ai même réussi à en faire avorter quelques-uns.

– Seuls les *Malaks* peuvent y arriver.

– Les quoi ?

– Si vous en étiez un, ce nom vous serait familier.

– Que diriez-vous de poursuivre cette conversation au chaud dans un petit café ?

– Je n'ai aucune raison de vous faire confiance.

– Au contraire. En unissant nos aptitudes différentes, nous pourrions sans doute mettre plus rapidement la main au collet des meurtriers. C'est tout ce qui m'intéresse.

Après un instant d'hésitation, Sachiko accepta de marcher jusqu'au VUS avec Christian. En les voyant approcher, l'adolescente sortit du véhicule.

– Mademoiselle Aoki, je vous présente Alexanne Kalinovsky.

Sachiko la salua d'un mouvement de tête.

– Elle est ici pour les mêmes raisons que nous, expliqua Christian à son amie.

– Vous êtes médium, vous aussi ?

– Je suis une fée.

– Ah ?

– C'est ainsi qu'on appelle les guérisseuses dans sa famille, intervint Christian. Où est votre voiture ?

– Je n'en ai pas. Il y a d'autres façons de se déplacer, vous savez.

– Vous habitez la région ?

– Non.

L'ex-policier la fit monter sur le siège avant du VUS, qu'Alexanne lui céda volontiers. Un silence embarrassant s'installa dans le véhicule. Christian revint sur ses pas et trouva un petit restaurant sur la rue principale du village le plus proche. Ils s'installèrent tout au fond et commandèrent des boissons chaudes.

– Avant de pouvoir vous faire confiance, je veux en savoir davantage à votre sujet, exigea Sachiko.

– Ça risque d'être long, plaisanta Alexanne.

– J'ai tout mon temps.

Malgré son air sérieux, Sachiko était une belle femme qui approchait certainement la trentaine.

– Jusqu'à tout récemment, j'étais enquêteur pour le service des crimes haineux de la Sûreté du Québec.

– Vous avez quitté votre poste pour devenir voyant à temps plein ?

– Ça ne s'est malheureusement pas passé ainsi. Mes supérieurs m'ont congédié après avoir lu les rapports que je leur ai remis sur le démantèlement d'une secte. Ils ont refusé de croire que j'ai été aux prises avec des gargouilles volantes, des tentatives d'assassinat par la pensée et un sorcier qui aimait se faire appeler le Faucheur.

Sachiko recula sur sa chaise en écarquillant les yeux.

– Je ne vous en veux pas de ne pas me croire non plus, soupira Christian.

– J'ai été témoin des mêmes événements, affirma Alexanne pour lui donner plus de crédibilité.

– Peu de gens ont vu ces choses, confia la jeune Asiatique, mais je sais qu'elles existent.

– Il est dommage que vous ne soyez pas psychologue pour la police, siffla Christian entre ses dents.

– C'est ce Faucheur qui vous a assassiné ?

L'ex-policier hocha doucement la tête avant d'avaler une gorgée de café.

– Et c'est cette jeune fille et son oncle qui m'ont ramené à la vie.

– Des guérisseurs…

– Ils possèdent des pouvoirs inimaginables.

– Pourquoi étiez-vous ensemble sur cette route ? voulut savoir Sachiko.

– C'était mon idée et non la sienne, avoua Christian. Je voulais tenter de trouver des indices que les policiers normaux auraient pu manquer. Je travaille aussi sur ce dossier en collaboration avec un vrai médium et un journaliste.

– Une équipe ?

– Elle s'est formée bien malgré nous lorsque j'ai eu besoin de l'avis d'un Amérindien sur la provenance d'une pierre noire qui semble au cœur de ce mystère.

– Où est cette pierre ? s'inquiéta Sachiko.

– Elle est toujours entre les mains de l'Algonquin, qui désire d'ailleurs me voir à son sujet.

La jeune femme se mordit les lèvres avec hésitation. Christian ne la pressa pas, car il se doutait que ce qu'elle craignait de lui révéler était important.

– Il y a quelqu'un que vous devez d'abord rencontrer, déclara-t-elle enfin.

– Puis-je demander de qui il s'agit ?

– Une femme qui combat le mal depuis de nombreuses années. Elle voudra entendre votre récit.

– Je veux y aller aussi, chuchota Alexanne à l'ex-policier.

– Je dois reconduire cette demoiselle chez sa tante à Saint-Juillet et m'arrêter chez le médium qui vit non loin.

– Saint-Juillet ? répéta Sachiko, étonnée.

– C'est un tout petit village au nord de Saint-Jérôme, expliqua Alexanne.

– La dame dont je viens de vous parler habite non loin de là.

« Sylvain me dirait que ça ne peut pas être une coïncidence », songea Christian.

– Dans quel ordre vais-je procéder ? lâcha-t-il, indécis.

– Chez ma tante en dernier, suggéra la jeune fée.

– Cette dame porte un nom ? s'enquit Christian.

– Bastien. Elle est huronne.

– Comme par hasard…

– Elle aimera certainement entendre ce que votre ami algonquin a à raconter.

Christian déposa la tasse dans la soucoupe.

– Voici ce que je propose : emmenez-moi chez madame Bastien, puis nous irons ensemble chez mon collaborateur algonquin.

Un sourire de victoire illumina le visage de la fée.

– J'irai reconduire Alexanne à la fin de la journée.

– Merci, monsieur Pelletier.

Ils se mirent en route pour Saint-Juillet. Les rayons du soleil qui se reflétaient sur les grandes étendues de neige étaient aveuglants.

– Pouvez-vous m'en dire davantage au sujet de cette femme avant que je fasse sa connaissance ? demanda alors Christian à Sachiko.

– Elle a une soixantaine d'années et elle vit seule à la campagne, ce qui lui permet d'étudier en paix des phénomènes que des voisins normaux considéreraient comme hautement dangereux.

L'ex-policier jeta un regard inquiet à sa passagère.

– Son but est d'éradiquer autant de mal qu'elle le peut sur cette planète avant son ascension dans les sphères célestes.

– Sylvain doit certainement la connaître, laissa échapper Christian.

– Est-ce l'Amérindien ?

– Non, c'est le journaliste. Il enquête sur le paranormal depuis des lustres.

– Prenez la prochaine sortie, indiqua Sachiko.

« Cette femme habite donc à l'est de Saint-Juillet », comprit Christian en continuant de suivre les indications de Sachiko. En remontant une route plutôt étroite en flanc de montagne, il se félicita d'avoir acheté un VUS. Avec un autre type de véhicule, ils se seraient enlisés dans la neige. Caché au milieu des grands arbres s'élevait un manoir en briques grises de style renaissance grecque digne des grandes plantations du sud des États-Unis.

– C'est là ? s'étonna Alexanne, qui pensait la même chose que Christian.

La maison était dix fois plus grande que celle de Tatiana ! Le VUS s'arrêta devant l'entrée principale, protégée par le plancher du balcon qui faisait tout le tour du premier étage. Le toit, percé de lucarnes, était soutenu par une dizaine de grosses colonnes blanches.

– On se croirait en Louisiane !

– Sauf qu'il n'y a aucune plantation ici, précisa Sachiko.

– Depuis combien de temps connaissez-vous madame Bastien ? s'enquit Christian.

– Depuis toujours. C'est elle qui a financé ma formation.

Il n'eut pas le temps de s'informer davantage à ce sujet : la jeune Asiatique venait de descendre du véhicule. Alexanne s'empressa de la suivre. Quant à Christian, il se demandait plutôt ce qui poussait une femme de l'âge de madame Bastien à s'isoler au milieu des bois.

Sachiko entra sans frapper, ce qui indiqua à l'ex-policier qu'elle habitait probablement chez la Huronne. Il marcha derrière Alexanne en examinant attentivement les lieux. « Pourquoi ai-je l'impression de retourner dans le passé ? » se questionna-t-il.

La maison se révéla tout aussi majestueuse à l'intérieur. Sa propriétaire n'avait pas lésiné sur la décoration et le choix des matériaux. Les planchers étaient en bois verni. Le bas des murs était orné de riches boiseries et le haut, de papier peint aux motifs délicats. Des tableaux représentant la nature dans toutes les saisons y figuraient. Les portes elles-mêmes constituaient de véritables œuvres d'art. Christian leva les yeux sur le grand escalier, recouvert d'un magnifique chemin incarnat.

– Sachi ? fit une voix féminine en provenance de l'étage supérieur.

– C'est moi, *sobo*. J'ai ramené des gens que tu seras ravie de rencontrer.

La dame qui vint à la rencontre des étrangers ne ressemblait pas du tout à l'image que Christian se faisait des sexagénaires. Elle ne portait ni gros bas, ni veste en laine, ni lunettes sur son nez. Au contraire, c'était une femme au visage encore très jeune, vêtue d'un jean bleu et d'un gros pull-over en coton molletonné rouge brique. Ses cheveux châtains étaient attachés en queue de cheval, ce qui la rajeunissait énormément.

– Qui sont tes invités, ma chérie ?

– Christian Pelletier et Alexanne Kalinovsky.

Un sourire énigmatique flotta sur les lèvres de la maîtresse de maison.

– Comme Sachiko vous l'a probablement dit, je m'appelle Lyette Bastien. Soyez les bienvenus chez moi.

Elle les invita à passer au salon, une pièce d'une magnificence à couper le souffle. Christian prit place dans une bergère Louis XV en se tordant le cou pour regarder les motifs étranges du plafond à caissons.

– Savez-vous ce qu'ils représentent ? l'interrogea la propriétaire.

– Pas du tout, avoua l'ex-policier en baissant la tête, mais j'ai un ami pour qui ces symboles seraient sans doute très clairs.

– Un cryptographe ?

– Entre autres.

– Ces deux personnes sont aussi à la recherche des meurtriers démoniaques, expliqua Sachiko en enlevant son grand manteau.

– Sauf que nous les qualifions de terroristes, précisa Christian.

Il s'étonna de voir que la jeune femme asiatique portait un vêtement noir qui ressemblait à s'y méprendre à une tenue de ninja. Elle s'assit en tailleur sur la moquette près des jambes de sa bienfaitrice.

– Vous êtes policier, monsieur Pelletier ? s'informa Lyette.

– Ex-enquêteur. Je poursuis cette affaire à titre personnel.

– Vous êtes donc à la recherche de ceux qui ont provoqué le terrible accident qui a coûté la vie à d'innocents enfants.

– Et qui ont fait s'écraser le vol 9999.

La Huronne fronça les sourcils en plantant son regard dans celui de Christian.

– J'ai de bonnes raisons de croire qu'il s'agit des mêmes assassins, ajouta-t-il.

– Savez-vous à qui vous vous attaquez ?

– Si je me fie à mes visions, ce sont probablement des sorciers ou quelque chose du genre.

Lyette ne cacha pas sa stupéfaction.

– Un policier qui admet l'existence du paranormal ?

– Je n'ai pas vraiment eu le choix et c'est d'ailleurs pour cette raison que j'ai perdu mon emploi.

– Mais vous continuez de pourchasser les malfaiteurs.

– À un niveau différent, si vous voyez ce que je veux dire.

– En plus de votre entraînement de détective et de vos visions, quelles aptitudes possédez-vous pour vous mesurer aux serviteurs des ténèbres ?

– Je n'en sais rien encore.

La Huronne se tourna alors vers Alexanne qui les écoutait, sagement assise dans la bergère la plus rapprochée de l'âtre géant.

– Et toi, ma belle enfant ?

– Je suis une fée, lui révéla l'adolescente en rougissant.

– J'imagine que tu as un lien de parenté avec la guérisseuse de Saint-Juillet.

– C'est ma tante.

– Qui sont les autres membres de votre groupe, car j'ose espérer que vous ne vous êtes pas lancés seuls dans cette dangereuse entreprise ?

– Jusqu'à présent, je reçois l'aide d'un journaliste spécialisé dans le reportage de phénomènes parapsychiques et d'un médium.

– Pourquoi employez-vous le « je » ?

– Je ne suis pas encore certain de vouloir mêler Alexanne à cette histoire.

– Parce qu'elle n'est encore qu'une enfant ?

– Je suis aussi un Vengeur, protesta la fée.

Étonnée, Sachiko redressa le dos.

– Je t'avais bien dit qu'ils existaient, ma petite chérie, lui fit remarquer Lyette.

– Maintenant que vous savez presque tout sur nous, j'aimerais bien en apprendre davantage sur vous, osa Christian.

– Mon long parcours en anthropologie, en archéologie, en paléographie, en papyrologie et en occultisme m'a finalement poussée à fonder mon propre centre d'études sur tout ce qui nous menace en provenance des plans invisibles.

– Pardon ? balbutia l'ex-policier, qui ne comprenait pas tout à fait ce qu'elle tentait de lui dire.

– Puisqu'une image vaut mille mots, veuillez me suivre.

La Huronne guida ses invités jusqu'à un ascenseur dissimulé derrière l'un des lambris du grand salon. Sachiko y entra après eux et appuya sur l'unique bouton de l'appareil, qui les transporta dans le grenier. Lorsque la porte coulissa devant Christian et Alexanne, ils ne virent d'abord qu'un couloir jalonné de portes.

– Avancez, je vous prie, fit gentiment l'hôtesse.

Plus téméraire que la jeune fée, Christian sortit de la cage métallique le premier. Après deux pas, il s'immobilisa, estomaqué. Devant lui s'ouvrait une pièce circulaire qui ressemblait au centre de contrôle de la NASA… ou au pont d'une soucoupe volante ?

– Que vient-il de se passer ? parvint-il à articuler.

– Vous avez traversé un hologramme, répondit Lyette, le plus normalement du monde.

Christian pivota et vit le couloir derrière lui.

– En fait, vous ne l'avez franchi que parce que vous êtes en ma présence.

Elle montra à l'ancien enquêteur le magnifique bracelet en or qu'elle portait.

– Bienvenue dans la loge Adhara. Très peu de gens ont vu cet endroit.

– Pourquoi me le montrez-vous ?

– Parce que nous serons sans doute appelés à travailler ensemble très prochainement. Je possède des appareils qui n'existent nulle part ailleurs sur la Terre.

– Qui les a conçus ?

– Différents amis, au fil du temps.

– Peuvent-ils vous permettre de localiser les terroristes démoniaques ?

– Certains, oui, mais ils ne peuvent pas prédire leurs gestes.

– Mes visions… comprit Christian. Vous êtes la femme très riche dont nous a parlé Maïkan…

Lyette s'approcha d'un grand écran.

– Qui est ce Maïkan ? demanda-t-elle.

Christian n'eut pas le temps de répondre que la photo du médium apparaissait sur le mur, accompagnée d'une courte légende donnant son occupation, ses principaux accomplissements et ses coordonnées qui, d'ailleurs, indiquaient sa nouvelle adresse.

– Vous possédez votre propre base de données, constata-t-il. Vous saviez donc déjà qui j'étais avant même que je mette le pied chez vous.

– C'est exact.

– Êtes-vous aussi au courant que je dois rencontrer Chayton Maïkan aujourd'hui ?

– Je ne sais pas tout, mais si vous n'y voyez pas d'inconvénients, j'aimerais vous accompagner.

– Oui, bien sûr.

Elle revint vers l'ascenseur et passa devant l'ex-policier.

– J'ai aussi plusieurs chambres pour les sans-famille, ajouta-t-elle.

Christian secoua la tête pour s'assurer qu'il ne rêvait pas.

Chapitre 22
Les phratrias

En route pour la nouvelle demeure de Maïkan en compagnie des deux nouveaux membres du groupe, qui semblait devenir une force de frappe à ne pas sous-estimer dans la lutte contre le mal, Christian suivait les directives de son GPS en réfléchissant à ce qu'il venait de voir. Les installations de cette étrange femme sortaient tout droit d'un film de science-fiction.

– Y a-t-il beaucoup de loges Adhara dans le monde ? demanda-t-il finalement.

– Beaucoup de commandos sont en train de se former, mais chacun possède ses propres ressources et son propre nom, lui apprit Lyette.

– Avec l'assentiment des autorités ?

– Bien sûr que non.

– Ces commandos se connaissent-ils entre eux ?

– Ils sont au courant de l'existence des autres, mais savent aussi que toute communication pourrait leur être fatale.

– L'union ne fait-elle pas la force ?

– Pas si les serviteurs des ténèbres mettent la main sur la liste des membres de toutes ces unités. C'est une guérilla que nous menons, monsieur Pelletier, pas une guerre.

Christian immobilisa son véhicule devant une maison en bois rond sur le chemin de la montagne, non loin du village de Saint-Juillet. Comparé au manoir de la Huronne, la demeure du médium ressemblait à une remise de jardin.

– C'est l'adresse que nous cherchions, annonça-t-il.

Les femmes descendirent du VUS et suivirent Christian jusqu'à la porte. Chayton leur ouvrit avant que quiconque ait le temps de frapper.

– Vous en avez mis, du temps ! s'exclama le voyant.

L'ex-policier remarqua l'expression inquiète de l'Algonquin. Son reproche n'était pas une plaisanterie, mais un appel à l'aide. Tout le monde s'installa devant le poêle à bois.

– Vous avez commencé à former l'équipe bien plus rapidement que je l'avais prévu, par contre, indiqua Chayton.

– Croyez-moi, c'est par pure coïncidence.

– Pourtant, il n'y a pas de hasard, répliqua Lyette.

Christian fit les présentations.

– La bienfaitrice, la fée et les deux guerriers, constata l'Algonquin.

– Deux ? répéta Christian.

– Sachiko ne vous a donc pas parlé de ses talents, conclut la Huronne.

– J'ai été formée par un maître d'armes un peu particulier, au Japon, déclara la jeune femme asiatique.

– Et moi, au Québec… mais ce n'est qu'une similitude.

– Vous aurez bientôt l'occasion de constater que votre ressemblance est frappante, assura Lyette.

– Ne perdons pas de temps, fit Chayton pour les ramener à l'ordre. Leur avez-vous parlé de la pierre ?

– Seulement à Sachiko et plutôt vaguement, répondit Christian.

– C'est une *insimul*, leur expliqua Alexanne. Les premiers habitants de la Terre s'en servaient pour communiquer entre eux. Nous pensons que les terroristes l'utilisent de la même façon.

– Puis-je la voir ? réclama Lyette.

– Madame Bastien est huronne, ajouta Christian.

– Raison de plus pour qu'elle n'y touche pas, regimba Chayton. J'ai enfermé la pierre dans un petit coffret en métal que j'ai placé dans ma voiture.

– Est-elle devenue dangereuse à ce point ? s'inquiéta Lyette.

L'air grave, le médium déplia la feuille de papier qu'il avait déposée sur la table basse avant l'arrivée de ses invités.

– J'ai noté ce que j'y ai entendu pour ne pas vous le répéter de travers. Voici les paroles prononcées par un homme dont j'ai également eu une image mentale. Je vous en reparlerai tout à l'heure. Il a dit : « Vous avez fait du bon travail. Tous les jeunes corrompus sont morts. Cette victoire prouvera aux *phratrias* que nous avons le potentiel de travailler sur le plan mondial. »

Chayton s'arrêta, visiblement ébranlé.

– Ce que j'entends, dans ces mots, c'est que ces gens se sentent supérieurs au commun des mortels, réfléchit tout haut Christian. Il semble qu'ils n'œuvrent qu'au Québec, mais qu'ils ont de grandes aspirations.

– Qu'est-ce qu'un *phratrias* ? s'enquit Alexanne.

– C'est l'un des noms qu'on donne aux dirigeants invisibles de la Terre, expliqua Lyette.

– Et ce sont des méchants ?

– Même si le gouvernement secret ne prend pas toujours des décisions dans l'intérêt de la masse, il n'est pas composé de démons. Les serviteurs des ténèbres ont sans doute décidé d'utiliser le même nom.

– Serons-nous forcés de neutraliser toutes les cellules terroristes ?

– Les guerres se gagnent une bataille à la fois, tenta de la rassurer Christian. Et même si nous arrivions à n'éliminer que les meurtriers de cette province, ce serait déjà une belle réussite et un encouragement certain pour les autres loges.

– Il y a plus, le coupa Chayton. Ils ont aussi juré de tuer tous ceux qui possèdent des pierres noires et qui les utilisent pour les espionner. Ils veulent faire comprendre aux mages de Thulé que leurs efforts sont vains.

– Qui sont-ils ? demanda Alexanne.

– Nos anges gardiens, répondit Lyette. Ce sont eux qui ont conçu les pierres noires. Ils sont descendus des étoiles il y a des millions d'années pour aider les humains à évoluer plus rapidement. Sans eux, nous n'aurions pas encore découvert la roue.

– Si je comprends bien, ils ne sont pas repartis ? intervint Christian. Et si une de ces *insimuls* se trouvait chez les terroristes, un de leurs descendants l'a vraisemblablement cachée dans leur antre.

– C'est une explication possible.

– Comment peut-on entrer en communication avec ces mages ?

– À mon avis, il faudrait d'abord veiller à rester en vie, les avertit Chayton. Il ne s'agissait sûrement pas d'une menace en l'air.

– Sommes-nous si irritants qu'ils mettraient leurs plans destructeurs en attente pour concentrer leurs efforts sur notre suppression ?

– Rien n'est impossible, soupira Lyette. Ce sont des créatures profondément dérangées qui ne raisonnent pas comme les gens normaux. Vous avez bien fait d'isoler la pierre, monsieur Chayton.

– J'ai également l'intention de l'éloigner de nous.

– J'aurais peut-être une suggestion à ce sujet, mais il faut d'abord penser à notre sauvegarde.

– Je suis d'accord, l'appuya Christian.

Même si elle ne disait pas un mot, l'ex-policier vit sur le visage de Sachiko qu'elle pensait comme lui.

– Commençons par trouver une façon sécurisée de communiquer entre nous.

– J'ai ce qu'il nous faut, leur annonça Lyette.

– Il nous faudra aussi des codes pour fixer les dates et lieux de nos rencontres afin de ne pas être surpris par l'ennemi.

– Ne serait-il pas mieux de les attaquer au lieu d'attendre qu'ils nous tombent dessus ? suggéra innocemment Alexanne.

– Nous ne savons pas où ils se terrent, lui fit remarquer Christian.

– Mais vous êtes voyant, monsieur Chayton, s'entêta l'adolescente. Ne pourriez-vous pas les retrouver grâce à vos dons ?

– Je pourrais essayer, mais c'est comme chercher une aiguille dans une botte de foin.

– Je vous le demande parce que je ne voudrais pas que ces meurtriers débarquent chez moi. J'ai une toute petite nièce qui n'est âgée que de quelques semaines.

– Alors il est peut-être mieux que tu ne fasses pas partie du groupe, recommanda Christian.

– Vous aurez besoin de moi, surtout si les terroristes sont des sorciers.

– Elle a raison, renchérit Lyette. Les Vengeurs n'ont qu'à s'approcher des êtres maléfiques pour les détruire.

– Ils ne sont pas à l'épreuve des balles de fusil ni des lames de couteau, par contre, protesta Christian.

– Je veux vous aider, mais je veux aussi protéger Anya.

– Nous en reparlerons plus tard, trancha la Huronne. Dites-nous plutôt quelle est cette image mentale que vous avez captée, monsieur Chayton.

– Tandis que j'écoutais les paroles que transmettait la pierre, pendant un instant, j'ai vu le visage squelettique d'un homme qui s'appelle Narciziu.

– Est-ce un vampire ? laissa tomber Alexanne en faisant sourire les adultes.

– Il ne manquerait plus que ça, soupira Christian. Il ne doit pas être trop difficile de repérer un individu qui porte un nom pareil. Je pourrais m'adresser à mes anciens collègues de la police.

– Ma méthode est plus rapide, affirma Lyette en sortant un iPhone de son sac à main.

Elle établit la communication avec l'un des ordinateurs de sa loge et demanda vocalement des informations sur tous les Narciziu vivant au Québec.

– Ressemblait-il à cet homme ? fit-elle en retournant le petit téléphone vers Chayton.

Une photo en noir et blanc d'un homme au visage très pâle et aux cheveux clairsemés y apparaissait.

– Oui, c'est lui.

– Ses papiers d'identité indiquent qu'il s'appelle Narciziu Lansing et qu'il est originaire de Bulgarie, poursuivit Lyette. Il serait arrivé ici il y a deux mois. Le problème, c'est qu'en fouillant plus profondément dans les bases de données bulgares, le programme de recherche indique que cet homme est décédé en 1819.

– Comment peut-il être mort et ici en même temps ? s'étonna Christian.

– Ce doit être un zombie, s'effraya Alexanne, parce que s'il était encore vivant, il aurait plus de deux cents ans !

– Vivant ou non, nous sommes maintenant en mesure de reconnaître notre ennemi, déclara l'ex-policier. Il ne nous reste plus qu'à lancer un avis de recherche.

– Laissez-moi d'abord tenter autre chose, les pria Chayton.

– De la voyance ? s'enquit Lyette.

– J'obtiendrais de meilleurs résultats si j'avais en ma possession un de leurs objets maléfiques, mais je veux bien faire un essai.

Sachiko fouilla dans ses poches et en retira de petits cailloux.

– C'était donc vrai que vous ramassiez des cailloux sur la route ? s'étonna Christian.

– Je ne sais pas mentir, répliqua-t-elle.

La jeune femme asiatique déposa son butin sur la paume de Chayton.

– Ils ont en effet absorbé l'énergie du sorcier, constata-t-il avec satisfaction.

Le médium leur demanda de garder le silence tandis qu'il entrait en transe. Alexanne décida d'en faire autant. C'était Tatiana l'experte en la matière dans sa famille, mais l'adolescente n'avait rien à perdre. Elle laissa son esprit errer à l'extérieur de la maison, puis en direction de Montréal. Une horrible sensation de froid s'empara de tout son corps alors qu'elle longeait le fleuve Saint-Laurent en direction de Québec.

À la manière d'un oiseau, Alexanne survolait les lieux en les observant avec attention. Il y avait de gros bâtiments très laids sur la rive nord du majestueux cours d'eau. Leurs fenêtres étaient sombres et de nombreuses cheminées s'élevaient sur leurs toits. Une aura d'hostilité encadrait cet endroit lugubre.

« Est-ce que je peux me fier à mes sens ? » se demanda-t-elle. Elle s'apprêtait à descendre vers l'usine abandonnée lorsqu'elle aperçut de la lumière au-dessus d'elle. Intriguée, l'adolescente s'éleva davantage et découvrit une petite sphère dorée qui flottait dans le ciel. « Mais qu'est-ce que ça peut bien être ? » Sans la moindre crainte, elle se rapprocha de l'objet lumineux. Elle avait entendu parler des soucoupes volantes par ses amis, mais elle n'en avait jamais vu. Alors qu'elle n'était plus qu'à quelques mètres du mystérieux phénomène, Alexanne constata que le disque volant n'était pas plus grand qu'une voiture et discerna une silhouette à l'intérieur. « Je suis peut-être en train de faire une importante découverte », s'encouragea la jeune fée.

Elle s'avança afin de toucher à la membrane miroitante et arrêta net son geste en reconnaissant les traits de Chayton Maïkan ! Il avait les yeux fermés et les bras croisés sur sa poitrine. « Est-il mort ? » s'effraya Alexanne. La peur la ramena brutalement dans son corps physique. Ébranlée, elle ouvrit les yeux. Le voyant était toujours assis dans une bergère devant le feu… mais dans la même position que dans le ciel !

Alexanne ignorait si elle devait alerter les autres au sujet de sa vision. Christian, Sachiko et madame Bastien observaient tous les trois le travail du médium avec la plus grande vigilance. Sans avertissement, le fauteuil de Chayton fut violemment projeté au fond de la pièce, comme si une main invisible venait de le frapper. Le choc ramena aussitôt le médium de son état second. Il écarquilla les yeux comme s'il voyait quelque chose d'horrible. Puisqu'il n'y avait personne entre ses coéquipiers et lui, Christian et Sachiko ne savaient pas quoi faire pour lui venir en aide. Alexanne comprit que c'était à elle de jouer.

En fonçant vers Chayton afin de lui prendre les mains, elle traversa un courant d'air glacial, comme si quelqu'un avait ouvert une fenêtre.

– Par les pouvoirs qui m'ont été confiés… commença-t-elle.

Toute la maison se mit à frémir, comme s'il se produisait un tremblement de terre dans la région. « Ma tante va me tuer », ne put s'empêcher de penser l'adolescente.

– Alexanne, que se passe-t-il ? s'écria Christian.

– Je n'en sais rien !

L'ex-policier et la guerrière asiatique pivotaient sur eux-mêmes à la recherche de l'ennemi, mais ne voyaient rien. Agrippée aux bras de son siège, Lyette étudiait plutôt la situation d'un air connaisseur. Ce n'était pas la première fois qu'elle était témoin de ce genre de phénomène.

– Qui que vous soyez, partez ! hurla Alexanne.

Le séisme cessa sur-le-champ.

– Tu commences à me faire penser à ton oncle, s'inquiéta Christian.

– Sauf que lui, il sait ce qu'il fait, répliqua la fée.

Lyette se hâta au fond de la pièce pour s'assurer que Chayton n'était pas blessé.

– Je n'ai rien, affirma-t-il.

– En êtes-vous certain ? Vous avez une vilaine marque au cou.

Le médium détacha le col de sa chemise à carreaux.

– On dirait des traces de doigts, remarqua Sachiko.

– Cela veut-il dire que vous avez débusqué les terroristes ? s'informa Christian.

– Je me suis sans doute trop approché de leur tanière, regretta Chayton. Pourtant, j'ai pris toutes les précautions.

– Ce n'est pas votre faute, mais la mienne, confessa Alexanne. Moi, je n'ai pris aucune mesure de protection.

– Vous vous êtes retrouvés au même endroit ? fit Lyette, intéressée.

– Oui. J'ai vu monsieur Maïkan dans une sorte d'enveloppe dorée qui flottait au-dessus d'une usine désertée.

– Une usine ? répéta Christian. Où ça ?

– Sur le bord du fleuve, près de Montréal.

– L'endroit idéal pour mener des opérations illicites sans être importunés. Nous pourrions…

– Non, l'arrêta la Huronne. N'y pensez même pas. Ces monstres ne sont pas de vulgaires criminels. Le coup qu'ils viennent tout juste de nous porter n'est qu'un avertissement. Ce sont des gens très dangereux.

– Qui ont plus de deux cents ans… soupira Alexanne.

– Et des pouvoirs inquiétants, ajouta Sachiko.

– Évitons la précipitation, conseilla Lyette. Avant de mener un raid dans cette usine, nous devons bien nous préparer. Nous avons besoin de plus d'informations sur leurs effectifs et sur leur champ d'opération. Monsieur Maïkan, vous dormirez chez moi, ce soir.

– Ils savent désormais où vous habitez, ajouta Sachiko.

– Rassemblez les choses auxquelles vous tenez le plus.

Puisqu'il n'avait pas eu le temps de vider ses boîtes, Chayton n'eut qu'à choisir celles qui contenaient ses biens les plus précieux.

– Monsieur Pelletier, lorsque vous aurez reconduit la jeune fée chez sa tante, j'aimerais que vous reveniez chez moi.

– Avec plaisir.

– Ne perdons pas de temps.

Lyette pressa les membres de l'équipe. Chacun transporta une boîte jusqu'à la minifourgonnette du médium. Christian fit monter Alexanne dans son véhicule, tandis que Chayton ramenait Lyette et Sachiko à la loge dans la montagne.

– Je me sens si coupable d'avoir attiré les serviteurs du mal chez monsieur Maïkan, déplora Alexanne en se faisant toute petite sur le siège du VUS.

– Tu voulais juste nous rendre service, la rassura l'ex-policier. Comment aurions-nous pu savoir qu'ils possédaient la faculté de remonter jusqu'à vos corps en transe ?

– Finalement, Alexei a raison : je ne réfléchis pas suffisamment avant de prendre une décision.

– Ne t'en fais pas. Ça viendra avec l'âge.

– Nous aurions pu être tués, tout à l'heure.

– Arrête de te torturer. Il nous faut regarder vers l'avenir, petite. Ça ne sert à rien de ressasser constamment le passé.

Christian aurait aimé repartir sur-le-champ, une fois arrêté devant la maison de Tatiana, mais par politesse, il marcha avec l'adolescente jusqu'à la porte. L'air inquiet de la guérisseuse, lorsqu'elle leur ouvrit, lui fit comprendre qu'elle avait ressenti l'activité psychique des démons sur le chemin de la montagne. « Cet endroit est vraiment maudit », songea l'ex-policier. « D'abord, la secte, puis l'attaque des terroristes… »

– Entrez, je vous prie, le convia Tatiana.

– Je ne pourrai pas rester longtemps, s'excusa Christian.

– Je sais.

Il remit à Tatiana le sac qu'il transportait.

– C'est pour la petite, indiqua-t-il.

Il enleva ses bottes et son manteau, puis suivit Alexanne au salon.

– L'énergie que j'ai captée était encore plus diabolique que celle du procureur Desjardins, indiqua Tatiana sans détour.

L'adolescente se cala dans son fauteuil, penaude.

– Nous avons affaire à des gens qui veulent diminuer de moitié le nombre d'habitants sur cette planète, expliqua Christian, mais nous ne savons pas pourquoi.

– Comment vont-ils faire ça ? demanda Alexei en arrivant dans la pièce.

– De la façon la plus horrible possible : en provoquant des accidents mortels. Hier, un grand nombre de jeunes athlètes ont perdu la vie dans des accidents de la circulation partout dans le monde. Ces démons se sont aussi attaqués à d'autres moyens de transport et ils ont tenté d'empoisonner des enfants dans leur classe.

– Pourraient-ils aussi s'en prendre aux bébés ? s'alarma le nouveau papa.

– Je ne connais pas encore leurs plans, mais ce n'est pas impossible, Alexei.

– C'est la police qui les arrêtera ?

– Je ne crois pas, non. Ses dirigeants pensent que les gens qui rapportent ce genre de complot sont tous des fous.

– Tu ne pourras pas y arriver seul.

– Nous sommes justement en train de monter une équipe qui tentera de trouver le point faible des terroristes afin de les neutraliser.

– Tu pourrais faire exploser l'endroit où ils se cachent.

– C'est une excellente suggestion, mais on ne trouve pas de bombes dans les supermarchés, mon homme. Et puis, pour la placer dans l'usine où ils se réunissent, il faudrait commencer par s'en approcher sans qu'ils s'en aperçoivent.

– Il doit y avoir une autre façon.

– C'est là-dessus que nous travaillons.

– Si j'ai des idées, je peux t'appeler ?

– Certainement.

Alexei rebroussa chemin, mais il n'était pas rassuré pour autant.

– Quelles sont vos chances de réussite ? voulut savoir Tatiana.

– Je n'en sais rien, mais je me battrai jusqu'au bout.

– Je vous en suis reconnaissante.

Christian prit congé des Kalinovsky. Contrairement à son habitude, la guérisseuse ne reconduisit pas son invité jusqu'au vestibule. Elle resta assise devant sa nièce, à l'observer en silence.

– Monsieur Pelletier a oublié de vous dire que c'est moi qui ai attiré ces entités dans la région… avoua Alexanne d'une voix presque inaudible.

– J'ignore les circonstances qui t'ont poussée à agir ainsi, mais dorénavant, je préférerais que tu attendes que les adultes te demandent de participer à leurs efforts.

– Êtes-vous fâchée ?

– Un peu, mais je suis surtout soulagée que ces démons n'aient pas réussi à se saisir de ton âme.

– Mon âme ? Serais-je devenue un zombie ?

– Ils t'auraient transformée en l'une des leurs.

– Finalement, monsieur Pelletier a peut-être raison d'hésiter à m'inclure dans l'équipe.

– Tu manques d'expérience, c'est sûr. Pour le suivre dans cette dangereuse mission, il faudrait qu'une fée plus âgée t'accompagne.

– Comme vous, par exemple ?

– Non. Je suis une guérisseuse depuis bien trop longtemps, Alexanne. Le but de ma présence sur la Terre est de soigner les gens, pas de les éliminer. Je te conseille d'aller te reposer, car ton niveau d'énergie est très bas.

– Ce doit être à cause de la peur… Merci de votre compréhension.

Tatiana regarda sa nièce quitter le salon en pensant que cette dernière l'avait échappé belle. Les serviteurs des ténèbres se donnaient souvent beaucoup de mal pour recruter des fées et des anges dans leurs rangs…

Chapitre 23
La cachette

Après avoir quitté les Kalinovsky, Christian se dirigea vers la résidence de la Huronne, mais s'arrêta un moment sur une petite route de campagne pour téléphoner à Sylvain Paré. Il lui raconta en détail ses étranges aventures de la journée et lui demanda où il pouvait cacher une pierre de communication ancienne pour que personne ne puisse la retrouver.

– Vous avez déjà déposé l'objet dans une boîte métallique, lui dit le journaliste. C'est excellent. Il faut maintenant la placer là où les démons n'oseront pas aller la chercher.

– Une église ? devina Christian.

– Oui, mais pas n'importe laquelle. Crois-le ou non, certains lieux de culte ont été édifiés sur des sites dont les vibrations sont moins qu'appropriées.

– En connais-tu une qui est bien située ?

– Au Québec, l'endroit le plus puissant en énergie positive est l'oratoire Saint-Joseph.

– Ses administrateurs auraient-ils objection à veiller sur la pierre ?

– Je te suggère de ne pas leur en parler, car nous ne savons plus qui est de quel côté. Tu peux certainement enfouir le coffre quelque part où personne ne songera à le déplacer.

– Je possède une bonne imagination.

– Christian, je sais que tu as été formé pour affronter le danger et que tu as été le meilleur inspecteur de ta division, mais je t'en conjure, fais bien attention. Le mal ne respecte aucune règle et il n'a pas de pitié. Je ne m'en remettrais jamais si tu devenais une de ses victimes.

– Mais je n'ai pas l'intention de mourir ! Je veux sauver le monde !

– Il y a fort à parier qu'ils vont tenter de t'en empêcher par tous les moyens.

– Fais-moi confiance, Syl.

– Je veux bien, mais j'exige que tu m'appelles dès que la pierre sera en lieu sûr, juste pour m'apaiser.

– Entendu.

Christian mit fin à la conversation et poursuivit sa route jusque chez Lyette, espérant que Chayton ne soit pas en train de mener une autre enquête à l'aide de ses facultés psychiques. Avant de tourner sur la route qui menait à la loge, l'ex-policier aperçut une lueur orangée dans le ciel. Elle semblait provenir du côté des Kalinovsky. Poussé par la curiosité, il fit demi-tour et s'engagea sur le chemin de la montagne. Lorsqu'il arriva en vue de la maison de Chayton, il la trouva en flammes ! Ce ne pouvait qu'être l'œuvre des sorciers assassins.

L'ex-policier appela aussitôt les secours pour signaler l'incendie, puis composa le numéro du mobile de Chayton.

– J'ai une bien mauvaise nouvelle, annonça Christian. Votre nouveau nid est en train de brûler et je crains que les pompiers n'arrivent pas à temps pour sauver quoi que ce soit. Êtes-vous vraiment en sûreté chez madame Bastien ?

– Il y a une énergie chez elle que rien de négatif ne peut pénétrer. Ne vous inquiétez pas pour moi.

– Il semble que nous devions tout perdre avant d'être recruté par le bien. Ma maison a aussi été rasée par le feu.

– Ne restez pas là, monsieur Pelletier. Les sorciers seront peut-être tentés d'aller vérifier le résultat de leurs efforts.

« Heureusement que j'ai quitté Mélissa, sinon la même chose aurait pu lui arriver », songea l'ex-policier.

– Je voulais surtout m'assurer que la forêt n'y passe pas.

– Si c'est moi qu'ils visaient, elle ne sera pas touchée.

Christian entendit des sirènes au loin. Jugeant qu'il était plus prudent de ne pas être aperçu sur les lieux du brasier, il revint à la maison de la Huronne et gara le VUS derrière le véhicule du médium. Sachiko lui ouvrit la porte dès qu'il mit le pied sous le porche.

– Venez, le pressa-t-elle.

Il suivit la jeune femme jusqu'au grenier. Lyette et Chayton étaient assis à une table ronde en plein centre de la pièce surréelle.

– Je sais où cacher la pierre ! déclarèrent Lyette et Christian en même temps.

L'ex-policier prit place avec les membres de la loge.

– Vous d'abord, l'invita la Huronne.

À l'oratoire Saint-Joseph.

– Bravo.

– Je n'en suis pas venu à cette conclusion par moi-même, par contre, avoua Christian. C'est mon ami journaliste qui me l'a suggérée.

– Quand nous le présenterez-vous ?

– Très bientôt, je l'espère.

– Il est important de nous débarrasser de la pierre le plus rapidement possible, leur rappela Chayton.

– Justement, j'allais vous proposer de m'en charger cette nuit, indiqua Christian.

– À partir de cet instant, aucun de nous ne doit agir seul, recommanda Lyette.

– J'irai avec lui, décida Sachiko.

Christian n'avait pas encore vu la jeune femme à l'œuvre, mais il était persuadé qu'elle savait très bien se défendre.

– Je suis d'accord, accepta l'ex-policier.

– Le coffre est dans ma voiture, leur dit Chayton. Elle n'est pas verrouillée.

– Pendant que vous vous acquitterez de cette tâche, je tenterai de découvrir, par des moyens plus technologiques, dans quelle usine se cachent les démons, les informa Lyette.

– Je ne suis pas un expert en la matière, mais est-ce que je pourrais recommander à monsieur Maïkan de ne plus faire d'enquête avec ses facultés, ce soir ? se risqua Christian.

– Ce n'était pas mon intention, monsieur Pelletier, affirma le voyant.

– Ça me rassure.

– Partons, exigea Sachiko.

Les deux nouveaux associés foncèrent vers l'ascenseur. Dès qu'il eut mis le pied dehors, Christian s'immobilisa et écouta les bruits de la nuit. Instinctivement, Sachiko avait fait la même chose. « Il serait vraiment utile que je commence à utiliser les pouvoirs que m'a transmis Desjardins à la façon d'Alexei », ne put s'empêcher de songer l'ancien enquêteur.

Ils avancèrent prudemment en direction de la mini-fourgonnette et, sans échanger un seul mot, ils surent ce qu'ils avaient à faire. Tandis que Sachiko pénétrait dans le véhicule pour en retirer le coffre, Christian continua de faire le guet, autant autour d'eux qu'en direction du ciel. Aucun danger ne semblait les menacer pour l'instant.

Le duo recula jusqu'au VUS. Sachiko déposa la boîte métallique à ses pieds, de façon qu'elle ne gêne pas ses mouvements s'ils étaient assaillis par l'ennemi. Le VUS descendit sur la route de campagne. Jusqu'à ce qu'ils atteignent l'autoroute des Laurentides, Christian et Sachiko n'échangèrent pas un seul mot. Ils ne commencèrent à se détendre que lorsqu'ils se fondirent dans la circulation.

– Quelles sont les heures d'ouverture de cette chapelle où les gens laissent leurs béquilles une fois qu'ils sont guéris ? demanda Christian.

La jeune Asiatique sortit un iPhone de sa poche et consulta Internet.

– Elle ferme à vingt heures trente, lui apprit-elle.

– Nous n'y arriverons jamais à temps.

– Elle ouvre ses portes à six heures.

– Je ne suis tellement pas matinal, soupira Christian.

Il se creusa l'esprit pendant un moment.

– Il y a plusieurs façons de tuer le temps, indiqua-t-il. Nous pourrions dormir dans la voiture non loin de l'oratoire ou sillonner la ville jusqu'au matin. J'aimerais bien vous présenter mon ami Sylvain, mais je ne crois pas que ce soit une bonne idée d'arriver chez lui avec l'objet que cherchent les terroristes.

– Nous pourrions aussi en profiter pour regarder les usines de loin.

– Si je possédais des facultés semblables à celles d'Alexanne ou de Chayton, je serais partant, mais je n'ai que mes yeux et mon intuition de policier. Il n'est évidemment pas question d'aller chercher Alexanne, qui n'est pas encore assez habile pour procéder à ce genre de ratissage sans se faire repérer.

Au bout de quelques minutes de réflexion, Christian eut une idée.

– Mais je connais une personne qui pourrait nous aider ! s'exclama-t-il joyeusement.

– Quelqu'un de fiable ?

– Ophélia Ivanova est une parente des Kalinovsky. Elle utilise ses dons de fée d'une façon plus large qu'eux. Allons voir si elle accepterait de nous servir de radar, cette nuit.

– Pour un homme qui n'aime pas l'étrange, vous avez de bien curieuses fréquentations.

– Bien malgré moi. J'ai commencé par résister à mon destin, mais j'ai vite constaté que c'était peine perdue. La vie finit toujours par nous faire faire ce qu'elle veut.

– Je ne suis pas d'accord, répliqua Sachiko. Nous avons tous le choix de dire oui ou non. Si nous refusons la mission que le ciel nous a confiée, alors nous devrons nous en acquitter dans notre prochaine vie.

– Aussi bien s'en débarrasser tout de suite, n'est-ce pas ?

– Là, j'approuve.

– Pourquoi vous habillez-vous comme un ninja ?

– Parce que j'aime ça.

Christian lui décocha un regard incrédule.

– Vous vous êtes trop bien débattue lors de notre rencontre pour que je vous croie. Ne m'avez-vous pas dit que vous aviez été entraînée par un maître japonais ?

– C'est exact, pendant plus de dix ans.

– Pour devenir samouraï ?

– Non, *kunoichi*, plutôt.

– Qu'est-ce que c'est ?

– C'est le nom qu'on donne aux femmes ninjas.

– Pas possible ! s'étonna Christian.

– J'ai étudié le *shinobi kenjutsu* ainsi que l'escalade, le camouflage et bien d'autres arts de la guerre.

– Vous savez donc manier le katana.

– Mon maître préférait le sabre *ninto*. Il est plus court et moins solide, mais les ninjas ne sont pas attachés à leurs armes comme les samouraïs. Elles ne font pas partie d'eux.

– Comme c'est intéressant.

– Vous avez dû recevoir une formation en arts martiaux, dans la police ?

– Karaté et autodéfense, rien qui s'approche des techniques ninjas, c'est certain.

Des centaines de questions se mirent à affluer dans la tête de Christian.

– Quelle est votre relation avec Lyette Bastien ?

– Vous êtes très curieux, ce soir.

– Si je dois faire équipe avec vous jusqu'à ma mort, autant savoir avec qui je travaille.

– C'est ma grand-mère.

– Elle est mariée ? Elle a des enfants ?

– Son mari, un riche entrepreneur japonais, est mort en même temps que mes parents lors d'une fouille archéologique en Turquie. Je n'avais que deux ans. Mon père était son seul fils, alors c'est elle qui m'a élevée.

– Elle faisait déjà partie de la loge à cette époque ?

– Vous mélangez les choses.

– C'est malheureusement ce qui arrive lorsqu'on est inculte, la taquina Christian.

– Aussi loin que je puisse me souvenir, ma grand-mère a fait partie d'un groupe mystique qui a à cœur de sauver ce monde.

L'ex-policier ouvrit la bouche, mais Sachiko ne lui donna pas le temps de parler.

– Ne me demandez pas comment s'appelle ce groupe, je n'en sais rien. Ma grand-mère est tenue au secret.

– Vous avez fait de l'archéologie, vous aussi ?

– Non. Après la mort de mon père, ma grand-mère m'a ramenée ici et m'a élevée loin des forces du mal.

– En vous transformant en ninja.

– Cessez de devancer mon récit, monsieur Pelletier, le gronda-t-elle avec un demi-sourire.

– C'est de la déformation professionnelle. Veuillez m'en excuser. Les détectives n'ont pas toujours tous les morceaux d'un casse-tête. Ils sont forcés de construire plusieurs scénarios pour tenter de comprendre ce qui s'est passé sur la scène d'un crime. Alors, comment êtes-vous devenue une guerrière ?

– C'était mon idée. Lorsque je suis devenue adolescente, ma grand-mère m'a enfin dit pourquoi nous vivions en retrait de la civilisation, dans une maison que personne ne peut voir de la route, et pourquoi nous ne recevions jamais de courrier. Elle s'était employée à nous protéger toutes les deux de ceux qui menaçaient son groupe. C'est en regardant des films de ninjas que j'ai décidé que ce serait ma façon à moi de nous défendre. Elle s'est d'abord opposée à mon projet, car elle n'aime pas la violence, mais elle a fini par céder devant mon insistance. J'ai trouvé au Japon un maître d'armes qui a accepté de me former, parce qu'il connaissait la famille de mon grand-père, et je suis partie. J'ai aimé chaque seconde de cet entraînement parfois insoutenable. Ce qui m'a le plus manqué, c'étaient mes conversations avec grand-mère, car toute communication à l'extérieur du dojo était interdite.

– C'est une histoire digne d'un film.

– Les films ne s'inspirent-ils pas de faits vécus ?

– Touché.

– Maintenant, c'est à votre tour.

Christian lui raconta qu'il avait été un enfant heureux jusqu'à l'assassinat de son cousin. S'il était devenu policier, c'était surtout pour retrouver les criminels qui ôtaient injustement la vie à des innocents.

– Êtes-vous marié ? s'enquit Sachiko.

– Non.

– Mais il doit bien y avoir quelqu'un dans votre vie ?

– Plus maintenant. J'ai mis fin à cette relation parce que mes nouvelles activités sont beaucoup trop dangereuses. Je ne veux pour rien au monde la mettre en danger. Et vous ?

– Personne, pour les mêmes raisons.

Ils arrivèrent enfin dans le quartier de la cousine Ivanova. Il était tard, mais il y avait de la lumière aux fenêtres du mini-château. L'ex-policier s'était assuré tout au long du trajet qu'il n'était pas suivi, mais il le vérifia une autre fois en sortant du VUS. La rue était déserte. Il frappa donc à la porte.

– Je suis navré de vous déranger à une heure pareille, s'excusa Christian lorsque Ophélia leur ouvrit.

– Je vous attendais.

Christian lui présenta sa compagne et lui expliqua ce qui s'était passé depuis leur dernière rencontre.

– Êtes-vous capable de scruter magiquement une région sans vous exposer à la colère des assassins ?

– Sans aucune difficulté. C'est là un pouvoir que possèdent les fées, mais non les médiums. Ceux-ci sont capables de voir au-delà du voile du présent, mais très peu d'entre eux parviennent à se protéger des prédateurs qui évoluent dans les mondes invisibles. Quand voulez-vous procéder à ce balayage psychique ?

– Nous avons un peu plus de huit heures devant nous.

– Est-il vraiment prudent de leur passer la pierre sous le nez ? s'inquiéta Sachiko.

– Où se trouve-t-elle ? demanda Ophélia.

– Dans mon véhicule.

La fée haussa les sourcils, étonnée.

– Êtes-vous en train de me dire que vous ne ressentez pas sa présence ? voulut s'assurer Christian.

– L'avez-vous désamorcée ?

– Monsieur Chayton l'a enfermée dans un coffre anti-feu, expliqua Sachiko.

– Alors, allons-y, fit bravement Ophélia.

Ils se rhabillèrent et grimpèrent dans le VUS. La fée posa les mains sur la boîte métallique, à travers le sac à dos, étonnée de ne rien ressentir du tout.

– C'est un récipient très efficace, à moins que l'objet n'y soit plus.

Son commentaire suffit à semer le doute dans l'esprit de l'ex-policier. Il sortit de la poche intérieure de son manteau la petite clé que Chayton lui avait confiée et la tendit à Ophélia, assise sur la banquette arrière. Avec prudence, celle-ci déverrouilla le coffre. L'*insimul* s'y trouvait bel et bien, enveloppée dans un foulard de flanelle.

– Nous pouvons partir, annonça Ophélia en refermant le tout. Si je ne perçois pas la pierre dans son écrin de fer, alors il y a fort à parier que les terroristes ne remarqueront pas non plus sa présence.

Christian s'arrêta d'abord à une station-service pour faire le plein lui-même. Il ne faisait plus confiance à quiconque. Ayant inséré sa carte de crédit dans la distributrice d'essence, il n'eut pas à entrer dans le commerce pour régler la facture. En jetant de fréquents coups d'œil dans ses rétroviseurs, il s'assura de ne pas être suivi. Sans se presser, il redescendit sur la rue Sherbrooke et traversa toute la ville.

– Jurez-moi que, si je localise les criminels, vous n'allez pas faire un geste imprudent, lança alors Ophélia.

– Nous voulons juste savoir où ils se cachent. La décision de mener un raid sera prise par toute l'équipe.

– L'équipe ? Le médium en fait-il partie ?

– Jusqu'à présent, elle se compose de quatre personnes et demie, répondit Christian.

– Comment peut-on être une demi-personne ? s'amusa Ophélia.

– C'est quand on n'est pas certain de pouvoir participer.

– Vous faites référence à Alexanne, n'est-ce pas ?

– Je la trouve encore bien jeune pour qu'on la mêle à ce genre d'affaire.

– L'âge des fées ne se calcule pas de la même manière que celui des humains.

– Alors, disons qu'elle manque d'expérience.

– Qui est la quatrième personne ?

Christian consulta Sachiko du regard afin d'obtenir sa permission de dévoiler l'identité de sa grand-mère.

– Sans vous révéler son nom, répondit la jeune Asiatique, sachez qu'elle est la force dirigeante du groupe.

– Je comprends.

Une fois dans l'est de Montréal, Christian se mit à sillonner le secteur industriel. Derrière lui, la fée avait fermé les yeux, sans doute pour utiliser sa magie.

– Je sens une présence maléfique… murmura-t-elle.

Sachiko se retourna sur son banc pour observer le travail d'Ophélia.

– De quel côté ? la questionna l'ex-policier.

Puisqu'elle pointait la direction avec sa main, Sachiko lui indiqua la gauche.

Ils circulaient près de plusieurs grands bâtiments, mais il était difficile de dire à première vue lesquels étaient désaffectés.

– Dès que... commença Christian.

– Ils sont là ! le coupa la fée en se tournant vers sa portière.

L'ancien enquêteur nota l'endroit exact sur son GPS et poursuivit sa route pour ne pas attirer l'attention des assassins. Maintenant qu'ils savaient où se terraient ceux-ci, il ne restait plus qu'à trouver la meilleure façon de les empêcher de poursuivre leur œuvre destructrice.

Le silence régna dans le VUS pendant quelques minutes, comme si ses passagers étaient en train d'assimiler l'importance de leur découverte.

– Je veux faire partie de l'équipe, laissa alors tomber Ophélia.

– En êtes-vous bien certaine ? s'inquiéta Christian. C'est bien plus dangereux que de soigner les âmes de personnalités connues.

– Il n'y en aura plus à soigner si ces assassins continuent à tuer tout le monde au gré de leur fantaisie.

– Dites-moi ce qui vous rend si triste, tout à coup.

– Ils ont l'intention de faire tomber des ponts...

Christian ramena les deux femmes à proximité du mont Royal et les invita à entrer avec lui dans un Tim Hortons ouvert toute la nuit. Sachiko et Ophélia commandèrent du thé, mais l'ex-policier opta pour un café noir.

– Parlez-moi de ces ponts, chuchota-t-il.

– Je n'ai malheureusement capté aucun des détails de leurs plans. J'ai seulement vu un petit bibelot en forme de pont au milieu des flammes. Je crois qu'ils sont en train de procéder à un rituel satanique. J'en ai encore la chair de poule…

– Assez pour ne plus vouloir faire partie de l'équipe ?

– Au contraire. Le but principal de la vie d'une fée, c'est de soulager la maladie, qu'elle soit physique, mentale ou morale. Je considère que le meurtre en fait partie, quand on a les moyens de l'empêcher.

– Quels sont vos pouvoirs ? demanda Sachiko en parlant tout bas.

– Je ressens l'énergie cachée dans les gens ainsi que dans les objets et j'ai le don de déterrer les secrets.

Ophélia tourna légèrement la tête vers Christian.

– J'arrive aussi à libérer l'âme de ceux qui sont torturés et je peux les aider à développer leur potentiel.

– Ce n'est peut-être pas le bon moment… balbutia l'ancien inspecteur.

– Vous pourriez apporter tellement plus au groupe si vous acceptiez ce qui vous arrive.

Sachiko ne cacha pas sa surprise.

– Vous ne leur avez rien dit, monsieur Pelletier ?

– Est-ce relié à votre mort ? demanda l'Asiatique.

– Je dirais plutôt que c'est en rapport avec sa résurrection, précisa Ophélia.

– Il a commencé à avoir des visions, se rappela Sachiko.

– Il a aussi hérité de pouvoirs dont il ne veut pas entendre parler.

– Écoutez-moi bien, toutes les deux, se défendit Christian. Pour avoir côtoyé des fées pendant des mois, je sais que l'apprentissage de toute faculté magique nécessite des années. Or nous ne disposons pas de ce temps. Les attaques meurtrières se produisent maintenant et elles vont bientôt coûter la vie à des millions de personnes. Je ne peux pas prendre des vacances pour mettre ces prétendus pouvoirs à l'épreuve.

– Nous pourrions commencer par de petites choses.

– Il nous reste encore cinq heures avant l'ouverture de la chapelle votive, l'appuya Sachiko.

– Qu'entendez-vous par « petites choses » ? s'inquiéta l'ex-policier.

– Prenons cette tasse, par exemple.

Ophélia la plaça devant lui.

– Concentrez-vous sur elle. Ne pensez plus à nous, ni à tout ce qui nous arrive. Chassez les questions qui vous tourmentent. Faites taire les bruits environnants. Regardez la tasse et faites-la avancer avec vos pensées.

Christian se rappela l'épée que Desjardins faisait flotter juste au-dessus du corps de Danielle.

– Je vous ai demandé de vider votre esprit.

Il secoua la tête pour faire disparaître le visage grimaçant du Faucheur et fixa intensément le récipient en porcelaine. « Comment fait-on bouger un objet sans le toucher ? » se demanda-t-il.

– Ne cherchez pas à comprendre, faites-le, l'encouragea Ophélia.

Christian chercha plutôt à imiter Alexei lorsqu'il se livrait à une séance de dessin après avoir touché un objet. Il arrivait à se concentrer si profondément qu'il ne voyait plus rien autour de lui. Lorsque la tasse finit par glisser de quelques centimètres sur la table, l'ex-policier sursauta.

– Excellent ! le félicita Ophélia.

Voyant que Sachiko ne s'étonnait pas de ce qu'elle venait de voir, Christian voulut savoir si elle possédait elle aussi des facultés psychiques.

– Non, affirma-t-elle, mais j'ai nagé dans l'étrangeté et le mystérieux une bonne partie de ma vie.

– Recommencez, exigea la fée.

Christian refit l'exercice plusieurs fois, jusqu'à ce que son crâne commence à lui faire mal.

– Merveilleux. Plus tard, nous essaierons avec quelque chose de plus gros.

Vers six heures du matin, ils mangèrent des beignets, puis se mirent en route pour leur destination. Christian remit un don en argent comptant au préposé du parking, puis s'engagea dans la rampe qui menait au sommet de la montagne. Il gara le VUS devant la boutique de l'oratoire, puis contempla l'immense église.

– C'est par ici, souffla Ophélia dans son oreille.

– Mais je le savais, voyons, se défendit-il.

La fée prit les devants. Elle n'avait sans doute jamais eu de démêlés avec des entités maléfiques, puisqu'elle avançait sans se soucier de ce qui se passait autour d'elle. Quant à eux, Christian et Sachiko tournaient la tête dans tous les sens pour être bien certains que personne n'épiait leurs gestes.

Ils entrèrent dans le long couloir construit pour servir d'annexe à la crypte du frère André. Aux murs étaient accrochés les béquilles, les cannes, les corsets et autres prothèses offerts par les malades à la suite de leur guérison miraculeuse. Plus de dix mille lampes et lampions projetaient une lueur dorée dans cet endroit apaisant. Au milieu de la chapelle trônait une imposante statue de saint Joseph avec, à ses pieds, une fontaine en forme de lys illustrant les flots de grâces distribuées en ces lieux.

Christian promena son regard sur les nombreux bas-reliefs représentant saint Joseph sous différents traits, devant lesquels s'élevaient des présentoirs de lampions.

– Je pense avoir trouvé l'endroit idéal, chuchota-t-il.

Il s'approcha de la sculpture qui s'intitulait *Saint Joseph, terreur des démons*.

– J'admire votre sens de l'humour, avoua Ophélia.

Pendant que les femmes montaient la garde, l'ancien détective cacha la boîte noire sous le support métallique des lampions, aux pieds du patron de la Sainte Famille. Il revint ensuite devant le bas-relief et alluma une bougie en demandant silencieusement à toutes les créatures invisibles bienveillantes de ne pas laisser les terroristes s'emparer de la pierre.

– Je ne savais pas que vous étiez croyant, laissa tomber Sachiko.

– J'ai un jardin secret, moi aussi, rétorqua-t-il.

Les fidèles commençaient à être de plus en plus nombreux, alors le trio retourna à l'endroit où ils avaient laissé le VUS.

– Advienne que pourra, laissa échapper l'ex-policier en prenant place derrière le volant.

– Pourriez-vous passer chez moi afin que je prenne quelques effets ? le pria Ophélia.

– Ce sera notre dernier arrêt avant Saint-Juillet.

– Ça ne prendra que quelques minutes.

En redescendant la pente qui menait au chemin Queen Mary, Christian recommença à imaginer des façons d'écraser les terroristes avant qu'ils commettent d'autres atrocités. « Ophélia a raison : je pense trop… » constata-t-il.

Chapitre 24
L'otage

Honteuse à la suite de sa maladresse, Alexanne se faisait aussi discrète que possible dans la maison de sa tante. Elle s'était mise au lit après un bain chaud et s'était levée tôt le lendemain, afin de manger seule dans la petite cuisine. Habituellement, les minuscules fées qui vivaient dans les fleurs dormaient tout l'hiver, mais Coquelicot se réfugiait dans la maison de Tatiana dès qu'il commençait à faire froid. Elle se reposait dans les diverses plantes des deux étages, mais aimait aussi épier les guérisseuses. Depuis la naissance d'Anya, Coquelicot s'allongeait souvent à plat ventre sur le bord du berceau. Elle pouvait regarder dormir le bébé pendant des heures, mais disparaissait dès qu'elle se mettait à pleurer.

Ce matin-là, la petite fée avait voleté jusqu'au rez-de-chaussée et avait capté l'odeur du gruau chaud. Même s'il faisait encore sombre dehors, elle trouva Alexanne accoudée devant son repas fumant, l'air désintéressé.

– Qu'est-ce que j'ai encore manqué ? s'enquit Coquelicot en atterrissant de l'autre côté du bol de céréales.

– Juste une autre de mes gaffes monumentales.

– Ça ne peut pas être si terrible que tu le dis, puisque tu es encore en une seule pièce.

– À cause de moi, les terroristes ont réussi à repérer un homme bon qui ne voulait qu'aider son prochain.

– Je ne comprends rien de ce que tu dis.

– Laisse-moi m'apitoyer sur mon sort en paix, d'accord ?

– Commence par me dire ce qu'est un terroriste, exigea Coquelicot en trempant le bout du doigt dans le gruau.

– C'est une personne méchante qui utilise la violence pour atteindre ses buts.

– Pouah ! Comment fais-tu pour manger ça ?

– Je pense la même chose du nectar de fleurs.

– Pourquoi t'intéresses-tu à des gens pareils ?

– Ils veulent détruire la moitié des humains.

– Il y en a bien trop, de toute façon.

– Coquelicot ! s'exclama Alexanne, outrée.

– C'est la pure vérité.

– Le rôle des fées, c'est de les protéger et de les soigner !

– Les grandes fées, tu veux dire. Les petites les aiment de moins en moins. Ils détruisent les forêts et laissent les fleurs étouffer dans leur pollution.

– J'admets qu'ils ont encore beaucoup à apprendre, mais ce n'est pas en les condamnant que nous sauverons cette planète. C'est en les éduquant.

– Depuis combien de siècles vous y acharnez-vous ?

– Je n'ai plus envie de discuter avec toi, madame pessimiste.

– C'est moi que tu traites de maussade ? Tu devrais te regarder dans une glace.

La fée s'envola vers le salon.

– Bon débarras, grommela Alexanne.

Elle avala son déjeuner avec difficulté et allait porter le bol dans l'évier lorsqu'elle entendit craquer les marches de l'escalier. En vitesse, elle enfila ses bottes et son manteau et sortit dans la cour. Afin de ne pas alarmer inutilement sa famille, elle alla chercher le seau rempli de graines, puis se mit à remplir les mangeoires. Il faisait moins froid tout à coup : un signe du printemps qui approchait ? Pendant qu'elle nourrissait les oiseaux, Alexanne pensa à Matthieu. Elle avait vraiment hâte de le revoir. « En fait, si j'étais un peu plus vieille, je partirais dans le Sud avec lui sur une île déserte où aucun démon, sorcier ou gargouille ne nous trouverait », songea-t-elle.

Elle plongea la louche dans le récipient et en vida le contenu dans la plus grosse des mangeoires en rêvant à son avenir, puis recula de quelques pas. L'adolescente était si absorbée par ses pensées qu'elle ne sentit pas le danger qui la guettait. Soudain, elle fut saisie par-derrière. Un bras lui entoura la taille, tandis qu'une main se plaquait sur sa bouche. Alexanne laissa tomber le seau et l'ustensile et se débattit de toutes ses forces. Elle mordit les doigts qui l'empêchaient d'appeler à l'aide, mais son ravisseur semblait ne ressentir aucune douleur.

Au lieu de la lâcher, il se mit à la tirer vers le côté de la demeure.

Dans la cuisine, Alexei venait de jeter une autre couche souillée lorsqu'il ressentit la présence du mal. Il s'immobilisa et en chercha l'origine à l'aide de ses pouvoirs de fée. Il se tourna vivement vers la porte qui donnait dehors. Il vit un homme vêtu de noir qui tournait le coin de la maison en entraînant Alexanne de force.

Alexei sentit tout son corps s'enflammer de colère. Même s'il ne portait que le bas de son pyjama et des pantoufles, il traversa la maison à la hâte, ouvrit la porte principale et se précipita dehors. Le ravisseur avait déjà atteint la route ! L'homme-loup courut dans la neige. Sa nièce venait d'être projetée sur la banquette arrière d'une grosse voiture noire. Alexei redoubla d'ardeur, mais lorsqu'il arriva sur le chemin enneigé, le véhicule accélérait déjà. Sachant qu'il ne pourrait le rattraper sans être mieux chaussé, il eut tout de suite recours à la magie.

Il tendit les bras en direction de la limousine, qui s'arrêta sur-le-champ, puis s'efforça de l'attirer à lui. Ses roues se mirent à tourner furieusement sur la surface glacée, sans succès : la puissance d'Alexei la faisait reculer quand même. L'une de ses fenêtres teintées s'abaissa et une main s'y glissa, armée d'un pistolet. Le démon tira et Alexei n'eut pas d'autre choix que de se jeter par terre. Son geste libéra le véhicule, qui décolla comme une fusée. Le projectile s'enfonça dans une congère en sifflant.

– Alex ! cria Tatiana.

L'homme-loup se remit debout et vit sa sœur sur la galerie, enveloppée dans un châle.

– Ils ont pris Alexanne ! hurla-t-il, furieux.

– Je sais. Rentre.

De toute façon, aussi légèrement vêtu, Alexei n'aurait pas pu poursuivre les kidnappeurs bien longtemps. Il revint dans la maison et refusa la couverture que lui tendait Tatiana.

– C'étaient des démons ! ragea-t-il.

– Les mêmes qui provoquent tous ces accidents. Calme-toi et essaie plutôt de suivre la voiture en utilisant tes facultés, pendant que j'appelle monsieur Pelletier.

Alexei s'assit sur le tapis, près du feu qui brûlait dans la cheminée, et ralentit sa respiration. En une fraction de seconde, son esprit fonça vers l'extérieur et longea la route de campagne qui menait chez lui. Il retrouva facilement la limousine grâce à l'énergie de sa nièce. Non loin de l'homme-loup, Tatiana venait de composer le numéro de Christian.

– Pelletier, répondit-il en bâillant.

– Je suis désolée de vous réveiller, mais un drame vient de se produire chez nous.

– Madame Kalinovsky ? Que s'est-il passé ?

– On vient d'enlever Alexanne.

– Quoi ? Où ?

– Ici même, dans notre jardin.

– Avez-vous une description des ravisseurs ?

– Alexei est le seul à les avoir aperçus, mais il est en train de traquer la voiture dans laquelle ils ont fait monter Alexanne. Il prétend que ce sont des démons.

– Où se dirigent-ils ? Je vais me lancer à leur poursuite sur-le-champ.

– L'autoroute, répondit l'homme-loup en se tournant vers sa sœur. Je veux l'accompagner.

– Alex veut y aller aussi, indiqua Tatiana.

– Peut-il me rejoindre au coin de votre rue et du chemin de la Montagne, de façon que nous ne perdions pas une seule minute ?

Alexei hocha la tête en direction de la guérisseuse et se précipita dans l'escalier pour aller s'habiller.

De son côté, Christian fouilla dans sa valise, qu'il n'avait pas pris le temps de défaire dans la chambre d'amis que Lyette lui avait offerte. Il se vêtit en toute hâte et descendit l'escalier qui menait au vestibule. Ophélia sortit de la cuisine, une tasse à la main.

– Où allez-vous de si bonne heure ? s'étonna-t-elle.

– Ils ont enlevé Alexanne, répondit l'ex-policier en enfilant ses bottes.

La fée déposa le thé sur le buffet et ouvrit la porte de la grande penderie.

– Non, restez ici, recommanda Christian. C'est trop dangereux.

– Je suis en mesure de me défendre.

– Pas autant que moi ! s'exclama Sachiko en dévalant l'escalier.

– Il ne serait pas prudent de lancer toute l'équipe aux trousses des terroristes, ajouta Christian. Je vous tiendrai au courant de la situation.

Il enfila son manteau et sortit sans même le boutonner, Sachiko sur les talons. Ils montèrent dans le VUS qui démarra en catastrophe. Lorsqu'ils arrivèrent à la croisée des deux routes, ils aperçurent Alexei qui trépignait de colère. L'homme-loup sauta sur la banquette et se plaça entre le siège de Christian et celui de Sachiko.

– Ils vont vers Montréal, les informa Alexei.

L'ex-policier écrasa l'accélérateur. Une fois sur l'autoroute, il augmenta sa vitesse, au risque d'être pris en chasse par une voiture de patrouille.

– À quoi ressemble leur véhicule ? demanda-t-il.

– Très grand et noir, répondit Alexei.

– As-tu vu les kidnappeurs ?

– Juste un qui portait une cagoule et un long manteau. J'ai pensé que c'était un homme, mais il se peut que ce soit une femme.

– Les démons peuvent être des femmes ? s'étonna Christian.

– Je ne sais pas ce que c'était. J'ai seulement senti sa cruauté, pas son âme.

– Il n'en a peut-être pas, avança la ninja assise près de son ami.

– Alexei, je te présente Sachiko Aoki.

La complexité du nom sembla décourager l'homme-loup.

– Vous pouvez m'appeler Sachi.

– Alexei est l'oncle d'Alexanne et le frère de Tatiana Kalinovsky. Si vous ne croyez pas aux pouvoirs des fées, il va vous faire changer d'avis.

En atteignant l'autoroute 40, Christian voulut savoir si la limousine y circulait ou si elle avait emprunté une sortie.

– Ils sont sur la même route que nous.

– Comment le savez-vous ? s'étonna Sachiko. Avez-vous eu le temps de coller un GPS sur la voiture ?

– Il n'a pas besoin de ça, répliqua Christian avec un sourire moqueur. Les terroristes ont une bonne longueur d'avance sur nous, mais je crois savoir où ils emmènent Alexanne.

Ils filèrent vers l'est et s'enfoncèrent dans le secteur des usines. L'ancien détective se rendit tout droit à celle qu'il avait préalablement reconnue comme étant le repaire des assassins. Il en fit le tour et aperçut une limousine noire dans la cour.

– Nous y voilà, annonça Christian. Nous devons redoubler de prudence, car ces gens sont des…

Alexei ouvrit sa portière et bondit vers la porte du bâtiment.

– Il ne m'écoute jamais ! s'exclama l'ex-policier en sortant son Glock personnel de la boîte à gants.

Il s'élança à la poursuite de l'homme-loup avec Sachiko. Alexei essayait de forcer la grosse porte de fer que les terroristes avaient sans doute verrouillée à leur arrivée.

– Il y a certainement d'autres façons d'entrer là-dedans, lui dit Christian. Viens.

Au lieu de suivre les deux hommes, Sachiko se mit à escalader le mur à la façon d'une araignée. Elle atteignit finalement une fenêtre et en nettoya un petit coin avec ses gants pour voir à l'intérieur. Elle vit un homme debout au milieu d'une vaste salle où brûlaient des cierges. Elle regarda dans tous les coins et ne vit Alexanne nulle part. « C'est un piège », comprit-elle. Sachiko poursuivit sa route jusque sur le toit de l'usine et courut sur son pourtour pour voir où étaient rendus ses compagnons.

Christian ne voulait surtout pas se servir de son arme pour faire sauter les serrures, car le bruit aurait alerté les criminels. Bouillant d'impatience, Alexei en eut vite assez des portes barricadées. Il rassembla toutes ses forces et arracha la dernière. « Pas étonnant que tout le monde ait eu peur de lui dans la secte », ne put s'empêcher de penser Christian en écarquillant les yeux. Le pistolet pointé devant lui, il entra le premier.

– De quel côté, mon homme ?

– Par ici, indiqua Alexei.

Ils trottèrent dans un véritable labyrinthe d'étroits corridors, jusqu'à ce qu'ils atteignent la vaste salle où les attendait Narciziu. Christian tendit le bras pour barrer la route à son ami.

– C'est trop facile... murmura l'ex-policier. Je t'en conjure, Alex, nous devons être doublement prudents. Essaie de contenir ta colère.

Les deux hommes avancèrent à pas très lents dans l'immense espace où jadis se trouvaient des machines. Elles avaient depuis longtemps été arrachées à leurs socles et envoyées ailleurs. Un homme se tenait debout au milieu de l'enceinte, regardant en direction opposée, les mains dans le dos, la tête basse.

– Je vais enfin voir les visages des corrompus qui m'irritent, résonna la voix de l'inconnu dans l'usine.

Il se retourna lentement. Très grand, il semblait n'avoir que la peau sur les os. Son crâne décharné et ses traits creusés lui donnaient un air de vampire.

– Est-ce un démon ? chuchota Christian à son ami.

– Je suis un serviteur dévoué, répondit Narciziu, qui avait entendu la question.

– Tiens donc. Mais j'ai l'impression que nous n'avons pas le même maître.

– Vous avez l'esprit étroit.

Narciziu fit quelques pas vers les deux intrus.

– Vous êtes encore plus bêtes que je le croyais, ajouta-t-il avec un sourire dégoûté. Si je vous ai attirés ici, c'est pour vous immoler. Et, comme de véritables agneaux, vous m'avez suivi et vous me tendez maintenant le cou.

– Il doit y avoir plusieurs races de moutons, répliqua Christian, parce que nos intentions sont bien différentes. Rendez-nous la fille que vous avez enlevée.

Le sorcier éclata d'un grand rire qui ressemblait à celui des sorcières d'Halloween. Puisque Narciziu ne le prenait pas au sérieux, l'ex-policier visa sa jambe droite et tira. La balle passa à travers sa chair sans même lui arracher un sourcillement.

– Alexanne avait peut-être raison, en fin de compte, laissa échapper Christian. C'est peut-être un mort-vivant.

– Ça n'existe pas, gronda Alexei comme un loup.

– Mais qu'avons-nous là ? continua de s'amuser Narciziu. Une créature douée de facultés magiques ?

« S'il ne ressent pas celles que m'a léguées Desjardins, j'ai encore plus de chemin à faire que me le laisse croire Ophélia », songea l'ancien enquêteur. Cette fois, il releva le canon du Glock vers le cœur du terroriste.

– Laissez partir l'adolescente et nous sortirons d'ici sans répandre le sang, mentit Christian.

– J'ai d'autres plans pour vous.

Alexei ressentit aussitôt le danger. Il fit volte-face et vit le sorcier, qui s'était instantanément déplacé sur une des passerelles, au moment où il lançait sur eux un projectile enflammé. L'homme-loup plaqua Christian sur le sol juste à temps. La boule de feu passa tout près de leurs têtes.

– Combien y en a-t-il ? hurla le policier en se retournant sur le dos pour regarder d'où venait l'assaut.

– C'est le même.

– Quoi ?

Christian jeta un coup d'œil à l'endroit où se tenait Narciziu quelques secondes plus tôt, mais il n'était plus là. Il tourna vivement la tête et vit le pont étroit qui longeait le plafond.

– Votre naïveté me bouleverse, fit mine de se désoler le sorcier.

Alexei sonda rapidement les lieux.

– Elle n'est plus ici… s'inquiéta-t-il.

– La fille qui se prend pour une fée ? s'enquit Narciziu. Vous l'avez manquée et moi aussi, d'ailleurs. Elle vient tout juste de partir avec mes associées.

Christian vit alors une ombre apparaître au bout de la passerelle et sut que c'était Sachiko. Il devait occuper l'assassin pour qu'il ne capte pas son approche.

– Je vous ordonne de la libérer ! tonna l'ex-policier en se levant.

– Savez-vous à qui vous faites des menaces ?

– Narciziu Lansing.

– Bravo ! Maintenant, vous saurez qui vous a exécutés.

– Pourquoi êtes-vous incapable de comprendre que vous n'avez pas l'avantage, ici ?

Alexei se mit à marcher en direction du perchoir de son ennemi.

– Qui sers-tu, loup-garou ?

– Personne.

– Alors, je vais te faire une offre que tu ne pourras pas refuser.

Agile et silencieuse comme un chat, Sachiko, qui s'était suffisamment approchée, s'élança sur le dos du démon et le poignarda dans la gorge. Le visage de Narciziu se transforma aussitôt en un horrible masque de cruauté. Il replia les bras pour saisir les épaules de la jeune femme. Craignant qu'il ne la balance dans le vide, Christian se mit à tirer dans les jambes de l'assassin. Alexei, quant à lui, décida de prendre les grands moyens. Utilisant ses facultés de lévitation, il tira sur le pont de métal pour le faire descendre sur le sol. Les écrous lâchèrent les uns après les autres en poussant des plaintes métalliques.

Sachiko, qu'on avait entraînée à se battre jusqu'à l'épuisement, s'accrochait fermement aux vêtements noirs de son ennemi, malgré la douleur que lui causaient les doigts osseux qui s'enfonçaient dans ses omoplates.

Détachée de ses ancrages, la passerelle s'écrasa sur le sol, projetant les antagonistes dans des directions différentes. Ayant appris à tomber, Sachiko roula plusieurs fois sur elle-même avant de s'arrêter sur ses pieds. Pour sa part, Narciziu avait chuté sur le ventre. Alexei n'attendit pas qu'il revienne à lui et fonça. Il saisit le sorcier par le collet et le releva, étonné par son poids plume.

– Où est-elle ? hurla l'homme-loup.

Sa voix se répercuta dans toute l'usine.

– Dans un hélicoptère qui va bientôt la laisser tomber dans les eaux glaciales du fleuve… murmura Narciziu avec un sourire machiavélique.

Fou de rage, Alexei saisit le sorcier à la gorge et serra de toutes ses forces. Il sentit craquer les os sous ses doigts, mais le visage de Narciziu demeura imperturbable.

– Vous êtes les créatures les plus stupides de l'univers, réussit à articuler l'assassin.

Alexei ressentit une intense douleur à la cage thoracique et lâcha son opposant. Il baissa les yeux et vit que celui-ci avait enfoncé ses doigts squelettiques dans sa poitrine à travers ses vêtements.

– Non ! s'écria Sachiko en revenant à la charge.

En sautant dans les airs, elle exécuta une pirouette et fouetta l'air de son pied pour venir frapper avec force la tête du sorcier. L'impact projeta le démon plus loin. Regardant couler le sang sur son manteau, Alexei tomba sur ses genoux. Sachiko se précipita aussitôt pour lui venir en aide.

Bien décidé à ne pas laisser s'échapper le terroriste, maléfique ou pas, Christian s'était approché à pas prudents du sorcier qui gisait sur le dos.

– Bienvenue dans mon monde, murmura la vile créature.

Les panneaux du plafond se mirent alors à se détacher un à un. Christian évita le premier, qui lui frôla le bras. Le deuxième tomba juste derrière lui. Il voulut se concentrer sur l'homme qu'il voulait appréhender, mais il avait disparu. La pluie de gros morceaux de tôle risquant à tout moment de les décapiter, l'ancien détective fonça vers ses amis, leur agrippa les bras et les tira de toutes ses forces vers la porte.

Chapitre 25
Les ponts

Dans la loge, à Saint-Juillet, Lyette, Chayton et Ophélia étaient assis autour de la table de réunion et fixaient le téléphone. En silence, ils attendaient des nouvelles de leurs amis, essayant de ne pas imaginer le pire. Le signal sonore d'un des ordinateurs les fit sursauter. Lyette se précipita sur l'appareil et tapa son code sur le clavier. L'écran s'anima aussitôt. Il s'agissait d'un urgent bulletin de nouvelles annonçant l'une des pires catastrophes à avoir frappé Montréal, soit l'effondrement du pont Champlain.

Ophélia éclata en sanglots et Chayton passa son bras autour de ses épaules pour la réconforter. Devant les horribles images captées par des citoyens qui l'avaient échappé belle, Lyette était en état de choc. Des centaines de voitures avaient plongé dans le fleuve avec leurs passagers.

– Doux Jésus ! s'exclama alors la voix du journaliste avec angoisse. Il semblerait que le pont Jacques-Cartier ait subi le même sort !

La Huronne plaça ses deux mains sur sa bouche pour ne pas hurler de colère. Toute sa vie, elle avait traqué le mal et avait fourni à de braves soldats de la lumière les munitions nécessaires pour l'éradiquer. Comment une telle tragédie avait-elle pu se produire sans qu'elle puisse l'empêcher ? Tous les ordinateurs de la pièce circulaire s'animèrent en même temps, tandis que d'autres ponts ailleurs dans le monde s'écroulaient sans raison, anéantissant non seulement ceux qui les traversaient, mais aussi ceux qui se trouvaient en dessous. Celui du Danemark avait même sectionné en deux le bateau qui passait à ce moment-là et l'avait entraîné vers le fond.

– C'est la fin du monde… murmura Chayton en promenant son regard d'un écran à l'autre.

Sans oser s'en parler, ils se demandaient si leurs coéquipiers se trouvaient au nombre des victimes. La sonnerie du téléphone leur apporta un apaisement passager. Lyette s'empressa de presser le bouton qui actionna la fonction mains libres.

– Êtes-vous saufs ? demanda aussitôt Ophélia.

– Plus ou moins, répondit Christian avec hésitation. L'affaissement du toit de l'usine a bien failli nous tuer.

– Dieu soit loué…

– Les serviteurs du mal ont malheureusement emmené Alexanne ailleurs, alors tout est à recommencer.

– Ils ne peuvent pas être allés bien loin, puisque les ponts entre Montréal et la Rive-Sud sont tous en train de tomber, lui apprit Lyette. Quel est votre prochaine action ?

– Je l'ignore, avoua l'ancien détective. Je vous appelle uniquement pour vous signaler que nous sommes encore vivants. Je vous donnerai d'autres nouvelles plus tard, dès que j'en saurai plus.

– Je vous conseille d'écouter les bulletins d'urgence si vous devez circuler à Montréal, car en plus des bouchons monstres, il y aura certainement beaucoup de panique.

– Bien compris.

Christian raccrocha et se tourna vers Alexei, assis dans le coffre du VUS dont le hayon était ouvert. Sachiko avait ouvert son manteau et déboutonné sa chemise pour le soigner. Une fois qu'il eut surmonté le traumatisme, l'homme-loup secoua la tête et la repoussa.

– Laissez-moi faire, monsieur Kalinovsky, lui dit la jeune femme.

– Je peux m'occuper de moi-même, rétorqua-t-il sur un ton agressif.

Avant de se retrouver avec un malentendu sur les bras, Christian s'en mêla.

– Alexei n'est pas comme les autres hommes, expliqua-t-il en éloignant doucement Sachiko.

Elle étouffa un cri de surprise lorsqu'elle vit de la lumière fuser sous les bandages.

– Est-ce un démon ? s'étrangla l'Asiatique.

– Je dirais plutôt que c'est un ange.

L'opération miraculeuse ne dura que quelques secondes. Redevenu lui-même, Alexei chercha tout de suite à se défaire des pansements.

– Puis-je vous aider à les enlever ? offrit Sachiko.

Comme il ne répondait pas, elle prit les ciseaux universels, dont l'un des bouts aplatis pouvait se faufiler près de la peau sans l'entailler, et découpa le tissu. À la place des trous qu'avaient creusés les doigts de Narciziu dans sa poitrine, il n'y avait plus que des cicatrices.

– Mais comment... Vous... bafouilla la jeune femme.

– C'est un pouvoir surnaturel, avoua Alexei.

– Toutes les fées peuvent faire ça ?

– Ouais, mais elles préfèrent soigner les autres.

Pendant que son ami se rhabillait, Christian se mit à marcher autour du VUS en réfléchissant. Non seulement leur opération de sauvetage s'était soldée par un échec, mais la destruction de l'usine obligerait les terroristes à trouver un autre quartier général.

– Il faut partir à la recherche d'Alexanne, le pressa l'homme-loup.

– Malheureusement, les VUS ne volent pas, soupira Christian.

Il appela donc la seule personne qui pouvait éviter à Alexanne une mort certaine.

– Dalpé, répondit Mélissa sur un ton agacé.

– J'appelle probablement à un mauvais moment... s'excusa l'ancien inspecteur.

– Surtout si c'est pour me dire que tu es désolé et que tu veux reprendre notre relation.

– En fait, je n'ai pas vraiment eu le temps d'y penser. J'ai trouvé la cachette des terroristes, mais ils ont failli nous tuer.

– Es-tu blessé ?

– Quelques éraflures, rien de grave. Ils sont par contre parvenus à enlever Alexanne. C'est pour cette raison que je t'appelle. Ils l'ont fait monter dans un hélicoptère et ils projettent de la balancer dans le fleuve.

– As-tu une description de l'appareil ?

– Non.

– En ce moment, avec la tragédie des ponts, il doit bien y avoir une centaine d'hélicoptères dans les airs en train d'évaluer l'ampleur des dommages et de secourir les victimes qui n'ont pas coulé dans leur voiture.

– L'appareil de la police pourrait-il se faufiler entre tous les bons Samaritains pour tenter de repérer celui où une pauvre adolescente est probablement en train de se débattre comme une furie pour rester en vie ?

– Je vais essayer, mais je ne peux rien te promettre.

– Connais-tu un propriétaire d'hélicoptère, par hasard ?

– Non. Tâche de te souvenir que tu as donné ta démission et que tu ne peux pas en réquisitionner un non plus.

– Je suis prêt à tout pour sauver notre petite fée, Mel.

– Moi aussi, mais je suis aux prises avec beaucoup plus de contraintes que toi.

– Je t'en prie, dépêche-toi.

– Entendu.

Elle raccrocha avant qu'il puisse lui dire qu'il l'aimait toujours. En se ressaisissant, Christian se tourna vers ses compagnons.

– Madame Bastien possède-t-elle un hélicoptère caché quelque part dans la montagne ?

– Non, déplora Sachiko.

– Comment diable allons-nous secourir Alexanne, si nous ne pouvons pas nous élever dans les airs ?

– À partir de la terre, répondit innocemment Alexei.

– Montez ! s'exclama Christian. Nous devons nous rendre sur le bord de l'eau.

Empruntant un dédale de petites rues pour éviter les grandes artères complètement bouchées, l'ex-policier parvint à se rendre à la Cité du Havre, dans le parking d'une grande entreprise.

– Pourquoi ici ? s'étonna Sachiko.

– Les assassins ne peuvent s'empêcher de retourner sur les lieux de leurs crimes, expliqua Christian en sortant du VUS. Or le pont Victoria n'a pas encore été touché. Je suis prêt à parier que les acolytes de Narciziu sont à bord de cet hélicoptère en train de filmer toute cette destruction et que dès que ce sera terminé, ils se débarrasseront de la petite.

Le trio courut jusque sur le bord de l'eau. Le ciel était encombré d'appareils qui ressemblaient à des libellules qui ne savaient plus de quel côté se tourner. Des gyrophares de la police éclairaient les deux extrémités du pont encore en place, empêchant les automobiles et les trains d'y circuler.

Christian n'eut pas besoin de demander à Alexei d'utiliser ses dons pour retrouver sa nièce. Il était déjà en transe.

– Elle est là… murmura-t-il en pointant le ciel.

– Une bonne description de l'hélicoptère dans lequel elle se trouve pourrait nous permettre de lui sauver la vie, mon homme.

– Je ne vois pas sa couleur, mais c'est celui qui est en train de descendre au milieu des autres.

« Une aiguille dans une botte de foin », se découragea Christian en composant encore une fois le numéro de Mélissa.

– J'ai déjà alerté notre unité aérienne, répondit-elle.

– Si je te dis que l'appareil se rapproche de l'eau à l'est du pont Victoria, est-ce que ça peut aider les pilotes ?

– Je vais leur transmettre l'information.

Elle raccrocha sans même lui dire au revoir. « Elle a probablement raison d'être fâchée contre moi », se raisonna Christian.

– S'ils jettent Alexanne à l'eau, elle mourra de froid avant qu'un bateau puisse la secourir, se découragea Sachiko.

– C'est dans un moment comme celui-là que j'aimerais être James Bond, laissa tomber Christian.

– Qui c'est ? demanda Alexei.

– Un héros qui n'est pas obligé de porter des collants.

L'ex-policier eut alors une idée.

– Es-tu capable de forcer l'hélicoptère à descendre le plus près possible de nous, comme tu l'as fait avec la passerelle de l'usine ? Sans provoquer son écrasement au sol, évidemment.

– Je peux essayer.

Sachiko avait du mal à croire qu'un homme puisse accomplir un tel exploit, car il y avait une grosse différence entre un objet inanimé et un appareil volant. Étant donné qu'Alexei n'avait pas reçu le même genre d'éducation restrictive que la plupart de ses semblables, il ne s'imposait aucune limite. Refusant de s'avouer vaincu avant d'avoir essayé, il se concentra profondément sur l'hélicoptère dans lequel il ressentait l'énergie de sa nièce.

Christian et Sachiko virent alors l'un des appareils se mettre à faire des manœuvres erratiques et carrément dangereuses au-dessus de l'eau et surent que c'était l'œuvre d'Alexei.

– Si tu peux le forcer à se poser ici, mon homme, on les mettra hors d'état de nuire.

La jeune Asiatique se retint de leur dire que de toute façon, le sorcier se trouverait de nouveaux complices. Le mal était toujours difficile à éradiquer et, quand on pensait l'avoir réduit en cendres, il refaisait surface ailleurs.

Coincée entre Deirdra et Tristana sur le siège arrière de l'hélicoptère, Alexanne ne savait plus quoi faire pour sortir de ce mauvais pas. Alfhilde était assise devant, avec le pilote qu'elle menaçait de son pistolet. Toute tentative de la part de la jeune fée se solderait inévitablement par l'écrasement de l'appareil. « Est-ce que je suis prête à mourir pour éliminer trois folles sataniques ? » se demanda Alexanne. Le doux visage de Matthieu apparut dans son esprit. Pour lui, elle devait s'efforcer de survivre. « Mais quoi faire ? »

« Je dois d'abord cesser d'avoir peur », décida-t-elle. C'est à ce moment même que l'hélicoptère se mit à exécuter une danse étrange dans les airs, qui fit remonter dans son estomac le peu qu'elle avait mangé ce matin-là. La jeune fée dut faire un effort surhumain pour demeurer concentrée au milieu des cris des femmes et malgré les mouvements saccadés de la cabine.

– Il y a trop de poids ! cria le pilote.

– Ce n'est pas un problème ! répondit Alfhilde.

Elle se retourna et fit un signe de tête à ses compagnes. Lorsque Deirdra détacha sa ceinture de sécurité et qu'Alfhilde ouvrit la porte de plexiglas, Alexanne comprit qu'elle était en danger de mort.

– Non ! hurla-t-elle en s'accrochant à tout ce qu'elle pouvait.

Les deux femmes poussèrent et tirèrent, décrochèrent les doigts de l'adolescente un à un jusqu'à ce qu'elles arrivent à la faire changer de place avec Deirdra, qui était tout près de l'ouverture.

– Alexei ! hurla la jeune fée.

Le cri d'angoisse de sa nièce projeta l'homme-loup sur le dos dans la neige.

– Ils vont la tuer ! angoissa-t-il.

Dans le cockpit, rien n'allait plus. Même Alfhilde s'était mise de la partie pour pousser leur fardeau dans le vide. Alexanne perdit pied et poussa un cri de terreur en s'accrochant au rebord de la porte.

Au sol, Christian sentit son cœur sombrer dans sa poitrine lorsqu'il vit la silhouette de l'adolescente qui pendait sur le côté de l'hélicoptère.

– Alex !

L'homme-loup redoubla ses efforts, aspirant l'appareil vers le sol, près de la berge où il se trouvait.

Alfhilde frappa alors sur les doigts d'Alexanne avec ses poings jusqu'à ce qu'elle lâche prise. La jeune fée glissa le long de l'hélicoptère et, dans un geste désespéré, agrippa le patin. L'eau glacée arrivait de plus en plus rapidement. « Mais si je lâche prise, je vais mourir de toute façon ! » s'alarma Alexanne. En quelques secondes, ses mains furent si gelées qu'elle comprit qu'elle ne pourrait pas rester dans cette position précaire plus longtemps.

– Matthieu, je t'aime… murmura-t-elle lorsqu'elle sentit ses doigts se raidir.

Elle tomba dans le vide et ferma les yeux, remettant son âme à Dieu. S'attendant à frapper la surface de l'eau, l'adolescente fut surprise de la douceur du choc. Elle ouvrit les paupières et aperçut le regard chaleureux d'un homme qu'elle n'avait jamais rencontré auparavant.

– Comment avez-vous réussi à m'attraper ? s'étonna-t-elle.

Elle était pourtant tombée de très haut ! En regardant autour d'elle, Alexanne constata qu'elle était toujours dans les airs.

– Vous êtes un ange ! s'écria-t-elle, émerveillée. Je suis morte et vous m'emmenez au ciel !

– Je vous en prie, calmez-vous.

– Dites-moi que vous n'êtes pas l'un des terroristes.

– Je ne fais pas partie de ce groupe de démons. Tout comme vous, je cherche à faire échouer leurs plans.

– Pourquoi ne touchons-nous pas terre ?

– Parce que je vous ai attrapée en plein vol.

– Mais vous n'avez pas d'ailes ! constata-t-elle en s'étirant le cou pour regarder dans le dos de son sauveteur.

– Je n'en ai nul besoin pour faire des bonds prodigieux.

– Personne ne saute aussi haut, pas même les joueurs de basketball !

Sur la berge du fleuve, abasourdis, Christian et Sachiko observaient la scène surréelle. Une fois sa nièce hors de danger, Alexei donna libre cours à sa vengeance et fit plonger l'hélicoptère dans l'eau, entre les gros morceaux de glace qui flottaient çà et là. Ces démons ne pourraient plus jamais s'en prendre à d'autres innocents.

L'homme blond qui s'était porté au secours d'Alexanne à une centaine de mètres du sol se posa non loin des membres de la loge. Christian secoua sa léthargie et courut à leur rencontre.

– Mais comment avez-vous fait ça ?

L'étranger n'avait pas le physique d'un athlète et pourtant, il venait d'accomplir une prouesse digne des meilleures cascades d'Hollywood ! Ses cheveux blond pâle étaient fins et touchaient ses épaules. Ses yeux rappelaient le ciel bleu de l'été. Il portait cependant un pantalon et une chemise qui n'étaient plus à la mode, même s'ils étaient propres et bien repassés. « Comme Alexei, quand je l'ai rencontré », se rappela Christian. En effet, l'homme-loup avait longtemps porté les vêtements de son père, que Tatiana avait conservés dans des malles.

– C'est difficile à expliquer, répondit l'étranger, dont la voix était très douce.

– Êtes-vous un elfe ? demanda Alexanne.

– Non, répondit Alexei à sa place.

– Vous n'êtes certainement pas humain non plus, affirma Christian.

– Êtes-vous un extraterrestre ? s'enquit Sachiko, qui savait que sa grand-mère rêvait depuis toujours d'en rencontrer un.

– Soyez sans crainte. Je suis né sur cette planète.

Voyant que des curieux commençaient à affluer sur la berge, Christian comprit que ce n'était peut-être pas le bon endroit pour tenir cette conversation.

– Possédez-vous un moyen de transport ? s'informa-t-il.

– Je n'en ai pas vraiment besoin.

– Auriez-vous objection à nous accompagner dans un endroit tranquille pour nous expliquer ce qui vient de se passer ?

– Non, si cela ne nécessite pas plus de six heures.

Plus il ouvrait la bouche, plus Christian était perplexe. Il poussa tout le monde en direction du parking où il avait garé le VUS. Il fit monter l'étranger devant tandis que Sachiko, Alexei et Alexanne s'entassaient sur la banquette arrière.

– Habitez-vous dans la région ? demanda Christian.

– Pas nécessairement.

– Est-ce que ça vous embêterait qu'on vous emmène dans les Laurentides ?

– Non.

Il n'y avait même pas une lueur d'inquiétude dans ses yeux bleus.

– Puis-je vous demander votre nom ?

– Je m'appelle Assael.

Derrière lui, Alexanne s'était appuyée contre l'épaule de son oncle, heureuse de le retrouver.

– C'est un nom d'Elfe, chuchota-t-elle.

– Puisque je te dis que ce n'en est pas un.

– Vous n'avez pas de nom de famille ? poursuivit Christian.

– Nous ne fonctionnons pas ainsi. En cas de besoin, toutefois, je peux utiliser celui de mon clan.

– Vous êtes Écossais ?

– Non, affirma-t-il avec un sourire amusé.

– Irlandais ?

– Non plus.

– Peut-être que je ne m'y prends pas de la bonne façon. Je vais donc vous le demander directement : d'où venez-vous ?

– Je suis né dans une montagne du Tibet, mais j'ai habité un peu partout depuis.

– Vous voulez dire *sur* une montagne ? s'étonna Sachiko.

– Non.

– Êtes-vous un intraterrestre ?

– On nous donne parfois ce nom.

La jeune Asiatique tenta de se rappeler ce que sa grand-mère lui avait jadis raconté au sujet de cette race. « Faites qu'il reste avec nous jusqu'à Saint-Juillet », pria-t-elle.

– Quels autres noms vous donne-t-on ? l'interrogea Christian en s'efforçant de rester calme devant le caractère vague de ses réponses.

– Hommes blonds de la forêt, doux géants, Aryens, Hyperboréens, mages de Thulé.

– Thulé ? répétèrent en chœur Christian, Alexanne et Sachiko.

– Un pays légendaire évoqué par certains auteurs grecs de l'Antiquité, précisa Assael.

– Curieusement, nous en avons tout récemment entendu parler, lui apprit Christian.

– Par nos ennemis, nul doute.

– Si vous faites référence aux terroristes démoniaques qui viennent de démolir ces ponts et qui ne cessent de causer des accidents mortels depuis quelques mois, alors vous êtes notre allié.

– Les serviteurs de Bélial ne sont les amis de personne. Il leur arrive même de s'entredévorer.

– Ce n'est donc pas par hasard que vous vous êtes trouvé près du fleuve lorsque les ponts se sont écroulés.

– Non… mais je n'ai rien pu faire pour empêcher cette triste destruction.

– Heureusement que vous étiez là, ajouta Alexanne. Vous m'avez sauvé la vie.

– Nous intervenons dans la vie des bonnes personnes chaque fois que nous le pouvons.

En faisant d'interminables détours, Christian avait réussi à rejoindre l'autoroute des Laurentides qui le ramènerait dans sa nouvelle ville d'adoption.

– De quelle façon avez-vous irrité ces démons ? voulut savoir Assael.

– Grâce aux visions que j'ai eues sur leurs activités meurtrières, j'ai réussi avec un ami à faire avorter certains de leurs plans. Je n'en ai toutefois pas eu sur la destruction des ponts… Nous avons aussi reçu une pierre plutôt spéciale qu'ils semblent convoiter.

– Tout est maintenant très clair.

– Tant mieux pour vous, car nous nageons toujours en plein mystère.

– Une explication limpide nécessiterait plusieurs heures, se désola Assael.

– Dans ce cas, attendons que ma grand-mère puisse l'écouter aussi, les supplia Sachiko.

– Il en sera fait comme vous le désirez.

« Moi, je l'aime bien », décida Alexanne en fermant les paupières. Délivrée de toutes ses angoisses, elle s'endormit dans les bras de son oncle.

Chapitre 26

Assael

Avant d'arriver chez Lyette, Christian passa un coup de fil à Tatiana Kalinovsky. Il l'informa qu'ils avaient réussi à arracher sa nièce aux démons d'une façon plutôt insolite et qu'il s'arrêterait chez elle avant la fin de la journée pour lui raconter leur aventure. La guérisseuse avait évidemment suivi l'action à partir de chez elle en faisant bien attention de ne pas alarmer Danielle. Elle remercia Christian et ses amis d'avoir risqué leur vie pour sauver celle d'Alexanne.

Lorsque le VUS s'arrêta enfin devant le manoir, Assael en descendit et examina les alentours en tournant lentement sur lui-même. « Avec lequel de ses sens est-il en train de se renseigner ? » se demanda l'ex-policier.

– Son odorat, l'informa Alexei.

– Comme les loups ?

– Il n'agit pas comme un prédateur. Je dirais plutôt comme un daim.

Sachiko ouvrit la porte de la demeure et les convia à l'intérieur. Les ayant vus arriver sur les écrans de surveillance de la loge, Lyette, Chayton et Ophélia sortirent de l'ascenseur pour aller à leur rencontre.

– Allons nous asseoir au salon, si vous le voulez bien, les invita Lyette.

Sachiko suspendit aussitôt une marmite d'eau au-dessus des flammes dans l'âtre.

– Je vais préparer du thé, annonça-t-elle à sa grand-mère.

– Merci, ma petite chérie.

– J'aime beaucoup le thé, commenta Assael.

– Qui nous ramenez-vous ? demanda Lyette à ses nouveaux associés.

– Quelqu'un que tu rêves de rencontrer depuis aussi loin que je peux me souvenir, répondit Sachiko.

– Lyette, voici Assael, le présenta Christian. C'est un mage de Thulé.

La vieille dame eut un vertige qui la força à s'asseoir dans une bergère.

– Mais comment…

– Il nous a prêté main-forte au moment où tout semblait perdu, expliqua Sachiko.

– D'une façon incroyable, ajouta Alexanne.

– Il a attrapé cette jeune fille au vol alors qu'on venait de l'expulser d'un hélicoptère, précisa Christian.

– Vous avez donc des bras d'acier, le complimenta Lyette.

– Moi, ce sont ses jambes que je trouve fascinantes, grommela Alexei.

Lyette se tourna vers ce deuxième inconnu, dont on ne lui avait pas encore dit le nom.

– C'est mon oncle Alexei, l'informa Alexanne. Il est cent fois plus puissant que ma tante et moi.

– Il est capable d'attirer à lui les objets de son choix, peu importe leur taille, lui révéla Sachiko.

« Pour d'autres, ce sont uniquement les tasses », s'amusa intérieurement Christian.

– Je l'ai vu décrocher une passerelle d'un mur et provoquer l'écrasement d'un hélicoptère en utilisant uniquement son esprit, poursuivit-elle.

– Impressionnant…

– Nous sommes tous capables de faire des miracles en situation de danger, se défendit Alexei.

Lyette reporta son attention sur le mage, qui contemplait tous les petits détails de la belle pièce.

– Si mes sources sont bonnes, vous ne vivez pas dans des maisons comme nous, lui dit la Huronne.

– Vos sources sont bonnes, affirma-t-il.

Christian brûlait d'impatience d'interroger cet homme sur ses origines, mais il ne voulait pas gâcher le plaisir de la vieille dame.

– Nous ne décorons pas nos grottes de cette façon.

« Enfin, nous y voilà », se réjouit l'ex-policier.

– Nous nous contentons de très peu de choses, mais nous aimons admirer vos habitations.

– Est-il vrai que votre corps n'est pas aussi dense que le nôtre ? le questionna Lyette.

– C'est malheureusement vrai et cela nous empêche de partager complètement votre vie.

– Un petit instant, les arrêta Christian. Qu'est-ce que vous venez de dire ?

– Nous sommes différents des humains de bien des façons.

– Mais vous êtes pourtant aussi solide que moi, sinon Alexanne aurait passé à travers vos bras.

– Nous arrivons à augmenter la résistance de notre enveloppe corporelle quelques heures durant, mais cela requiert une immense dépense d'énergie. Pour cette raison, je devrai bientôt partir, mais avant, j'aimerais que vous me parliez de la pierre que vous avez trouvée. Aussi, je regrette de ne pas connaître vos noms.

– Quel manque de politesse de notre part, s'excusa l'ex-policier. Je suis Christian Pelletier.

– Christian… répéta Assael, comme s'il imprimait cette information dans son cerveau.

Tour à tour, Lyette, Alexanne, Sachiko, Ophélia, Chayton et Alexei se présentèrent également.

– Je suis heureux de constater que le don ne s'est pas complètement perdu, fit le mage en souriant.

– J'imagine que vous faites référence à la voyance ? supposa l'Amérindien.

– Ainsi qu'à votre écoute de la nature et des émotions humaines. Ce sont des aptitudes dont nous vous avons fait cadeau au début des temps.

– Je vous en remercie du fond du cœur.

Assael se tourna ensuite vers Christian.

– Il serait plus prudent de me rendre la pierre, maintenant.

– Nous l'avons cachée à plusieurs kilomètres d'ici, mais nous irons la chercher pour vous avec plaisir.

– Vos corps sont fatigués, alors vous irez un autre jour.

– Pourrions-nous l'utiliser pour piéger cet horrible Narciziu qui a failli nous tuer ? s'enquit Sachiko.

– À mon avis, il est bien plus intéressé à poursuivre son œuvre destructrice qu'à collectionner des *insimuls*, fit remarquer Assael.

– Je l'ai entendu dire qu'il voulait éliminer tous ceux qui se servaient des pierres pour l'espionner, commenta Chayton.

– Je comprends que ces objets vous appartiennent et que vous pouvez en faire ce qui vous plaît, renchérit Christian, mais si nous pouvions nous en servir pour éliminer un démon, ça en ferait un de moins.

– J'y songerai, promit le mage en se levant. Mon énergie a commencé à fluctuer. Je me vois donc forcé de vous quitter, même si je me plais en votre compagnie.

– Quand pourrez-vous revenir ? se désola Lyette.

– Demain, sans doute.

– Puis-je vous conduire quelque part ? offrit Christian.

– Ce ne sera pas nécessaire. J'ai de la parenté dans la région.

L'ex-policier l'accompagna tout de même dehors.

– Maintenant, je comprends pourquoi vous ne souffrez pas du froid dans vos vêtements légers, dit-il à l'homme blond.

– Vous ne savez pas à quel point j'aimerais ressentir les mêmes choses que vous. Je vous reverrai bientôt.

En guise de salut, Assael se contenta de baisser légèrement la tête devant l'ancien inspecteur, qui aurait préféré lui serrer la main. Le mage s'enfonça alors dans la forêt et Christian constata avec étonnement que ses pieds ne laissaient aucune trace dans la neige. Il marchait à sa surface comme s'il ne pesait qu'une plume. « Ils sont ici depuis des milliers d'années et nous n'en avons jamais rien su… » songea-t-il.

Son téléphone sonna dans la poche de son manteau, le ramenant à la réalité.

– Pelletier.

– Que je suis content que tu sois en vie ! s'exclama Sylvain.

– Comment as-tu su que j'ai été en danger de mort ?

– Tu l'as été ? Tu te trouvais sur le pont ?

– Non. Je me suis mesuré à un sorcier.

– Encore ?

– Ouais… il semble bien que ce soit devenu mon lot. Toi, ça va ?

– À part que je suis incapable de retourner chez moi, tout va très bien.

– Tu n'es pas à Sainte-Julie ?

– J'avais une entrevue à Montréal et je m'y retrouve coincé à cause de l'effondrement des ponts de la Rive-Sud.

– Tous les ponts ? Même le tunnel Louis-Hippolyte-Lafontaine ?

– Il a été complètement submergé il y a quelques minutes et le pont Mercier vient de tomber.

– Comment les gens vont-ils pouvoir rentrer chez eux ?

– C'est le casse-tête de l'heure.

– Écoute, mon homme, si tu n'as rien de mieux à faire, j'aurais une faveur à te demander.

– Jure-moi que ça n'implique pas un autre sorcier.

– Pas à ce stade-ci. Il s'agirait d'aller chercher un objet que j'ai caché à Montréal et de l'apporter à Saint-Juillet.

– Chez les Kalinovsky ?

– Non. Chez une femme que tu connais peut-être déjà étant donné que tu sais tout.

Sylvain éclata de rire.

– Mon métier m'oblige à fourrer mon nez partout, avoua-t-il une fois son hilarité calmée, mais non, je ne suis pas omniscient.

– Elle s'appelle Lyette Bastien.

– Alors, tu vois : j'ignore qui elle est.

– Elle dirige la loge Adhara.

– Je suis toujours dans le noir.

– C'est un centre d'études sur les manifestations du mal.

– Quand dois-je aller chercher cet objet dont tu as besoin ? répliqua Sylvain, intéressé.

– Dès que tu peux. Je l'ai caché dans la chapelle votive de l'oratoire Saint-Joseph sous le support des lampions du bas-relief intitulé *Terreur des démons*.

– C'est de circonstance, on dirait.

– Il s'agit d'un coffre métallique résistant au feu comme ceux qu'on utilise pour protéger les documents importants et les bijoux coûteux.

– Je me mets en route avant que les terroristes décident de détruire également les ponts qui relient Montréal à Laval et Laval à la Rive-Nord.

– Je t'envoie par texto l'adresse où je me trouve. J'ai hâte de te voir, vieille branche.

– À plus tard, Christian.

L'ex-policier raccrocha et retourna à l'intérieur. Les membres de l'équipe étaient en train de boire du thé tandis que Sachiko racontait leur aventure à sa grand-mère. Christian s'appuya l'épaule contre le chambranle de l'entrée et l'écouta lui aussi en s'imaginant la tête qu'aurait faite le docteur Edelman s'il avait été présent.

Alexei dirigea alors vers lui un regard insistant.

– Si vous n'y voyez pas d'inconvénient, intervint Christian, je vais aller reconduire les Kalinovsky chez eux.

Alexanne bondit de sa bergère.

– Tout ce que je veux, c'est dormir, avoua-t-elle.

« C'est normal, après un traumatisme pareil », songea Christian. L'oncle et la nièce firent leurs adieux au reste de la bande et s'habillèrent. Pendant le trajet entre la maison de Lyette et celle de Tatiana, des questions surgirent dans l'esprit de l'ex-policier.

– Pourquoi les démons qui t'ont enlevée n'ont-ils pas brûlé ? lâcha-t-il.

– Ces femmes n'étaient sans doute que des esclaves du sorcier, répondit Alexanne.

– Tu n'as donc pas été mise en présence de Narciziu à l'usine ?

– Non. Elles m'ont conduite directement sur le toit.

Christian descendit du VUS en même temps qu'eux et entra chez la guérisseuse, qui les attendait déjà dans le vestibule.

– Je vous suis reconnaissante de me les avoir ramenés, monsieur Pelletier.

– Ce n'est pas à moi que vous devriez adresser votre gratitude, madame, répliqua-t-il. Alexei nous a sauvé la vie dans l'usine et il nous a débarrassés de plusieurs démons.

L'homme-loup montait déjà à l'étage. Pour tout commentaire, il n'émit qu'un grognement. Quant à elle, Alexanne, dès qu'elle eut enlevé son manteau et ses bottes, s'abrita dans les bras de sa tante et la serra de toutes ses forces.

– Veillez à ce qu'elle se repose, recommanda Christian en ouvrant la porte.

Tatiana n'eut pas le temps de lui dire un dernier merci.

– J'ai failli ne plus jamais vous revoir, murmura Alexanne, la tête appuyée sur l'épaule de la guérisseuse.

– Je sais…

– L'homme qui m'a sauvée dit qu'il est un mage de je ne sais plus trop où, mais moi, je suis certaine que c'est un ange. Il n'avait pas d'ailes, mais il volait quand même.

– Il va falloir que je t'entoure d'une plus grande protection, on dirait.

– Moi, je préférerais que vous m'entraîniez pour que je sois une vraie fée.

– Rome ne s'est pas bâtie en un jour, ma soie. Il est inutile de vouloir sauter les étapes.

– Ne peut-on pas au moins les accélérer ?

– Tu commences à ressembler un peu trop à ton oncle.

– Génial. Alexei est un vrai héros. Je voudrais être sans peur comme lui.

– Moi, je t'aime bien comme tu es.

Tatiana l'écarta doucement de sa poitrine et replaça ses mèches châtaines autour de son visage.

– La maison de monsieur Maïkan a été rasée par le feu, comme celle de Christian, déplora Alexanne. Je ne voudrais pas que la même chose nous arrive.

– Tu n'as rien à craindre ici et c'est sûrement pour cette raison que Christian t'a ramenée auprès de moi. Aucun démon ne pourra jamais brûler ma demeure.

– C'est rassurant…

– Tu tombes de sommeil, ma chérie. Va te reposer. Tu n'as rien à craindre dans cette maison.

– Je sais…

Alexanne grimpa l'escalier très lentement, les jambes lourdes. Elle s'enferma dans la salle de bains et enleva ses vêtements. Après avoir trempé dans l'eau chaude et la mousse pendant de longues minutes, elle s'enroula dans son drap de bain et se rendit à sa chambre. En enfilant sa robe de nuit, elle jeta un coup d'œil à son cahier d'anges.

– J'ai tellement de choses à vous dire, mais je suis morte de fatigue…

L'adolescente se faufila sous ses draps et ferma les yeux.

– Il nous a encore échappé, fit une voix familière.

Sachant très bien qu'il s'agissait de Manoah, Alexanne remonta les couvertures par-dessus sa tête, mais cela ne découragea pas pour autant la créature éthérée.

– Si nous ne faisons rien, le sorcier continuera de tuer des innocents.

– Nous ? se fâcha Alexanne, en rejetant ses couvertures sur ses jambes et en se redressant. Où étiez-vous pendant que je me faisais enlever ? Mieux encore, pourquoi n'avez-vous rien fait quand je pendais au bout de mes bras au-dessus du fleuve ?

– Je comprends que tu sois en colère, mais mon rôle est passif.

– S'il consiste à me laisser affronter seule le danger et à me faire la morale une fois que je suis sauve, alors je n'ai pas besoin de vous. Mes nouveaux amis font un bien meilleur travail.

– Les guides donnent des conseils. Ce n'est pas leur faute si les humains s'entêtent à ne pas les suivre.

– À moins que vous trouviez tout de suite quelque chose de plus intelligent à me dire, j'aimerais que vous disparaissiez.

– Le sorcier est un être rancunier. Il reviendra à la charge.

– Tiens donc. Je m'en doutais un peu.

– Vous avez vu son côté belliqueux, mais il peut aussi être très sournois.

– Puisque vous ne serez pas là pour m'épauler lorsque je ferai enfin face à Narciziu, à quoi vos conseils peuvent-ils bien me servir ?

Manoah disparut dans une fontaine de petites étincelles rouges.

– Et ne revenez pas ! ajouta Alexanne en se recouchant.

Malgré tout ce qui lui était arrivé depuis le matin, l'adolescente dormit d'un sommeil paisible. Lorsqu'elle ouvrit enfin les paupières, il était presque midi. Elle s'habilla et descendit à la cuisine pour boire du jus d'orange. Tatiana était dehors et nourrissait les oiseaux. Il faisait un temps magnifique. Le soleil brillait de tous ses feux et rendait la neige aveuglante. En s'approchant de la fenêtre, la jeune fée remarqua aussi que les glaçons qui pendaient du toit étaient en train de fondre.

Utilisant ses facultés magiques, Alexanne scruta toute la maison. Alexei et Danielle étaient en train de prendre soin d'Anya dans leur chambre tandis que Valéri lisait dans la bibliothèque. Elle termina son verre et retrouva le vieux Russe dans sa pièce préférée.

– Bon matin, Alexanne, la salua-t-il. Tu t'es bien amusée, hier, apparemment.

– Amusée ? répéta l'adolescente, incrédule.

– La vie d'un Vengeur est bien plus trépidante lorsqu'il est encore jeune.

– Justement, j'aimerais parler avec vous de votre expérience en la matière.

Alexanne s'assit en tailleur sur le tapis devant Valéri.

– Que vous disaient les voix qui vous conseillaient ?

– Elles me renseignaient sur le sorcier que je devais retrouver et éliminer.

– Vous parlaient-elles pendant que vous étiez à sa recherche ?

– Uniquement si j'éprouvais des difficultés ou si j'avais des doutes, lui répondit Valéri.

– Avec ou sans sarcasme ?

– Es-tu en train de me dire que ton guide n'est pas sérieux ?

– En fait, il s'arroge le droit de me critiquer alors qu'il n'est jamais là quand j'ai besoin de lui.

– Ce doit être un débutant, dans ce cas.

– À qui doit-on s'adresser pour en obtenir un vrai ?

– C'est Dieu qui nous envoie cette aide, alors j'imagine que tu pourrais Lui en faire directement la demande.

Alexanne plissa le front en se demandant s'Il n'allait pas lui répondre qu'Il envoyait aux humains les épreuves qu'ils méritaient.

– Vous est-il arrivé de manquer votre coup ? continua-t-elle au bout d'un moment.

– Non, puisque personne ne se méfie d'un vieillard qui a du mal à marcher. Les sorciers s'imaginent que les Vengeurs sont des créatures vives comme l'éclair qu'ils auront beaucoup de mal à éviter. Tu as affaire à un démon plus intelligent que les autres.

– Considérant qu'il a envoyé ses trois esclaves pour m'enlever au lieu de le faire lui-même, oui, je pense qu'il sait exactement qui je suis. Même une fois dans son repaire, j'ai été conduite directement à l'hélicoptère qui attendait sur le toit.

– Il te faudra trouver une façon de te rendre jusqu'à lui.

– Si je reste en vie le temps nécessaire… C'est un métier bien plus dangereux que je le pensais.

– Je ne suis pas inquiet pour toi. Les Vengeurs ont des alliés dont ils ignorent l'existence.

– Vous avez tellement raison. Hier, l'un d'eux s'est porté à mon secours. Il nous a dit qu'il était un mage de Thulé, mais pour moi, c'est un ange.

– Ah…

– Savez-vous quelque chose à leur sujet ?

– J'en ai entendu parler dans des légendes, révéla le vieil homme.

– Dans ce cas, tous ceux qui prétendent que les mythes se fondent sur la réalité ont raison.

– Qu'as-tu l'intention de faire aujourd'hui, mademoiselle le Vengeur ?

– M'excuser auprès de mes professeurs et de Matthieu, qui n'ont eu aucune nouvelle de moi dernièrement, et voir à quel point je suis en retard dans mes travaux.

– Excellente idée.

Alexanne s'installa au salon et constata avec découragement qu'elle avait reçu une centaine de courriels. Certains lui indiquaient qu'elle avait dépassé le délai accordé pour la remise de ses tests et travaux. Elle répondit à tout le monde, puis se mit à faire les recherches qui s'imposaient pour ses cours d'histoire et de géographie. Elle était si concentrée sur ses études qu'elle ne vit pas le temps passer. Lorsqu'elle cessa de regarder l'écran de son ordinateur, il faisait noir dans la pièce. L'odeur alléchante du repas que préparait sa tante fit gargouiller son estomac.

Chapitre 27
La loge

Après avoir reconduit Alexanne et Alexei chez eux, Christian revint à la loge sans se presser. Tout comme lorsqu'il participait à une enquête jadis, d'innombrables questions jaillissaient dans son esprit à propos des événements de la journée. Si la pierre avait attiré Narciziu jusqu'à Saint-Juillet, elle pourrait aussi servir à l'appâter. Ce qui serait difficile, c'était d'anéantir ce démon. Christian lui avait tiré dessus à plusieurs reprises sans lui infliger la moindre blessure. Il n'avait pas bronché et encore moins saigné. « Les zombies existent-ils vraiment ? » se demanda-t-il en se garant devant la prestigieuse maison.

Les origines d'Assael le tracassaient également. Combien de créatures différentes des humains vivaient sur la même planète qu'eux ? Plus il en apprenait sur l'univers, plus il se rendait compte qu'il ne savait rien. Il secoua ses bottes dehors et entra sans sonner. Après tout, c'était là qu'il habitait, pour l'instant.

Il n'y avait plus personne au salon, mais un bon feu y brûlait toujours. Christian enleva son manteau et alla s'asseoir près des flammes pour se réchauffer. Comment

Chayton avait-il pu prédire l'apparition dans sa vie de cette femme riche qui désirait lui fournir toutes les ressources nécessaires à ses nouvelles enquêtes ? D'où tirait-il cette information avant même qu'elle se matérialise dans le monde physique ?

Il sentit une présence derrière lui et tourna la tête. Ophélia venait d'entrer dans la pièce, un verre de vin à la main, mais ses pas étaient imperceptibles puisqu'elle ne portait pas de chaussures.

– Je pourrais vivre ici toute ma vie, déclara-t-elle en tirant une bergère près de l'ex-policier. C'est si calme et l'air est si pur.

– Mais je crains qu'aucun endroit sur terre ne soit vraiment à l'abri du mal.

– J'ai eu terriblement peur pour vous, aujourd'hui, avoua Ophélia en posant la main sur celle de Christian.

– Vous n'avez pas confiance en ma débrouillardise ? plaisanta-t-il.

– Au contraire. Et votre âme est d'une pureté désarmante.

– Malgré tout ce que j'ai fait dans ma vie ?

– Je ne vois rien de si terrible que ça dans votre aura.

– Toutes ces facultés étranges me troublent beaucoup, Ophélia. Je suis un policier formé pour traquer les criminels à partir de preuves tangibles.

– C'est l'invisible qui vous fait peur ?

– Je ne peux pas maîtriser ce que je ne vois pas.

– Est-ce vraiment nécessaire de tout voir ? Vous ne voyez pas l'électricité et, pourtant, vous vous en servez. Vous ne voyez pas non plus les ondes radioélectriques qui vous permettent d'utiliser votre téléphone portable.

– Ce sont des énergies que nous avons apprivoisées.

– Les médiums et les fées font la même chose avec les fréquences qu'émettent les mondes parallèles. Petit à petit, ils apprennent à les reconnaître et à les déchiffrer.

– Mais comment arrivent-ils à prédire quelque chose qui n'existe pas encore ?

– Le véritable temps est différent de celui que nous divisons en jour, en heures et en minutes, Christian. Il ressemble à une ligne continue sur laquelle s'inscrit tout ce qui pourrait nous arriver.

– Pourrait ?

– C'est exact. Notre existence est une série de choix, parfois bons, parfois regrettables. Toutes leurs conséquences sont écrites sur la toile de l'avenir.

– Donc, même si Chayton m'a prédit qu'une femme très riche allait m'héberger et me permettre de poursuivre mon nouveau travail sans me soucier de l'argent, j'aurais tout aussi bien pu ne jamais rencontrer Lyette ?

– Si vous aviez décidé d'aller étudier en électricité pour changer de métier, alors vous ne connaîtriez aucun d'entre nous. Les médiums comme monsieur Maïkan ont appris à reconnaître laquelle des nombreuses routes possibles vous étiez le plus susceptible de suivre en fonction de votre énergie psychique présente.

– C'est vraiment déroutant…

– Comme les tasses qui se déplacent toutes seules ?

– Est-ce vous qui l'avez fait avancer pour me faire plaisir ?

– Non. Avez-vous besoin d'une preuve, inspecteur ?

– C'est dans ma nature.

– Alors je vais vous proposer un autre exercice, si vous le voulez bien.

– Ne me demandez pas de faire bouger une montagne, je vous en prie. Je n'ai plus assez de force pour ça.

– Ce sera simple et facile.

– Pour qui ?

– Faites-vous un peu confiance, allez.

– Je veux bien.

– Fixez les flammes dans l'âtre et augmentez leur puissance autant que vous le pourrez.

– Je ne suis pas certain de comprendre ce que vous me demandez.

– Faites-les briller davantage.

Christian décocha un air sceptique à la jeune femme, mais voulut bien se prêter au jeu. Il se cala dans son fauteuil et se mit à observer le feu. Il ne savait pas comment manipuler ces forces dont parlait Ophélia, alors il se contenta de répéter quelques fois dans sa tête qu'il désirait voir les flammes s'amplifier. En l'espace d'un instant, le foyer s'embrasa !

Ophélia poussa un cri de surprise tandis que Christian, en tentant de reculer, tomba à la renverse avec la bergère. Le phénomène cessa aussitôt. En riant, la fée s'accroupit auprès du pauvre homme couché sur le dos.

– Avez-vous besoin que nous fassions un autre exercice pour vous convaincre que vous avez un don ?

– Seulement si ça n'implique pas le feu, répliqua-t-il avec un sourire amusé.

La jeune femme se pencha sur lui et déposa un baiser sur ses lèvres.

– L'avez-vous vu venir, celui-là ? le taquina-t-elle.

– Pas vraiment… bafouilla-t-il.

Elle l'embrassa une seconde fois et il referma les bras sur elle. Au même moment, Sachiko, qui avait passé de longues minutes sous la douche, entra au salon. Elle s'arrêta net en apercevant le couple enlacé sur le tapis. Christian ne lui avait-il pas dit qu'il venait tout juste de quitter sa petite amie ? « Les hommes sont tous les mêmes », grommela intérieurement Sachiko en reculant dans le vestibule.

– Donc, on sait que je ne suis pas voyant, conclut Christian en se redressant.

– Mais vous avez des visions.

– D'accord, je vois des événements qui ne se sont pas encore produits, mais pas sur demande et encore moins au sujet des gens que je côtoie. Vous me demanderiez de prédire votre avenir que j'en serais tout à fait incapable.

– Votre don est celui de la précognition, car vos prémonitions se présentent spontanément, contrairement à celles du voyant qui sont un résultat de ses recherches psychiques. La précognition fait partie des perceptions extra-sensorielles.

– Y en a-t-il beaucoup ?

– La télépathie, la clairvoyance, la clairaudience et la rétrocognition en font partie.

– Y a-t-il de pauvres gens aux prises avec toutes ces perceptions ?

– Oui : les fées.

Christian aida Ophélia à se lever et remit son fauteuil en place.

– Vous connaissez mon avenir, n'est-ce pas ?

La jeune Russe reprit place dans sa bergère et sirota son vin en se demandant si elle devait répondre à sa question.

– Je ne vivrai pas longtemps, c'est ça ? se découragea Christian.

– Vous en avez encore pour de nombreuses années, à moins qu'il ne vous passe par la tête de faire du sport extrême.

– Bien noté. Dites-moi ce que vous voyez.

– Je ne veux pas influencer vos futures décisions, monsieur Pelletier.

– Étant donné que nous allons être appelés à travailler ensemble, nous pourrions commencer à utiliser nos prénoms et à nous tutoyer, non ?

– Ça me plairait beaucoup. Maintenant, voyons si je peux trouver un objet avec lequel tu ne risques pas de te blesser…

Pendant qu'elle regardait partout autour d'elle, Christian observa son visage. Ophélia était une très belle femme. Ses cheveux noirs bouclés dépassaient à peine ses épaules et ses yeux verts brillaient de mystère.

– Pourquoi m'as-tu embrassé ? demanda l'ex-policier, troublé.

– Pour voir comment tu allais réagir, répondit-elle sans le regarder.

– Est-ce en rapport avec mon avenir ?

– Il y a encore trop de policier en toi.

– Pas de réponse évasive, sinon c'est le cachot.

Le rire cristallin de la fée lui réchauffa le cœur.

– Plusieurs avenues vont bientôt s'offrir à toi. Ce n'est que l'une d'entre elles.

Ophélia alla chercher une fleur de soie dans un vase et la déposa sur le guéridon qui se trouvait à environ un mètre de l'ancien détective.

– Nous allons augmenter le niveau de difficulté, déclara-t-elle.

– Pourquoi te sens-tu obligée de me montrer toutes ces choses ?

– Pour te donner une chance de survivre.

– C'est important pour toi ?

– Concentre-toi et attire la fleur vers toi.

Christian comprit qu'elle ne voulait pas lui avouer ses sentiments. Même s'il doutait de ses capacités, il fit ce qu'elle demandait : il chassa ses pensées obsédantes pour canaliser toute son attention sur la rose en soie. Celle-ci se mit d'abord à trembler, comme si elle résistait, puis d'un seul coup, elle vola dans les airs. Christian l'attrapa juste à temps pour ne pas la recevoir au visage.

– Fantastique ! s'exclama Ophélia. Tu es véritablement un mage qui s'ignore !

– Ou un sorcier…

Ils n'eurent pas le loisir d'aller plus loin, car on venait de sonner à la porte. Persuadé que c'était son ami journaliste, Christian alla répondre. Tout comme il s'y attendait, il trouva Sylvain devant lui, la boîte métallique dans les mains.

– Juste ciel ! lança Sylvain, les yeux écarquillés. Comment as-tu trouvé cet endroit ?

– C'est une longue histoire. Entre.

– Est-ce ce que tu cherchais ?

Le journaliste lui tendit le coffret.

– Très exactement, Watson.

– Ça n'a pas été facile de le sortir de la chapelle, expliqua Sylvain en enlevant ses bottes et son manteau. Il a fallu que j'attende qu'il y ait moins de monde. Les dernières catastrophes ont rapproché les gens de leur Créateur, on dirait. L'oratoire était bondé.

Il aperçut alors Ophélia à l'entrée du salon.

– Vous êtes la propriétaire de la maison ? demanda-t-il, encore sous le choc de la taille du manoir.

– Non, assura-t-elle avec un sourire amusé. Tout comme monsieur Pelletier, le destin m'a guidée jusqu'ici.

– Sylvain Paré, je te présente Ophélia Ivanova.

– Comme dans Hannah Ivanova ?

– C'était la sœur de ma grand-mère, Louliana.

– Cela veut-il dire que vous êtes…

– Une fée.

– J'adore tes fréquentations, Christian, se réjouit Sylvain.

– Attends de rencontrer le reste de l'équipe.

– Je connais déjà monsieur Maïkan. Qui sont les autres ?

– Sachiko Aoki, Lyette Bastien, Alexei Kalinovsky et sa nièce, Alexanne.

– Qu'est-ce que tu attends pour me présenter les petites nouvelles ?

– Il est plutôt tard…

– Mais nous ne dormons pas, annonça une voix féminine en provenance de l'étage supérieur.

Lyette descendit l'escalier en compagnie de sa petite-fille.

– Justement, les voilà, signala Christian.

Il présenta son ami aux maîtresses des lieux.

– Journaliste du paranormal, s'égaya Lyette. Il faut posséder une bonne carapace et une foi inébranlable pour exercer un tel métier.

– Ce sont seulement deux de ses qualités, affirma Christian.

– Que lui avez-vous dit sur moi ?

– Que vous dirigiez un centre d'études sur les manifestations du mal.

– La loge Adhara, c'est bien ça ?

Lyette acquiesça d'un léger mouvement de tête.

– J'ai fait des recherches et tout ce que j'ai trouvé sur Adhara, c'est le nom traditionnel d'Epsilon Canis Majoris, un terme sanskrit signifiant support et centre de pouvoir spirituel, utilisé notamment en yoga, et le nom d'un modèle d'hydravion amphibie.

– Je l'ai choisi en rapport avec vos deux premières définitions, monsieur Paré.

– À quelles sortes d'études procédez-vous ?

– Je ne vous en ferai part que si vous ne parlez jamais de moi et de cette loge dans vos articles, car je fais ce travail dans le plus grand secret.

– Je vous le jure sur mon honneur.

– On ne pourra plus jamais te sortir d'ici, le taquina Christian.

– Nous accompagnez-vous dans mon antre ? demanda Lyette aux autres.

– Je vais imiter monsieur Maïkan et aller dormir un peu, répondit l'ex-policier.

– Je reste au salon, fit pour sa part Ophélia.

– Moi aussi, indiqua Sachiko.

Lyette retira le coffre des mains de Christian et l'apporta avec elle dans l'ascenseur.

– Qu'allez-vous en faire ? lui demanda Sylvain, qui trépignait d'impatience à ses côtés.

– Le mettre en lieu sûr jusqu'à ce que son propriétaire vienne me le réclamer.

La porte s'ouvrit et la Huronne se rendit directement à un gros coffre-fort coincé entre ses ordinateurs. Elle pianota la combinaison, rangea la boîte métallique à l'intérieur, puis se tourna vers Sylvain, qui pivotait sur lui-même comme un enfant dans un magasin de friandises.

– Depuis quand rassemblez-vous des informations sur le monde parallèle ? finit par articuler le journaliste.

– Depuis que je suis toute petite. J'ai transféré toutes mes notes manuscrites dans des fichiers informatisés et j'ai continué mes recherches avec ces formidables outils.

– Quels sont les domaines que vous avez abordés ?

– Je possède des bases de données sur les perceptions extrasensorielles, les voyages interdimensionnels, les maisons hantées, les ovnis, les extraterrestres, les implants extraterrestres, l'aura, l'astrologie, le magnétisme, la canalisation, la cryptozoologie, la magie, la sorcellerie, les élémentaux, les esprits vaporeux, les ectoplasmes, les orbes, les fantômes, les apparitions, les esprits maléfiques, les poltergeists, le spiritisme, la possession, l'exorcisme, la réincarnation, les prémonitions, les expériences de mort imminente, les plans évolutifs, les archives akashiques, les cromlechs, l'astronomie, l'astrologie et l'archéologie.

– J'en ai le souffle coupé…

– Nous semblons partager la même passion.

– J'ai passé ma vie à faire des recherches puis à vulgariser mes résultats pour les rendre accessibles à monsieur et madame Tout-le-monde. Mon but a toujours été de prouver à la communauté scientifique que ce n'est pas parce qu'elle n'arrive pas à quantifier un phénomène que celui-ci n'existe pas.

– Alors, vous me ressemblez beaucoup, sauf que je n'ai ressenti le besoin de partager mes découvertes qu'avec d'autres chercheurs. Je veux comprendre le plus possible ce qui se passe dans les mondes invisibles afin de contrer les efforts des entités néfastes.

– C'est très louable.

Lyette prit le temps de lui montrer les fonctions de chaque ordinateur. Certains contenaient les bases de données et des accès externes, d'autres recueillaient des nouvelles partout dans le monde et ne l'alertaient que lorsqu'elles avaient un rapport avec ses sujets d'étude. Un seul servait à assurer les communications externes avec un nombre restreint de correspondants privilégiés.

– Je pourrais passer toute ma vie ici ! Vous possédez suffisamment de sujets de recherche pour m'occuper pendant des dizaines d'années.

– Si vous aimez mettre les choses en ordre, alors je serais intéressée de vous embaucher. Je ne cesse de réclamer l'aide de ma petite-fille depuis son retour du Japon, mais elle déteste l'informatique. Tout ce qui l'attire, c'est le combat.

– Moi, non. C'est une offre plus qu'alléchante, mais je vis en Montérégie avec ma femme et notre bébé. Je ne sais pas si elle accepterait de déménager dans la région.

– Prenez tout le temps qu'il vous faut. Je n'ai pas besoin d'une réponse ce soir.

– Pourrais-je jeter un tout petit coup d'œil à l'une de vos bases de données ?

– Laquelle ?

– Les voyages interdimensionnels, assurément.

Lyette pianota son code et lui donna un accès restrictif à ses recherches en la matière. Elle s'amusa de voir changer l'expression du journaliste alors qu'il apprenait beaucoup de choses sur un sujet dont ne parlaient pas souvent les gens.

Pendant que son ami d'enfance se régalait dans le centre d'études du grenier, Christian venait de s'allonger sur son lit en réfléchissant à tout ce qui s'était passé depuis qu'il s'était embarqué dans cette incroyable aventure. Son renvoi des forces policières lui avait permis de s'engager dans une lutte encore plus personnelle contre les criminels qu'il voulait neutraliser.

Le visage énigmatique d'Ophélia apparut alors dans son esprit. C'était une femme séduisante et désirable, mais qui vivait dans un monde qui lui faisait encore peur. Il se sentit alors fautif de s'être laissé embrasser comme un gamin alors qu'il venait à peine de quitter Mélissa...

Il étira le bras et s'empara du téléphone portable qu'il avait déposé sur la commode. Avec l'intention de se rassurer, il composa le numéro de son ancienne compagne.

– Dalpé.

– C'est Christian.

– Tu appelles à un bien mauvais moment. Nous sommes débordés.

– Je m'en doute, mais je voulais juste te dire qu'Alexanne s'en est sortie saine et sauve.

– Tant mieux. Christian, j'aimerais que tu arrêtes de m'appeler, d'accord ?

– Mais…

– Tu ne t'en rends probablement pas compte, mais ça me déchire les entrailles chaque fois que j'entends ta voix. Bonne chance dans ta nouvelle vie.

Elle raccrocha sans lui laisser le temps de s'expliquer. Le cœur serré, Christian remit le petit appareil à sa place. Son ancienne vie avait bel et bien pris fin.

Chapitre 28
Les mages de Thulé

Au matin, Lyette accueillit avec plaisir l'équipe de la loge à sa table. Il ne manquait que les Kalinovsky. Chacun s'occupa d'une partie du déjeuner, si bien que tous les éléments du repas furent prêts en même temps. Chayton bavarda avec Sylvain au sujet des prémonitions qu'il avait eues sur les inondations à Montréal et sur la Rive-Sud. Ophélia parlait tout bas dans l'oreille de Christian, qui souriait en beurrant son pain. La seule qui ne semblait pas heureuse de se trouver là, c'était Sachiko. Elle avalait son yogourt à petites bouchées en gardant la tête basse. Lyette avait remarqué sa mauvaise humeur, mais ce n'était pas dans ses habitudes de questionner quelqu'un sur ses états d'âme devant les autres.

La Huronne attendit que sa petite-fille descende dans sa salle d'entraînement au sous-sol pour l'y suivre discrètement. La violence avec laquelle Sachiko s'attaqua à son sac de sable surprit la grand-mère.

– Sachi, arrête ! ordonna-t-elle.

Habituée au Japon d'obéir à son *sensei*, la jeune femme s'immobilisa.

– Pourquoi es-tu dans un état pareil ?

– Je ne veux pas t'embêter avec ça, *sobo*.

– Ton bonheur est ma priorité numéro un, souviens-toi.

Lyette l'avait répété à la jeune femme depuis son enfance. Elle la prit par la main et l'emmena s'asseoir plus loin, sur le tatami.

– Je pensais avoir appris à maîtriser mes émotions durant toutes ces années au Japon, mais ce n'était qu'une illusion.

– Tu es en colère contre le démon qui vous a échappé ?

– Non. Je sais que nous finirons par l'avoir.

– Contre moi ?

– Oh non, jamais ! s'exclama Sachiko.

– Contre l'un de nos invités, alors ?

Les joues de l'Asiatique s'empourprèrent.

– Ce sont pourtant des gens charmants ! s'étonna sa grand-mère. Dis-moi lequel t'a offensée et je le mettrai à la porte.

– Ce n'est même pas sa faute.

– Pourquoi est-ce si difficile pour toi de te confier, ma chérie ?

– C'est quelque chose de très personnel…

– Je pense savoir de quoi il retourne, finalement. L'un d'eux fait battre ton cœur ?

– *Sobo*, je t'en conjure, ne fais pas une enquête.

– Il le faudra bien, puisque tu ne veux rien me dire.

Sachiko se leva d'un bond et se mit à marcher autour du sac de sable en se tordant les doigts de nervosité.

– Je ne voulais pas que ça arrive, mais j'ai commencé à admirer Christian Pelletier, finit-elle par avouer.

– Il n'y a pas de mal à ça, surtout qu'il vient de rompre avec sa petite amie.

– J'allais lui en glisser un mot, mais quelqu'un m'a devancée.

– Puisque ce n'est pas moi, c'est certainement Ophélia.

– Je les ai surpris en train de s'embrasser dans le salon, hier soir…

Des larmes se mirent à couler sur les joues de Sachiko.

– Ma pauvre petite, s'attrista Lyette en allant la prendre dans ses bras.

– Au fond, c'est ma faute, hoqueta-t-elle. J'ai choisi la vie d'un garçon manqué au lieu de devenir une femme…

– Mais qu'est-ce que tu racontes là ?

– J'ai appris à me battre au lieu d'acquérir des manières féminines.

– Écoute-moi, Sachi, exigea la grand-mère en prenant son visage trempé entre ses mains. Tu es la plus belle jeune fille que je connaisse, mais il est sans doute vrai que tu surveilles plus tes arrières que l'expression dans les yeux des hommes. Moi, j'ai vu l'admiration qu'éprouve monsieur Pelletier pour toi.

– C'est vrai ?

– Est-ce que je t'ai déjà menti ?

– Non, jamais…

– Par expérience, je peux t'assurer que les hommes sont bien souvent naïfs dans leurs relations avec le sexe opposé. Ils se laissent facilement séduire par un sourire ou une belle paire de jambes, mais ça ne dure jamais longtemps, parce qu'au fond, ils ont besoin, tout comme nous, d'une personne sur laquelle s'appuyer de temps à autre. Ils finissent toujours par épouser une femme forte.

– Ophélia est-elle une femme forte ?

– Je ne la connais pas encore très bien, mais si c'est une guérisseuse de la lignée de madame Kalinovsky, il y a de fortes chances qu'elle soit à la recherche d'un homme qui restera à la maison avec ses enfants. Si tu veux mon avis, ce n'est pas tout à fait le genre de monsieur Pelletier.

– Qu'est-ce que je dois faire ?

– À ta place, j'attendrais qu'il se lasse de la belle fée. Tenter de les séparer sans qu'ils soient allés au bout de cette petite aventure pourrait être vraiment désastreux.

Lyette essuya les larmes de sa petite-fille.

– Relève fièrement la tête et, de grâce, cesse de martyriser ce pauvre sac. Il ne t'a rien fait.

Le commentaire fit rire Sachiko.

– Madame Bastien ? fit la voix de Sylvain dans l'interphone.

La Huronne alla presser le premier bouton de l'appareil mural.

– Qu'y a-t-il, monsieur Paré ?

– Vous avez un visiteur qui dit se prénommer Assael.

– J'arrive tout de suite.

Sachiko ne prit pas le temps de se changer et suivit sa grand-mère au salon, dans son kimono de combat.

– Mes hommages, la salua Assael, assis au salon en compagnie de Christian, Ophélia, Chayton et Sylvain.

– Je suis heureuse de vous revoir. Sachi, pourrais-tu aller chercher la boîte métallique dans le coffre-fort ?

– Bien sûr, *sobo*.

Pendant que sa petite-fille s'engouffrait dans l'ascenseur, Lyette prit place devant le mage blond.

– Parlez-nous davantage de la pierre, l'invita-t-elle.

– Il s'agit d'un très ancien moyen de communication, avant le développement de notre cerveau qui nous a permis de nous parler de façon télépathique, expliqua Assael. Vos ancêtres avaient commencé à faire d'importants progrès à ce niveau, mais les incessantes guerres et la mise à mort de ceux qui détenaient la connaissance ont fait régresser les humains.

– Je ne comprends pas… se troubla Sylvain.

– Veuillez me pardonner, monsieur Paré. Vous n'étiez pas là lors de notre première rencontre. Assael est un mage de Thulé.

– C'est l'un des noms que les humains nous ont donnés. En réalité, nous sommes originaires de la constellation que vous appelez Orion.

– Vous êtes des *Orionais* ? se risqua Christian.

– Des *Uru-annas*, le corrigea Assael. Puisque notre civilisation est très avancée, nous parcourons l'univers afin d'aider les planètes habitées à évoluer plus rapidement.

– Qu'avez-vous fait pour la Terre ? demanda Sylvain, qui regrettait de ne pas avoir pris son petit magnétophone avec lui.

– À notre arrivée ici, les humains étaient primitifs et ne pensaient qu'à leur survie. Nous avons commencé par leur apprendre à se protéger en construisant des cités de pierre, plutôt que des villages entourés de pieux. Nous leur avons fait cadeau d'un système d'écriture leur permettant de mettre leur histoire par écrit pour la postérité. Nous leur avons enseigné l'astronomie et les mathématiques.

– Malgré vos différences de densité corporelle ? s'étonna Chayton.

– Au début des temps, avant le grand bouleversement qui a fait chavirer les pôles et dérégler le magnétisme terrestre, nous étions comme vous.

– Le déluge dont parlent les textes sacrés ? voulut s'assurer Sylvain.

Sachiko entra dans la pièce et déposa le coffret métallique sur un guéridon au centre du groupe, puis alla s'asseoir sur le sol, près de sa grand-mère.

– C'était plutôt ce que vous appelez un tsunami. Un grave incident dans l'Atlantique a provoqué l'explosion d'une grande île et le déferlement de quantités effroyables d'eau marine. Ses répercussions jusqu'au cœur de la planète ont modifié son orientation magnétique. Les humains se sont heureusement adaptés à leurs nouvelles conditions de vie.

– Mais pas vous…

Assael hocha la tête pour lui donner raison. Il ne semblait cependant ni triste, ni affligé par ces événements du passé, sans doute parce que leurs protégés avaient finalement bien tourné.

– Nous nous sommes réfugiés sous la croûte terrestre, où nous pouvions contrôler notre environnement. Au fil des ans, nos savants ont découvert une façon de nous laisser sortir à la surface durant quelques heures.

– De quelle façon avez-vous créé des pierres que rien ne peut altérer ? le questionna Christian.

– Elles ressemblent à des roches volcaniques, mais en réalité, elles ne sont pas tout à fait minérales. Elles ont été formées par de la poussière d'un minerai comparable à votre silice et des harmoniques.

– Des sons ? s'étonna Christian.

– Vous avez perdu cette science il y a quelques milliers d'années, mais vos ancêtres nous ont vus bâtir des temples entiers grâce à des fréquences sonores qui pouvaient non seulement former des pierres, mais aussi les transporter sans effort là où elles devaient être déposées.

– C'est fascinant… laissa échapper Sylvain.

– Les *insimuls* avaient pour fonction de transmettre la voix et l'image, comme vos téléphones d'aujourd'hui. Lorsqu'elles sont tombées entre les mains de vos ennemis, nous les avons reprises une à une et nous les avons cachées sous terre.

– L'enfant qui a trouvé celle-ci dit l'avoir repêchée dans une rivière, se souvint Christian.

– Sans doute un cours d'eau sortant du sol qui l'a entraînée à l'extérieur.

– Attendez une petite minute, les coupa Sylvain. Quels ennemis ?

– D'autres civilisations des étoiles se sont établies sur votre planète, certaines bienveillantes, d'autres non. Ces dernières sont responsables de bien des guerres inutiles.

Les membres de la loge fixaient tous le coffre. L'objet qu'il contenait avait été manipulé par des extraterrestres et par les premiers habitants de la Terre…

– Le sorcier a dit que les mages de Thulé s'en servent pour les espionner, se rappela Christian.

– Puisque nous ne pouvons pas nous approcher de ces créatures dont la densité est si contraire à la nôtre qu'elle cause notre perte, nous avons décidé d'utiliser les *insimuls* à d'autres fins.

– Nécessité fait loi, commenta Lyette.

– En nous informant de leurs plans, nous sommes parfois en mesure d'intervenir.

– C'est raté pour les ponts, soupira l'ex-policier.

– Nous sommes vraiment désolés, mais nous vous aiderons à les rebâtir, au moment opportun.

– Quand les démons ne seront plus un obstacle, comprit Chayton.

– Commençons par celui qui a failli nous tuer, suggéra Christian. Pourrions-nous utiliser la pierre pour l'attirer dans un piège ?

– Sans doute, si vous arrivez à la faire fonctionner.

– Justement, puisque vous êtes l'un de ses créateurs, peut-être se laissera-t-elle amadouer ? avança Lyette.

– Pourriez-vous nous montrer ce qu'elle peut accomplir sans mettre votre vie en péril ? s'enquit Sylvain, qui mourait d'envie de voir l'objet à l'œuvre.

– En fait, la pierre n'est dangereuse que si on la met en fonction de transmission.

– Monsieur Maïkan a réussi à y entendre des voix, mais il n'a pas trouvé comment la programmer, lui apprit Christian.

– Parce que vous n'avez pas développé les organes nécessaires, expliqua Assael.

Il baissa le regard sur le coffret métallique, qui s'ouvrit aussitôt même s'il était fermé à clé.

– Comment avez-vous réussi ça ? s'étonna Chayton.

– Grâce à des sons que vous ne pouvez pas percevoir.

La pierre noire vola tout doucement jusqu'à la main du mage blond.

– Nous avons également codé les *insimuls* pour qu'elles exécutent d'autres fonctions en notre absence.

– Pour réchauffer, éclairer, guérir les plaies, arrêter le sang, le devança Ophélia.

– Ainsi que pour poser un diagnostic, ressouder les os et bien d'autres choses encore.

– C'était un très beau cadeau que vous avez offert à nos ancêtres.

– Il est malheureux que vous ayez eu à faire disparaître ces pierres, bien que je comprenne pourquoi, déplora Lyette.

– Pouvons-nous demander une petite démonstration ? osa Chayton.

– Certainement.

Assael fit signe à Lyette de s'approcher. Elle n'hésita pas une seule seconde et s'assit sur le pouf que le mage venait d'attirer jusqu'à lui. Il fixa son regard sur la pierre, qui reposait sur sa paume. Aussitôt, elle s'éclaira de l'intérieur jusqu'à devenir dorée. Il la déposa dans les mains de la Huronne et lui demanda de l'appuyer sur son ventre.

– Lorsqu'elle est de cette couleur, elle guérit, expliqua Assael.

Une fois que l'*insimul* eut repris son aspect de roche volcanique, Lyette la remit à son propriétaire. Sachiko fit alors un geste auquel personne ne s'attendait : elle sortit son poignard de son étui et s'entailla le bras. Avant que quiconque puisse réagir, Assael fit voler la pierre jusqu'à elle. Pendant sa trajectoire, elle s'anima d'une lumière écarlate. Un seul contact avec la peau de Sachiko et la plaie se referma instantanément.

– C'est miraculeux, s'émerveilla-t-elle.

– Nous les utilisions aussi pour nous éclairer.

De la pierre jaillit alors une belle lumière feutrée.

– Entre les mains des médecins, ces objets révolutionneraient l'art de soigner, déclara Ophélia.

– Malheureusement, ils ont aussi un grand potentiel de destruction. Certains de vos ennemis ont trouvé la façon de les transformer en bombes très puissantes.

Les regards des membres de la loge se tournèrent en même temps vers la pierre.

– Est-ce qu'on pourrait faire détoner l'*insimul* que le démon a en sa possession ? s'informa Christian.

– Oui, mais son rayon de dévastation engloberait plusieurs villes.

– Revenons donc au plan A.

– Désirez-vous qu'elle devienne un émetteur ?

– Pas tout de suite ! l'arrêta Sylvain. Nous devons d'abord trouver un endroit où nous pourrons détruire le sorcier sans mettre de vies en danger, puis réfléchir à la teneur de notre message. Cela pourrait prendre plusieurs jours.

– Pourrons-nous faire appel à vous lorsque nous serons enfin prêts ? demanda Lyette.

– Certainement.

– Dites-nous comment entrer en communication avec vous.

– Les vibrations du cerveau de monsieur Maïkan ressemblent encore suffisamment à celles de ses ancêtres pour que nous puissions nous parler, même si ce n'est qu'intuitivement. Lorsque vous aurez besoin de moi, demandez-lui de m'appeler.

– Nous laisserez-vous la pierre entre-temps ? espéra Sylvain.

– Oui, mais je la désactiverai pour qu'elle soit inutilisable si elle devait tomber entre de mauvaises mains.

– Ça va de soi.

L'*insimul* reprit son aspect inoffensif.

– J'ai déjà passé trop de temps avec vous, annonça le mage. Je dois partir, maintenant.

Il se leva et se dirigea vers l'entrée. Curieusement, Lyette ne bougea pas. Elle semblait absorbée par ses pensées. Sachiko se précipita donc à sa place pour raccompagner leur invité et, d'instinct, Christian la suivit. Ils venaient tous les deux de mettre le pied dans le vestibule lorsqu'ils virent Assael passer carrément à travers la porte principale.

Le duo demeura interdit un moment, ayant de la difficulté à assimiler ce qui venait de se passer, puis Christian alla prudemment toucher la porte. Elle était pourtant bel et bien solide.

– C'est peut-être ce qu'il voulait dire par densité différente, commenta l'ex-policier.

– Il peut donc entrer où il le désire, ajouta Sachiko.

– Comme les ninjas ?

– Ils sont doués, mais pas à ce point.

– Mettons-nous au travail. Il faut arrêter ce fou de Narciziu avant qu'il ne mette toute la province à feu et à sang.

Ils remontèrent au quartier général de la loge et Sylvain en profita pour photographier la pierre avant que Lyette la remette dans son coffre-fort. Assis autour de la table ronde, les nouveaux soldats de lumière devaient maintenant trouver leur prochain champ de bataille et les mots qui y attireraient leur ennemi.

– Il ne s'approchera pas d'un endroit dont l'énergie est positive, commença Ophélia.

– Avons-nous vraiment envie de l'affronter dans un lieu chargé de façon négative ? s'effraya Chayton.

– Certainement pas, le calma Lyette. Nous avons besoin d'un terrain neutre.

– Ou en apparence inoffensif, laissa échapper Christian.

– À quoi penses-tu ? le questionna Sylvain.

– Le cromlech.

– Nous sommes un peu loin de l'Angleterre, leur rappela Sachiko.

– Il y a un cercle de pierres près de la rivière, sur la propriété des Kalinovsky, leur apprit Christian. Nous l'avons déjà utilisé pour piéger un sorcier.

– Avez-vous réussi à le prendre ? demanda Ophélia.

– Pas cette fois-là, admit Sylvain. Mais c'était un bon plan.

– Est-il possible de s'y rendre à cette période de l'année ? s'enquit Chayton.

– Je n'en sais rien, répondit Christian. Je vais me renseigner auprès d'Alexei, qui connaît la région comme le fond de sa poche.

– Quelles informations transmettrons-nous à Narciziu ? se renseigna Sachiko.

– Que nous avons l'intention de nous allier aux mages de Thulé, proposa Christian, et que nous prévoyons de les rencontrer au cromlech.

– Je pourrais écrire un scénario que nous n'aurons qu'à lire le plus naturellement possible en présence de la pierre, suggéra Sylvain.

– Je ne suis pas d'accord avec l'endroit dont vous parlez, s'opposa alors Lyette. Si je me fie à tous les reportages que l'on présente en ce moment à la télévision, Narciziu est un démon qui a besoin d'un public. Les catastrophes qu'il orchestre sont toujours spectaculaires. À mon avis, il ne se déplacera pas dans une forêt perdue des Laurentides. Il faut le défier là où il croira pouvoir nous humilier devant toutes les caméras du monde.

– Il y a une multitude de possibilités, se découragea Ophélia.

– Mettez-vous au travail, exigea la Huronne.

Sylvain s'isola pour composer son texte, tandis que les autres s'installaient devant des écrans d'ordinateurs pour faire des recherches.

De son côté, Lyette retourna à sa chambre. Depuis qu'elle avait serré l'*insimul* contre sa poitrine, elle ressentait de bizarres sensations dans tout son corps.

À soixante ans, elle souffrait de rhumatismes et son foie lui faisait parfois la vie dure, mais Assael n'avait pas cherché à s'informer de sa condition physique avant de faire sa démonstration des facultés curatives de la pierre. Lyette se coucha sur son lit et s'endormit.

Chapitre 29
Vengeance

Les traumatisantes épreuves qu'elle venait de traverser eurent finalement raison d'Alexanne qui, après avoir complété ses travaux scolaires les plus urgents, resta pelotonnée sur le sofa devant le téléviseur. Elle s'était enroulée dans une chaude couverture, mais elle continuait d'avoir froid. La plupart des chaînes ne parlaient que de la destruction des ponts de Montréal. Les équipes de secours continuaient de ratisser le fleuve, mais elles ne trouvaient plus que des cadavres qui remontaient à la surface. Les véhicules qui s'étaient abîmés dans ses eaux glaciales s'enliseraient dans la vase à tout jamais.

Devant ces images cauchemardesques, la jeune fée ressentait une profonde tristesse. Toutes ces innocentes victimes, qui se rendaient au travail ou peut-être même chez des êtres aimés, avaient perdu la vie à cause d'un ignoble sorcier qui obéissait à des directives inhumaines. « Si Alexei n'a pas réussi à le tuer, qui le fera ? » se découragea-t-elle.

Coquelicot voleta jusqu'au salon et s'installa dans les plis de la couette, sur l'épaule d'Alexanne. Elle suivit le reportage en silence pendant quelques instants.

– Tu n'as rien trouvé de plus réjouissant ? lui reprocha la petite créature.

– Ce qui s'est passé hier changera notre société à tout jamais.

– C'est vrai. Si les ponts continuent à tomber, les gens arrêteront de venir à la campagne et les habitants des bois seront de nouveau maîtres chez eux.

– Arrête de ne penser qu'à toi, Coquelicot. Des gens sont morts par milliers ici et ailleurs dans le monde. C'est une véritable hécatombe…

– Pourquoi as-tu autant de peine ?

– Je n'en sais rien.

– Est-ce que tu les connaissais ?

– Non. Ça prendra des semaines aux autorités avant de dresser la liste de toutes les victimes. C'est pour l'humanité que c'est triste.

– Tu devrais regarder autre chose, sinon tu deviendras très déprimée.

– Tais-toi ou laisse-moi tranquille.

– On ne peut plus te parler ! grommela la petite fée en prenant son envol.

Dans leur rapport préliminaire, les experts déclaraient que les ponts n'étaient pas tombés à cause d'un tremblement de terre, car aucune activité sismique n'avait été enregistrée dans la région. Les images captées par des téléphones portables autant à partir du sol que des rampes d'accès semblaient indiquer que des charges d'explosifs avaient été posées partout sous les travées centrales.

On sonna à la porte, mais Alexanne ne broncha même pas. Si c'était l'un des membres de la loge, elle lui expliquerait qu'elle n'avait pas le cœur à discuter des événements de la journée précédente. La voix d'Alexei lui parvint :

– Elle est dans le salon.

Alexanne n'eut pas le temps de plonger dans les coussins pour se cacher que son visiteur entrait dans la pièce.

– Est-ce que ça va ? demanda Matthieu.

L'adolescente se débarrassa de la couverture et sauta dans les bras de son ami. Matthieu la serra de toutes ses forces sans rien dire.

– Quand mon père m'a envoyé la vidéo de la fille qui s'accrochait au patin d'un hélicoptère en plein ciel et qu'il m'a dit que c'était toi, j'ai failli mourir, chuchota le jeune homme.

Ils restèrent un long moment au milieu du salon à s'enlacer en silence.

– Comment en es-tu arrivée là ? se fâcha alors Matthieu. Est-ce la faute de l'inspecteur Pelletier ?

– Mais non ! s'exclama Alexanne en se libérant de son étreinte. Les terroristes m'ont enlevée ici-même où je me croyais en sûreté ! Christian, Alex et Sachiko ont tout de suite volé à mon secours, mais mes ravisseurs avaient trop d'avance sur eux.

– Pourquoi ces assassins s'en sont-ils pris à toi ?

– Sans doute à cause de la pierre noire.

– Quelle pierre ?

Alexanne emmena son ami s'asseoir et lui raconta toute l'histoire à partir du début. Matthieu l'écouta religieusement, non sans cacher son mécontentement.

– C'est ton attirance pour le danger qui m'effraie le plus, avoua-t-il lorsqu'elle s'arrêta.

– Tu crois que je recherche volontairement ce genre de situation ?

– Si tu n'avais pas gardé cette foutue pierre, rien de tout ça ne serait arrivé !

– C'est ma curiosité et mon besoin d'aider les gens qui m'ont poussée à agir comme ça.

– Alexanne, il faut que ça cesse.

– Je ne le fais pas exprès…

Matthieu soupira avec agacement, ce qui déplut à la jeune fée.

– Si tu veux que nous restions ensemble, tu vas devoir me promettre quelque chose dès maintenant, l'avertit-il. Le jour de tes dix-huit ans, nous partirons vivre ensemble à Québec, loin des loups-garous, des vampires et des démons.

– Parce que tu crois qu'il n'y en a pas à Québec ?

– Nous nous installerons dans un autre pays, s'il le faut.

– Je veux bien te faire cette promesse, mais peu importe où nous choisirons de nous établir, tu dois t'attendre à ce que des trucs bizarres nous arrivent, parce que je suis une fée et que je ne peux rien y changer.

– Comment pourrons-nous avoir une existence heureuse et paisible si tu n'y mets pas un peu du tien ?

– Il faut que je choisisse comme partenaire un homme équilibré, capable de s'occuper de la maison et des enfants pendant que je les protégerai du mal.

Matthieu secoua la tête, découragé.

– Que tu le veuilles ou non, Mou, les ténèbres existent. Tu l'as vu toi-même à la télévision. Et ses serviteurs ne s'attaquent pas seulement aux fées et aux autres soldats de lumière, ils n'hésitent pas à immoler des milliers d'innocents pour plaire à leur insatiable maître. C'est mon destin de veiller à ce qu'ils soient refoulés en enfer.

– Pourquoi fallait-il que ça tombe sur toi ?

– Moi et ma tante, Alexei, ma cousine Ophélia, Christian Pelletier, Sylvain Paré, Chayton Maïkan, Sachiko et madame Bastien. Aucun de nous n'a consciemment choisi de défendre cette planète contre ses ennemis. Mais si nous ne le faisons pas, que se passera-t-il ? La belle vie tranquille dont tu rêves ne sera plus possible. S'ils arrivent à dominer le monde, les démons nous soumettront à leurs lois. Ils dévasteront nos terres, brûleront nos maisons et immoleront nos enfants. Nous n'avons pas le choix : nous devons les combattre.

– Vu comme ça…

– Même si tu me quittais aujourd'hui et que tu tombais amoureux d'une autre fille, si je ne fais pas mon travail de Vengeur, tu n'auras pas plus de vie avec elle. Je ne suis pas une autruche, Matthieu. Je ne me plonge pas la tête dans le sable en situation de crise. Je suis un aigle qui fonce pour faire reculer ses adversaires.

– Dans ce cas, je dois être un poussin… murmura-t-il.

– Il n'y a pas de mal à ça. Même le rapace que je suis a besoin de la tendresse et de la compréhension d'un poussin.

– Es-tu bien certaine de pouvoir repousser tout ce que l'enfer nous enverra ?

– Plus je prends de l'expérience et mieux je me défends. Et puis, nous ne sommes pas complètement seuls dans cette guerre divine. Nous avons des alliés.

– Je ne veux plus te voir suspendue dans le vide… s'effraya Matthieu.

– Alors, nous n'achèterons pas de téléviseur et nous n'aurons pas Internet.

– Tu dis n'importe quoi.

– Non. Je te dis que je t'aime.

– Moi, je te dis que je m'inquiète pour toi.

– Tu es tellement mignon.

Alexanne alla chercher un baiser sur ses lèvres. Matthieu commença par reculer, croyant qu'elle se moquait de lui, puis se laissa embrasser.

À l'étage supérieur, pendant que leur petite fille dormait dans son berceau, Danielle examinait les cicatrices fraîches sur la poitrine d'Alexei en s'efforçant d'être brave.

– Aurait-il pu te tuer ? murmura-t-elle.

– Aucun démon ne viendra à bout de moi.

– Même ceux qui possèdent des facultés mille fois plus puissantes que les tiennes ?

– C'est impossible.

– Tu me fais peur quand tu te prends pour un surhomme.

– Il est important pour moi de défendre ma famille. Je sais bien qu'il y aura toujours des malfaiteurs, mais si nous ne faisons rien pour les arrêter, il finira par y en avoir trop. Il faut les prendre un à un et espérer qu'un jour, il n'en restera plus. Nous devons arrêter ce Narciziu qui détruit tout sur son passage. Quelqu'un qui balance des voitures dans une rivière en plein hiver n'a pas de conscience. Il y avait peut-être de petits bébés comme Anya dans ces véhicules.

– Tu me fais penser à moi quand je travaillais pour les services sociaux. Même si j'étais consciente que certains enfants ne pouvaient pas être sauvés, je travaillais d'arrache-pied pour leur fournir de meilleures conditions de vie…

– Alors, tu comprends ce que je ressens. Je ne peux pas prédire ce que notre fille fera de sa vie, mais si le monde à l'extérieur de Saint-Juillet a disparu, elle n'ira pas loin.

– Oui, tu as raison. Il faut arrêter Narciziu… pour Anya.

– Et pour toi.

Alexei l'embrassa amoureusement.

– Tu me jures que ces blessures sont bel et bien refermées ?

– Je te le jure.

Le téléphone de la maison se mit alors à sonner, mais le couple n'y répondait jamais, car ils n'entretenaient plus de contacts avec l'extérieur. De toute façon, les rares fois où les appels étaient pour eux, la sœur ou la nièce d'Alexei venait les prévenir.

Ce fut finalement Alexanne qui se décolla de Matthieu pour saisir le téléphone sans fil sur la table basse.

– Oui, allô ! lança-t-elle gaiement.

– Alexanne… fit tout bas la voix chevrotante d'une enfant.

– C'est moi. Qui parle ?

– Sara-Anne…

– Je t'entends à peine.

– Je ne peux pas parler plus fort… Je suis cachée… J'ai peur…

– Tu as peur de quoi ?

– De l'homme qui est arrivé chez nous… Maman m'a dit qu'il ne devait pas me trouver…

Matthieu vit blêmir Alexanne d'un seul coup.

– J'ai pris le téléphone et je me suis glissée sous l'escalier…

– Où est cet homme en ce moment ?

– Je ne sais pas…

– As-tu eu le temps de le voir ?

– Non… mais je l'ai entendu… et je suis sûre que c'est l'homme dans la pierre…

« Narciziu… » devina l'adolescente, effrayée.

– Sara-Anne, ne bouge surtout pas de là et fais le moins de bruit possible. Reste en ligne avec moi. Je vais appeler de l'aide sur un autre téléphone, d'accord ?

– D'accord…

Alexanne tendit la main à Matthieu, qui y déposa immédiatement son téléphone portable. Sans perdre de temps, la jeune fée composa le numéro de Christian.

– Pelletier.

– Dieu merci, vous êtes là ! laissa tomber Alexanne, soulagée. Narciziu est en train de s'en prendre aux Wakanda !

– Comment le sais-tu ?

– Sara-Anne est en communication avec moi sur le téléphone de la maison. Je vous parle sur celui de Matthieu. Je vous en prie, faites quelque chose !

– Dis-lui de rester figée et de ne pas réagir aux appels ou aux mensonges de qui que ce soit avant que je sois sur les lieux. Précise-lui que je ne suis pas à Montréal et que je mettrai au moins deux heures à me rendre chez elle. Elle doit tenir le coup.

– Bien reçu.

Christian raccrocha et quitta précipitamment son poste devant l'ordinateur en annonçant qu'il avait une fillette à secourir.

– Pouvons-nous y aller avec toi ? demanda Ophélia.

– Les pouvoirs d'un médium ne me seront d'aucun secours. Il y a un tueur dans la maison de cette enfant et je crois que c'est Narciziu.

L'ex-policier s'engouffra dans l'ascenseur. Vive comme l'éclair, Sachiko se faufila près de lui juste au moment où la porte se refermait.

– Je ne suis pas un médium, lui dit-elle en relevant fièrement la tête.

Elle le suivit au pas de course jusqu'à son véhicule et s'abstint de commentaire sur sa façon de conduire plutôt téméraire sur l'autoroute.

– C'est la fillette qui a trouvé la pierre, n'est-ce pas ? demanda-t-elle finalement, tandis qu'ils atteignaient la ville.

– Oui et si c'est bien Narciziu qui est en train de la terroriser, ça veut dire qu'il a commencé à remonter la chaîne des personnes qui ont eu l'*insimul* en leur possession.

– Qui sont les prochains ?

– Alexei Kalinovsky, mais il le recevra de pied ferme s'il ose mettre les pieds chez lui. Ensuite, ce sera sans doute moi, puis Chayton.

– Nous y avons tous touché.

– Je ne le sais que trop bien…

Christian se rappela que la pierre avait même passé quelque temps dans l'appartement de Mélissa…

– Quel est votre plan ?

– Je crains que Narciziu ait depuis longtemps quitté les lieux quand nous y arriverons, alors il ne sera sans doute pas nécessaire de le combattre. Ce qui importe, c'est de trouver et de sauver la petite et sa mère.

Lorsqu'ils arrivèrent enfin sur la rue des Érables, la lumière des gyrophares des voitures de police les aveugla. Christian gara le VUS dans le premier espace de stationnement qu'il trouva et fit le reste du chemin à pied, Sachiko juste derrière lui. Les policiers qui questionnaient les voisins le reconnurent et ne l'empêchèrent même pas de franchir le ruban jaune, même s'il n'était plus officiellement officier. Discrète et silencieuse, l'Asiatique s'était fondue dans son ombre.

Christian entra dans l'appartement, qu'il ne reconnut pas tellement il était sens dessus dessous. Tout était cassé : les meubles, les bibelots, le téléviseur. Son regard s'arrêta finalement sur le corps de la femme dont on était en train de prendre des photos. C'était Judith, la mère de la petite.

– Qu'est-ce que tu fais ici ? l'apostropha une voix familière.

Il se tourna lentement vers Mélissa, qui sortait du couloir des chambres.

– J'ai reçu un appel.

– De la victime ?

– De sa fille.

– Il n'y a personne d'autre dans l'appartement.

– Elle se cache.

– Tu n'es plus enquêteur, Christian. Sors d'ici.

– Pas avant d'avoir trouvé l'enfant et je ne le fais pas en tant que policier.

– Les civils n'ont pas le droit d'entrer sur une scène de crime, tu le sais mieux que quiconque.

– Donne-moi cinq minutes, pas plus.

– Christian…

Il fit mine de ne pas voir la colère qui rougissait les joues de son ancienne maîtresse et poursuivit sa route dans la maison. Sachiko avait fait bien attention de ne pas attirer le regard de la femme policier en se faufilant à la droite de Christian. Ils regardèrent sous le lit et dans la penderie de la chambre, qui avait subi le même sort que le salon. Le téléphone de l'ex-policier vibra alors dans sa poche et il découvrit un texto de la part de Matthieu : SOUS L'ESCALIER.

Christian découvrit une toute petite porte qui devait servir de rangement. Il l'ouvrit prudemment et entendit sangloter.

– Sara-Anne, c'est moi, Christian.

– Oui, il est là… murmura-t-elle à Alexanne, avec qui elle était toujours au téléphone.

Il entendit la fillette se tortiller dans le réduit jusqu'à ce que son visage apparaisse dans l'ouverture. Elle fit glisser ses bras de chaque côté de sa tête. Dans une main, elle tenait un téléphone sans fil. Christian l'aida à sortir de l'espace exigu et l'attira sur sa poitrine.

– Est-ce que tu es blessée ? demanda-t-il.

– Non, affirma-t-elle en se blottissant contre lui.

– Je peux parler à Alexanne ?

Sara-Anne plaqua le récepteur contre l'oreille de l'ancien détective.

– Tout va bien. Je m'occupe d'elle.

– Ça me fait plaisir de l'entendre ! s'exclama la fée, soulagée. Donnez-moi des nouvelles.

Christian raccrocha et lança l'appareil sur le lit.

– Où est maman ?

– Nous allons en parler ailleurs qu'ici, d'accord ?

L'ex-policier colla la joue de l'enfant contre lui, en sens opposé du salon, et fit un pas. Il arriva nez à nez avec Mélissa.

– Ce n'est pas ton enquête, lui répéta-t-elle.

– Cette petite personne n'est pas une victime et je l'emmène avec moi pour la rassurer.

Les anciens amants s'affrontèrent un instant, puis Christian contourna Mélissa pour sortir avant que Sara-Anne puisse voir l'horrible scène de crime.

– Pourquoi y a-t-il autant de voitures de police ? s'alarma la petite.

– Parce qu'il s'est passé quelque chose de terrible chez toi.

Christian déposa Sara-Anne sur le capot d'une des voitures. Il enleva son manteau et le mit sur ses frêles épaules.

– Tu vas devoir être très brave, ajouta-t-il.

– C'est maman...

– Elle s'est battue pour te protéger.

– Non...

– Elle est partie rejoindre ton papa au ciel.

– Je veux la voir ! cria Sara-Anne.

– Je te promets que tu la verras, mais pas maintenant.

– C'est l'horrible monstre qui l'a tuée ? sanglota-t-elle.

– Oui… et si tu ne t'étais pas cachée, tu aurais subi le même sort.

– Mais je serais avec maman.

Elle se colla contre l'ex-policier sous le regard attendri de Sachiko. Non loin, Mélissa observa la scène avant de s'approcher de Christian.

– Je vais devoir la ramener avec moi, annonça-t-elle.

– Il n'en est pas question.

– C'est un témoin.

– Elle n'a rien vu.

– Tu n'es ni son père, ni un proche parent, ni…

– Il y a un McDonald's au coin des rues Masson et d'Iberville. Viens nous y rejoindre quand tu auras fini ton travail ici.

Il cueillit l'enfant dans ses bras et se dirigea vers son véhicule.

Chapitre 30
Venin

Sachiko laissa Sara-Anne monter devant dans le VUS avec la seule personne qui lui inspirait confiance. Heureusement, le restaurant ne se trouvait pas trop loin. Christian emmena la petite à l'intérieur et l'installa dans le coin le plus reculé. Il la laissa pleurer, lui fournissant des mouchoirs en papier à profusion, et attendit qu'elle se soit calmée.

– Aimerais-tu boire quelque chose ?

– Un chocolat froid… hoqueta la petite.

Sachiko bondit de son siège pour aller lui en chercher un.

– J'aimerais savoir ce qui s'est passé chez toi ce soir, Sara-Anne, mais si tu ne te sens pas capable de me le raconter, nous en reparlerons plus tard, lui assura Christian.

– C'était vraiment bizarre… Je regardais la télévision avec maman quand il y a eu des coups sur la porte. Nous étions surprises parce qu'il était tard et parce qu'il ne vient jamais personne chez nous.

– Ta mère est allée répondre ?

– Oui. Je l'ai entendue parler à l'homme, d'abord tout bas, puis elle a semblé se fâcher. Elle m'a crié : « Sara, cache-toi ! »

Sachiko déposa la boisson froide devant l'enfant.

– Merci.

Christian attendit que la petite ait déplié la paille, qu'elle la plonge dans le lait au chocolat et qu'elle prenne une première gorgée avant de poursuivre son interrogatoire.

– Comment as-tu su où aller te cacher ?

– Maman et moi, nous parlions souvent de ce qu'il fallait faire en cas d'urgence. J'ai pris le téléphone et j'ai rampé en dessous de l'escalier. Le trou est tellement petit que personne ne peut y entrer sauf moi.

– Tu n'as pas vu le visage de l'homme ?

– Non, mais je l'ai entendu crier dans le salon. C'est celui qui parle dans la pierre.

« Narciziu », ragea intérieurement l'ex-policier.

– Est-ce que c'est à cause de lui que maman est morte ? demanda Sara-Anne.

– Je n'en sais rien, mais l'enquête va certainement nous le dire.

– Allez-vous me ramener chez moi ?

– J'ai bien peur que ce soit impossible.

– Qu'est-ce qui va m'arriver ?

– Je vais t'emmener avec moi. Est-ce que tu aimerais passer quelques jours chez Alexanne, pendant que nous démêlons tout ça ?

– Oh oui.

Dès que la fillette eut bu tout le berlingot, Christian la ramena au VUS.

– Vous avez donné rendez-vous ici à la femme inspecteur, lui rappela Sachiko.

– Elle a mon numéro de téléphone.

Ils montèrent dans le VUS et entreprirent de quitter la ville.

– Est-ce que c'est moi que l'homme-monstre cherchait ? s'enquit Sara-Anne, emmitouflée dans le manteau de son sauveteur.

– À mon avis, c'est la pierre qu'il voulait.

– Mais je ne l'ai plus depuis longtemps.

– Apparemment, il n'est pas au courant de ses déplacements.

Christian roulait lentement. Il écoutait les propos de la petite tout en surveillant attentivement les alentours. Le tueur avait frappé quelques heures auparavant. Il était possible qu'il soit toujours dans les environs. Au bout d'un moment, il remarqua qu'une voiture le suivait depuis qu'il avait quitté le restaurant. Pour s'assurer qu'il ne fabulait pas, l'ex-policier emprunta des rues secondaires peu fréquentées avant de se diriger à nouveau vers l'autoroute. Le véhicule suspect ne le lâchait pas d'une semelle. Ne voulant surtout pas mettre en danger la vie des résidents de ce quartier tranquille, Christian s'empressa de revenir sur une grande artère. Même si c'était contre la loi, il sortit son mobile de sa poche et appuya sur le numéro de Mélissa dans sa liste de contacts.

– Tu m'as dit que tu serais au restaurant ! se fâcha-t-elle en répondant.

– Je ne voulais pas rester dans le coin trop longtemps, alors je me suis mis en route pour Saint-Juillet.

– C'est là que tu habites ?

– Pour l'instant. Écoute, Mel, on me file.

– Le meurtrier ?

– C'est ce que je crois.

– Où te trouves-tu exactement ?

– Je suis en train d'accéder à l'autoroute transcanadienne.

Mélissa garda le silence pendant un moment, mais Christian ne la pressa pas. Il savait qu'elle était en train d'échafauder un plan pour capturer le criminel.

– Descends sur le boulevard Crémazie Ouest, puis prends la rue de Beauharnois, jusqu'à ce que tu voies le terrain vague avant le viaduc. Nous t'y attendrons.

– Bien reçu.

Christian déposa son téléphone sur le tableau de bord et ralentit davantage sa vitesse en se concentrant sur les panneaux de signalisation. L'autre voiture prit la même sortie que lui.

– Est-ce que c'est grave ? demanda Sara-Anne.

– Pas encore, mais ça pourrait le devenir.

– Qu'est-ce que je dois faire ?

– Il faudra m'obéir sans poser de questions.

– D'accord.

Le point de rencontre se situait à cinq kilomètres à peine de la position actuelle du VUS et Christian commença à se demander si ses anciens collègues auraient le temps de s'y rassembler. Il ne pouvait pas non plus trop réduire sa vitesse, sinon son poursuivant ne ferait qu'une bouchée de lui. Le mieux était de se rendre à l'endroit choisi et de l'affronter seul, au besoin.

Christian aperçut le terrain vague à sa droite, mais aucune présence policière. « Mélissa a dû mal évaluer la distance », songea-t-il. Il s'y aventura quand même, conscient que son véhicule était mieux chaussé que celui de son poursuivant, et se rendit aussi loin qu'il le pouvait avant de se retourner pour faire face à son ennemi. La limousine s'immobilisa sur-le-champ. Christian demeura silencieux et attentif. Il vit alors apparaître une boule de feu à l'extérieur de la fenêtre du passager du sombre véhicule.

– Dans le fond de la voiture ! hurla l'ancien détective en écrasant l'accélérateur en même temps qu'il tournait rapidement le volant.

Il évita l'impact de justesse.

– Sachiko, allez vous cacher derrière cette butte de neige là-bas ! ordonna-t-il.

La jeune Asiatique bondit hors du camion, ouvrit la portière de Sara-Anne et attira cette dernière dans ses bras. Pour masquer leur fuite, Christian alluma ses feux de croisement et avança en positionnant le VUS devant elles. Même s'il devait lui arriver malheur dans ce lieu isolé, il savait que Sachiko se débrouillerait pour conduire Sara-Anne chez les Kalinovsky.

Persuadé que les policiers allaient bientôt envahir les lieux, l'ancien détective décida de jouer le tout pour le tout. Il sortit son Glock de la boîte à gants, baissa la vitre de sa portière et fonça sur la limousine. Un autre projectile enflammé se forma. Christian obliqua à la droite de la voiture pour éviter la boule de feu et tira dans la fenêtre du conducteur. Son sang se glaça aussitôt dans ses veines lorsqu'il reconnut le visage de ce dernier malgré le sang qui venait de gicler sur le panneau de verre !

– Mélissa ? s'étrangla-t-il.

Christian donna un violent coup de roue qui fit effectuer un virage de cent quatre-vingts degrés à son véhicule. Il vit alors tomber le corps de sa maîtresse dans la neige par la porte du conducteur qui s'était ouverte. La limousine se retourna alors vers le VUS. Christian mit immédiatement son véhicule à l'arrêt et se précipita dehors. Serrant son arme à deux mains, il se mit à tirer dans le pare-brise de son adversaire. En passant près de lui, le nouveau conducteur lui lança un projectile enflammé. Réagissant à son instinct, l'ancien détective se laissa tomber à plat ventre. Il se tourna vivement sur le côté et vida le reste du chargeur dans la vitre arrière de la limousine.

Convaincu que son agresseur allait effectuer un virage pour revenir l'écraser, Christian se leva et l'attendit bravement, mais à son grand étonnement, le criminel quitta les lieux sans demander son reste. L'ex-policier se retourna lentement en posant un regard infiniment triste sur Mélissa. Il laissa tomber son arme et s'agenouilla près d'elle.

– Mais qu'est-ce que tu faisais avec lui ? pleura le pauvre homme, anéanti.

– Christian… murmura-t-elle.

Il repoussa les mèches ensanglantées sur son visage.

– Conserve tes forces.

Conscient que le temps pressait, il fouilla le fond du VUS et finit par trouver son téléphone portable.

– Christian… l'appela Mélissa.

Les doigts de l'ancien détective tremblaient tellement qu'il n'arrivait pas à composer le 911. Il se jeta à genoux près de la mourante.

– C'est trop tard… Écoute-moi…

Il se fit violence pour ne pas la prendre dans ses bras, car cela aurait pu l'achever.

– Il est venu chez moi, ce soir…

– Et je n'étais pas là pour te protéger, sanglota-t-il.

– Il a planté ses doigts dans mon cœur…

– Non…

– Je ne dirigeais plus mes gestes… pardonne-moi…

Le regard de Mélissa s'immobilisa. Christian se pencha pour fermer ses paupières, mais le corps de la jeune femme se transforma en cendres. L'ex-policier recula, horrifié.

– Christian ! l'appela Sara-Anne.

– Vous pouvez revenir, indiqua-t-il au bout d'un moment.

Il entendit les pas de l'enfant, mais resta immobile devant la trace de poussière sur la neige.

– On dirait une personne, remarqua la fillette.

– Qui était-ce ? s'enquit Sachiko, qui, contrairement à Sara-Anne, n'avait fait aucun bruit en s'approchant.

– Mélissa…

– La femme détective que nous avons vue tout à l'heure ? s'étonna l'Asiatique.

Christian se contenta de hocher la tête.

– Montez dans la voiture… murmura-t-il.

Sachiko remarqua le Glock plus loin sur le sol et le ramassa avant de prendre Sara-Anne par la main et de la faire monter sur la banquette arrière du VUS, où elle serait davantage en sûreté. Christian revint s'asseoir derrière le volant, abattu.

– Je sais conduire, fit Sachiko.

– Ça va aller… Donnez-moi un petit moment…

Il ferma les yeux, prit une profonde inspiration et remit la voiture en position de marche. Il quitta le terrain vague et remonta sur la rampe de l'autoroute transcanadienne. Il était si silencieux que Sara-Anne finit par s'endormir derrière lui. Quant à Sachiko, elle surveillait le visage de son coéquipier pour s'assurer qu'il ne sombrait pas dans la détresse.

– Elle était plus que votre compagne de travail, n'est-ce pas ? demanda-t-elle, surtout pour le garder réveillé.

– Nous vivions ensemble jusqu'à ce que je sois congédié.

– Pourquoi se trouvait-elle là… et en cendres ?

– Narciziu s'est emparé de son âme en enfonçant…

Christian s'arrêta net en se remémorant les derniers événements.

– Il a fait la même chose à Alexei ! s'exclama-t-il, effrayé.

– Vous pensez qu'il pourrait être possédé ?

– Il l'a déjà été, autrefois…

Pendant tout le reste du trajet, Christian s'inventa des scénarios plus horribles les uns que les autres. Tous les membres de la loge avaient touché à l'*insimul* ! L'équipe disparaîtrait-elle aussi rapidement qu'elle s'était créée ?

En quittant l'autoroute pour emprunter le chemin qui menait à Saint-Juillet, l'ex-policier reprit son sang-froid et vérifia qu'il n'était pas suivi avant d'aller plus loin. Il s'aventura très lentement sur la route où habitaient les Kalinovsky. Il n'y avait pas de nouvelles traces de pneus sur la chaussée. Mieux encore, il était impossible de cacher une voiture, et surtout une limousine, où que ce soit sur cette route, où aucune entrée n'était déneigée.

– Il n'est pas là, confirma Sachiko.

Christian cueillit la fillette dans ses bras et la transporta jusqu'à la porte principale. Tatiana leur ouvrit avant que Sachiko puisse appuyer sur la sonnette.

– Dites-moi où elle pourrait continuer de dormir et je vous raconterai tout, déclara l'ex-policier.

La guérisseuse prit les devants et lui ouvrit la porte d'une des chambres d'invités. Christian déposa doucement Sara-Anne sur le lit et Tatiana la couvrit d'une couverture.

– Venez vous asseoir au salon, l'invita-t-elle lorsqu'ils redescendirent l'escalier.

– J'imagine que vous n'avez pas d'alcool, soupira l'ancien détective en entrant dans la pièce.

Alexanne et Matthieu étaient assis sur la causeuse et se tenaient la main.

– Que s'est-il passé ? s'alarma l'adolescente.

Christian prit place dans le fauteuil à bascule pendant que Sachiko s'asseyait près de Tatiana sur le grand sofa.

– Narciziu a assassiné Judith Wakanda, laissa-t-il tomber d'une voix enrouée. Il est certainement à la recherche de la pierre, puisqu'il est ensuite allé chez Mélissa…

– Ne me dites pas que… s'horrifia Alexanne.

– Elle est morte, elle aussi, mais c'est moi qui l'ai tuée…

Christian éclata en sanglots amers et cacha son visage dans ses mains. Voyant que personne ne réagissait, Sachiko s'empressa d'aller lui masser les épaules pour le réconforter.

– Comment est-ce possible ? s'étonna Tatiana.

Alexei arriva sur le seuil du salon au moment où sa sœur terminait sa question.

– Il l'a ensorcelée… sanglota l'ex-policier. Il lui a fait conduire la limousine qui nous a suivis et attaqués… Je ne savais pas qu'elle était là avant d'avoir tiré…

Les Kalinovsky laissèrent pleurer leur ami un long moment. Il n'y avait que du vin dans la maison, mais puisque Christian insisterait sans doute pour retourner à la loge, Tatiana ne voulait surtout pas l'enivrer. Elle alla plutôt lui préparer une potion de son cru à la cuisine et la déposa sur la table basse du salon.

– Ce n'est pas du whisky, dit-elle à Christian lorsqu'il se calma enfin, mais cela vous redonnera du courage sans les effets secondaires de l'alcool.

Puisqu'il lui faisait entièrement confiance, le pauvre homme but le mélange de produits naturels jusqu'à la dernière goutte.

– C'était un accident, voulut le réconforter Matthieu.

Se rappelant les dernières paroles de sa maîtresse, Christian tourna brusquement la tête vers Alexei.

– Avant de rendre l'âme, Mélissa m'a dit que le sorcier avait pris possession d'elle en plantant ses doigts dans son cœur.

– Si tu as peur qu'il m'ait fait la même chose, rassure-toi. Il n'a pas eu le temps d'aller plus loin que mes côtes.

– Tu en es bien certain ?

– Si Narciziu avait fait de moi une de ses créatures, je ne serais pas ici en train de te parler. Je serais plutôt en train d'essayer de te tuer.

– C'est un bon point, reconnut Christian. Serez-vous capable de protéger la petite ?

– Sans difficulté, affirma l'homme-loup avec un sourire franc.

– Narciziu veut reprendre la pierre, alors il est allé chez les Wakanda, chez Mélissa et il pourrait bien se rendre jusqu'ici.

– Qui sont les autres personnes qui ont touché cet objet ? demanda Tatiana.

– Ophélia, Chayton, Lyette, Assael et même Sylvain. Heureusement, il n'y a plus de ponts pour aller à Sainte-Julie.

Alexanne eut un frisson d'horreur en pensant à ce que Narciziu aurait pu faire à Maryse et au petit Félix.

– Je vais retourner chez madame Bastien pour informer le reste de l'équipe de ce qui s'est passé, mais si jamais le sorcier s'approchait de votre maison, j'insiste pour que vous m'appeliez, même s'il est trois heures du matin.

– C'est promis, répondit Alexanne, au nom de tous les autres.

Christian se leva.

– Merci pour le remède miracle, dit-il à Tatiana. Je me sens vraiment plus courageux tout à coup. Est-ce que vous pourriez m'en préparer quelques litres ?

– Avez plaisir, monsieur Pelletier. Venez les chercher demain.

Alexei reconduisit son ami et Sachiko jusqu'au VUS garé dans la rue.

– Tu es certain que ça va aller ? voulut-il s'assurer.

– J'aimerais te dire que oui, mais je vais avoir beaucoup de difficulté à oublier ce que j'ai fait, ce soir.

– Je comprends, mais nous ferons payer celui qui essaie de ruiner toutes nos vies.

Les compagnons montèrent dans le VUS.

– Et si tu vois Narciziu sur la route, ajouta Alexei, fonce dessus.

– Avec plaisir.

Christian retourna au manoir sur la montagne, mais au lieu de marcher vers le porche, une fois sorti de son véhicule, il fit demi-tour vers la route. Sachiko s'arrêta et l'observa un moment.

– Où allez-vous ?

– Je veux prendre un peu l'air avant de rentrer.

– Puis-je marcher avec vous ?

– Je crains de ne pas être de très joyeuse compagnie.

– Je sais me faire discrète.

Elle l'escorta en silence pendant de longues minutes, se félicitant d'avoir pris cette décision, car son compagnon était complètement absorbé par ses pensées. Un ennemi aurait pu surgir sans qu'il le voie venir.

– Je ne pensais jamais dire ça, mais j'aimerais avoir des visions de ce qui nous attend, avoua-t-il, au bout d'un moment.

– Si nous savions ce que projette Narciziu, il serait certainement plus facile de lui tendre un piège.

– Lyette est d'avis que notre affrontement aura lieu dans un lieu public, mais ce soir, le sorcier a frappé dans deux appartements et un terrain vague.

– Il ne faut pas oublier non plus que les autres qui ont manipulé la pierre habitent cette région.

Christian s'immobilisa comme s'il venait d'avoir une idée de génie. Il pivota sur ses talons et revint vers le manoir. Sachiko se demanda si c'était la boisson de la guérisseuse qui lui donnait autant d'énergie. Lorsqu'ils entrèrent finalement dans la maison, l'équipe vint à leur rencontre dans le vestibule.

– Le ciel soit loué, vous êtes vivants ! s'exclama Chayton, soulagé.

– La petite est en sûreté, mais sa mère est morte, leur apprit Christian, qui avait réussi à reprendre son aplomb. Il y a de fortes chances que le sorcier revienne à Saint-Juillet pour se débarrasser des casse-pieds que nous sommes.

– Avez-vous un plan ? s'enquit Lyette.

Ils se dirigèrent vers l'ascenseur.

Chapitre 31
Ensorcellement

Ce qu'Alexei n'avait pas avoué à Christian, c'est qu'il ne se sentait pas très bien depuis son duel avec le sorcier dans l'usine désaffectée. Lorsque toute la maisonnée fut enfin au lit, il redescendit au salon et s'assit en tailleur devant l'âtre. Des frissons glacés parcouraient sa poitrine à intervalles réguliers. Alors, il s'isolait pour tenter de les enrayer. Son traitement énergétique fonctionnait pendant un certain temps, mais la mystérieuse sensation revenait quelques heures plus tard.

Une fois réchauffé, Alexei scruta la région avec ses facultés d'écholocation. Il n'y avait personne sur les routes et pas un bruit dans la forêt. Il s'allongea sur le sol et rappela à son esprit son combat contre Narciziu. Les balles de pistolet de Christian, le poignard de Sachiko et même ses propres mains n'étaient pas venues à bout du sorcier. Alexei conclut donc que la seule façon de le tuer, c'était de le mettre en présence d'Alexanne.

Au même moment, à la loge, malgré l'heure avancée, Christian, Sylvain, Ophélia, Lyette, Sachiko et Chayton échangeaient sur toutes les façons possibles de coincer Narciziu. L'ex-policier était resté muet pendant la discussion. Pourtant, il avait semblé bien décidé à régler cette affaire en rentrant à Saint-Juillet.

– À quoi penses-tu, Christian ?

– Les acolytes du sorcier devaient se trouver dans l'hélicoptère qui s'est écrasé, avança-t-il.

– Qu'est-ce qui te fait croire ça ?

– Il a recruté Mélissa.

– Tu divagues ?

C'est alors que l'ex-policier leur avoua son terrible secret.

– Je l'ai appelée pour lui demander des renforts quand je me suis aperçu que j'étais suivi à Montréal et elle m'a dirigé vers un terrain vague en m'assurant que des voitures de police m'y attendraient. Quand j'y suis arrivé, il n'y avait personne et la limousine nous y a coincés sans difficulté. J'ai fait sortir Sachiko et Sara-Anne du camion et j'ai foncé sur Narciziu. J'ai tiré dans la fenêtre du conducteur sans savoir que c'était Mélissa qui y était assise.

– Tu l'as…

– Elle est morte sous mes yeux, mais elle m'a dit que le sorcier l'avait forcée à lui obéir en lui plantant les doigts jusqu'au cœur.

– Qui était Mélissa ? demanda Lyette.

– Son ancienne petite amie, répondit Sylvain.

– Je suis vraiment désolée, Christian, s'attrista la Huronne.

– Elle est au moins délivrée du mal, tenta de se consoler l'ex-policier. Mais ce qui doit retenir notre attention, ce soir, c'est que Narciziu a fait la même chose à Alexei.

– S'il a réussi à l'ensorceler, nous sommes en grand danger, s'inquiéta Sylvain.

– Quand je l'ai vu tout à l'heure, il semblait en pleine maîtrise de lui-même.

– Mais il y a peut-être un déclencheur que le sorcier peut utiliser quand bon lui semble.

– Tout ceci est bien angoissant, mais nous devons revenir à notre souricière, leur rappela Ophélia.

– Si nous ne pouvons pas neutraliser un seul démon, alors aussi bien nous séparer tout de suite, insista Chayton.

– Ce qu'il nous faut savoir, c'est où se trouve maintenant Narciziu, indiqua Sachiko. S'il est en route pour les Laurentides, alors notre plan de le provoquer sur une place publique à Montréal ne s'applique plus. Nous devons penser à autre chose.

– À mon avis, c'est lui qui choisira le champ de bataille, laissa tomber Christian, tout comme il l'a fait avec moi. Je pense que nous n'avons pas vraiment le choix.

– Parlons plutôt de ce que nous pouvons faire pour l'arrêter, cette fois, suggéra Lyette.

Ils examinèrent toutes les possibilités pendant une heure pour finalement en arriver à la même conclusion qu'Alexei : l'utilisation d'un Vengeur s'imposait. Christian leur proposa alors d'aller dormir un peu tandis qu'il monterait la garde.

– Il faut bien que tu te reposes toi aussi, répliqua Sylvain.

– Dans ce cas, que l'un de vous vienne me relayer cette nuit.

Il quitta le groupe et prit l'ascenseur seul. Désormais à l'aise dans cette maison, Christian alla se préparer un café et s'installa dos à l'âtre pour bien voir les fenêtres et le vestibule. Même s'ils étaient nerveux, tous les autres se dirigèrent vers les chambres de l'étage afin de refaire leurs forces. Seul Sylvain décida de veiller avec son ami.

– Je suis si triste pour Mélissa, bredouilla maladroitement le journaliste.

– Pas autant que moi, avoua Christian, le cœur gros. Dans mes visions, je l'avais vue mourir, mais jamais je n'ai pensé que ce serait de ma propre main. Je vais me sentir coupable de sa mort toute ma vie.

– C'est sur un démon que tu as tiré. Tu ne pouvais pas savoir que Narciziu l'avait envoûtée.

– Il va me le payer cher, Syl. Même si nous n'étions plus ensemble, j'aimais encore Mélissa. C'est pour la protéger que je l'ai quittée…

– Je sais, mais la douleur finira par s'estomper et tu retrouveras le bonheur que tu mérites.

– Pas avant d'avoir détruit le sorcier, c'est certain.

À quelques kilomètres d'eux, chez Tatiana, Alexei s'était assoupi sur le bord du feu. *Dors, loup-garou…* répétait une voix dans sa tête. *J'aurai bientôt besoin de toi.*

Les heures passèrent. Sylvain s'était endormi sur le sofa du salon, tandis que Christian continuait de regarder en direction de la fenêtre en essayant de se persuader que la mort de Mélissa était un accident. Il fit de gros efforts pour se rappeler les circonstances exactes de la tragédie. Le reflet de la lumière des lampadaires sur la rue, qui bordait le terrain vague, l'avait d'abord empêché de voir à qui il s'attaquait. Ce n'est qu'une fois très près de la limousine que Christian avait pu distinguer les traits de sa maîtresse. Épuisé et moralement abattu, il finit par fermer les yeux et somnola dans la bergère.

Il se retrouva instantanément à la croisée de deux routes, en pleine forêt. Il faisait sombre et de gros flocons de neige tombaient mollement. Il tourna sur lui-même et ne vit personne.

– Si jeune et si innocente…

Christian fit volte-face et trouva Narciziu devant lui.

– Elle ne m'aura pas servi longtemps, mais elle était très belle.

L'ex-policier chercha son pistolet à l'endroit où il avait porté son holster pendant des années.

– N'avez-vous pas déjà compris que je suis indestructible ?

– Rien ne dure éternellement, même pas les étoiles, grommela le nouveau justicier.

– J'ai besoin d'associés aussi tenaces que toi.

Christian se mit à reculer lentement, car il savait désormais comment le mage noir recrutait ses acolytes.

– Le temps de la bonté et de la charité est révolu. C'est le règne de la terreur et du népotisme qui commence.

– Vous vous trompez.

Le visage décharné du sorcier fit penser à Christian qu'Alexanne avait peut-être raison au sujet des morts-vivants.

– Viens à moi.

L'ex-policier se retourna avec l'intention de courir à toutes jambes en direction opposée, mais Narciziu lui barra la route.

– J'obtiens toujours ce que je veux, détective.

Le sorcier planta ses doigts osseux dans la poitrine du pauvre homme, qui se réveilla en hurlant. Sylvain sursauta et tomba du sofa.

– Christian, qu'est-ce que tu as ? s'alarma-t-il en se précipitant vers lui.

– C'était un cauchemar… j'espère que c'était un cauchemar…

– Ou peut-être une vision ?

– Je n'en sais rien…

– As-tu reconnu l'endroit où tu étais ?

– Un croisement de routes à la campagne.

– As-tu vu leurs noms sur des panneaux ?

– Je n'ai pas regardé.

– Es-tu capable d'y retourner pour les lire ?

– Il n'en est pas question ! paniqua Christian.

– C'était aussi horrible que ça ?

– Narciziu voulait me recruter !

Christian releva son pull pour s'assurer que ce n'était qu'un songe et se détendit en constatant qu'il n'y avait aucune marque sur sa poitrine. La sonnerie de son téléphone dans la poche de son manteau, replié sur le sol près de lui, lui fit presque faire un arrêt cardiaque. Il fouilla dans le vêtement jusqu'à ce qu'il trouve enfin le petit appareil.

– Pelletier ! lança-t-il en reprenant son souffle.

– C'est Alexei. Je viens d'avoir un rêve inquiétant.

L'homme-loup lui raconta les détails de son propre cauchemar.

– Nous avons rêvé exactement la même chose ! s'exclama Christian, stupéfait.

– Demande-lui s'il connaît cette intersection, souffla Sylvain.

Alexei entendit la question du journaliste.

– Oui, affirma-t-il. C'est à mi-chemin entre la maison de ma sœur et l'ancienne forteresse de la montagne.

– C'est sans doute une invitation.

Chayton et Sachiko entrèrent alors dans le salon en annonçant qu'ils avaient fait un horrible cauchemar dans lequel le sorcier tentait de leur arracher le cœur.

– Alex, je pense qu'il faut en finir, lui dit Christian.

– J'allais te dire la même chose.

– Je crois qu'il serait trop dangereux d'emmener toute l'équipe.

– Moi de même, approuva Lyette en se joignant à ceux qui avaient été réveillés par le mauvais rêve.

– J'en suis, déclara Sachiko avec un air de guerrière.

– Moi aussi, indiqua Alexei pour qu'on l'entende dans le téléphone.

– Je pense que ce serait une bonne idée de réveiller Alexanne, suggéra Christian. Préparez-vous. Je serai là dans une demi-heure tout au plus.

L'ex-policier mit fin à la communication et leva un regard inquiet sur ses compagnons. Ophélia venait de se joindre à eux, enveloppée dans un peignoir.

– C'est cette nuit que le bien triomphera du mal, annonça Christian.

– J'ai eu une terrible vision, s'affligea la jeune femme en prenant les mains de l'ex-policier.

– Si tu as vu ma mort, je préfère ne pas en connaître les détails.

– Narciziu est une vipère. Il n'est pas toujours à l'endroit où il semble se tenir. Je t'en conjure, protège tes arrières.

– Je ferai ce qu'il faut pour l'éliminer.

Lyette étreignit sa petite-fille, puis se tourna vers Christian, qu'elle serra aussi dans ses bras.

– Nous vous attendons pour le déjeuner, lui dit-elle avec un sourire confiant.

Les deux volontaires s'habillèrent chaudement et sortirent dans l'obscurité. Christian commença par ouvrir le coffre du VUS et rechargea son Glock, même s'il savait que les balles n'infligeaient aucune blessure au sorcier.

Il se rendit chez les Kalinovsky en examinant les routes de campagne, mais aucune ne ressemblait à celles de son rêve. Lorsqu'il arriva devant la maison de briques rouges, Alexei et sa nièce les attendaient sur la galerie. Ils s'empressèrent de se rendre jusqu'au véhicule. Sachiko céda sa place à l'homme-loup, puisqu'il disait connaître la croisée des chemins qu'avait vue Christian, et monta derrière avec Alexanne.

– Partons, les pressa Alexei.

– Sinon, Danielle et Matthieu vont courir après nous, expliqua l'adolescente.

– Dois-je revenir sur mes pas ? s'informa Christian.

– Non. Continue tout droit. C'est un raccourci vers la secte. Je ne crois pas que tu le connaisses.

Ils roulaient depuis à peine cinq minutes lorsque la neige commença à tomber. « Comme dans mon cauchemar », constata Christian avec un serrement de cœur. Il décida, une fois que la menace serait éliminée, de se livrer à la police pour le meurtre involontaire de l'inspecteur Dalpé, même s'il savait que son corps ne pourrait jamais être retrouvé.

– Est-ce que tu as peur ? lui demanda alors Alexei.

– Je serais un fieffé menteur si je prétendais que non. Nous avons vu de quoi ce démon est capable.

– Il ne faut surtout pas s'approcher de lui, recommanda Sachiko, peu importe les ruses qu'il emploiera.

– Alexanne doit rester dans la voiture jusqu'à ce qu'il arrive, ajouta Alexei. Si elle est avec nous, il ne se montrera pas.

– La laisser seule ? résista Christian.

– S'il s'approche de moi, il est cuit… littéralement, tenta de plaisanter l'adolescente.

– Mais il pourrait avoir recruté d'autres valets. La dernière fois, ils ne se sont pas enflammés en t'enlevant.

– J'appuierai fort sur le klaxon et vous saurez alors que vous devez revenir m'aider. Faites confiance à Alex.

– C'est juste après les grands champs, là où commence la forêt.

– Je ne me souviens pas d'avoir vu des arbres si près de la route.

– Il y en a moins à l'endroit où se croisent les chemins.

Il n'y avait aucun lampadaire dans cette région éloignée et Christian hésita à laisser les phares allumés.

– Ils nous aveugleraient si le sorcier décidait d'arriver de ce côté, commenta Alexei.

– Si tu vois dans le noir, mon homme, souviens-toi que cette faculté n'est pas donnée à tout le monde.

– Narciziu aime se donner en spectacle, leur rappela Sachiko. Il trouvera certainement une façon d'illuminer sa scène.

– Je peux le faire aussi, affirma l'homme-loup.

– Attends que ça devienne vraiment nécessaire, d'accord ? lui recommanda Christian.

Ils arrêtèrent le véhicule à une centaine de mètres de l'intersection.

– Es-tu bien certaine de vouloir rester ici ? redemanda l'ex-policier à la jeune Kalinovsky.

– Je connais mon rôle et je le jouerai à la perfection, affirma-t-elle. Ce soir, le mal prendra un grand coup. Foncez.

Les compagnons de la fée s'aventurèrent donc sur la route, à l'écoute du moindre bruit.

– Il ne doit pas être bien loin, parce que les animaux ont fui le coin, indiqua Alexei.

– C'est bien l'endroit que j'ai vu dans mon cauchemar, confirma Christian. Il y a quatre routes et nous ne sommes que trois.

– Mettons-nous dos à dos, suggéra Sachiko.

Les hommes s'exécutèrent sur-le-champ.

– Comment est-il arrivé ici, dans ton rêve ? demanda Alexei.

– Il est apparu soudainement, mais vous n'étiez pas là, alors il ne faut pas se fier uniquement à ça.

L'homme-loup se tourna vivement vers la route que surveillait Sachiko.

– Il est là.

Les trois compagnons formèrent une seule ligne, masquant en même temps la présence du VUS derrière eux.

– Même si c'est difficile, il ne faut pas se laisser influencer par sa langue de vipère, leur rappela Christian.

Le vil personnage apparut finalement sur la route. Narciziu marchait sans se presser, son long manteau noir battant à intervalles réguliers contre ses bottes. Inconscient du danger qu'il pourrait courir, il s'arrêta à quelques mètres de ses proies.

– C'est fini, Narciziu, l'avertit Christian.

– Pour toi ou pour moi ? ricana le démon. Saisissez-le.

À la grande surprise de l'ex-policier, ses deux amis lui agrippèrent solidement les bras.

– Mais qu'est-ce que vous faites ? s'exclama-t-il.

– Ils m'obéissent, bien sûr, lui dit le sorcier. Je vous ai tous conviés ici, cette nuit, parce que j'ai besoin de nouveaux associés.

Christian tourna la tête vers Alexei, puis vers Sachiko. Leur visage n'affichait aucune émotion et leur regard était vide.

– Réveillez-vous ! cria le piégé.

Aucun des deux n'eut la moindre réaction.

– Ils sont à moi, désormais, détective. Vous ne pouvez plus rien y changer.

Narciziu s'approcha davantage de l'ex-policier, en dégageant sa main de sa manche. Dans le cauchemar de Christian, le démon avait tenté de lui arracher le cœur avec ses doigts. Nerveux, il attendit que son maléfique adversaire ne soit plus qu'à deux pas de lui et, prenant appui sur ses compagnons, lui assena un puissant coup dans la poitrine avec ses pieds. Le sorcier fut projeté vers l'arrière et atterrit brutalement sur le dos.

Assise dans le VUS, Alexanne n'avait pas tout de suite aperçu Narciziu que lui cachaient ses amis. Elle avait toutefois remarqué le mouvement défensif de Christian.

– C'est à moi de jouer, on dirait, déclara-t-elle pour se donner du courage.

Elle mit la main sur la poignée de la portière, mais celle-ci refusa de bouger. Après deux autres essais infructueux, Alexanne passa par-dessus la boîte de transmission et tenta d'ouvrir la portière du conducteur, en vain.

– Mais que se passe-t-il ? paniqua-t-elle.

Narciziu se releva en époussetant son manteau.

– Tu seras le chef de mes soldats, annonça-t-il à Christian en revenant à la charge.

– Vous n'aurez pas le temps de mener cette armée dont vous rêvez, rétorqua sa victime en se débattant.

– Si tu fais référence à la petite fée qui devait me détruire, j'ai bien peur qu'elle soit aux prises avec des problèmes plus pressants.

Le sorcier fit signe à Alexei et Sachiko de tourner leur prisonnier en direction de son VUS. Christian le vit s'enflammer.

– Non ! hurla-t-il en luttant pour se dégager.

– Malheureux, n'est-ce pas ?

– Vous ne prendrez jamais possession de notre planète ! Nous vous écraserons !

– Tu as déjà perdu la partie, détective.

Lorsque les flammes se mirent à lécher les vitres du VUS, Alexanne poussa un cri de terreur. Avec ses pieds, elle tenta de briser le pare-brise, mais aucun de ses coups ne porta ses fruits.

– Alex ! appela-t-elle, terrifiée.

Elle sauta sur la banquette arrière et réussit à baisser une moitié du dossier afin de se faufiler dans le coffre. Elle fouilla dans les boîtes qui s'y trouvaient, à la recherche d'un objet qui lui permettrait de fracasser une fenêtre. Elle trouva des carabines, mais elles n'étaient pas chargées. Avec l'énergie du désespoir, Alexanne se servit de la crosse pour frapper dans la vitre du coffre.

Au moment où elle allait se résigner à mourir brûlée vive, la fée vit la porte s'ouvrir miraculeusement devant elle. Deux bras traversèrent les flammes : le premier se glissa dans son dos et l'autre sous ses genoux. Alexanne ne savait pas qui était en train de la sortir du brasier, mais elle se laissa faire sans protester.

Son sauveteur recula de quelques pas et la déposa sur le sol. L'adolescente eut à peine le temps de voir son visage avant qu'il tourne le dos au véhicule et qu'il la serre contre lui.

– Assael ?

Elle comprit pourquoi il l'enveloppait ainsi lorsque le VUS explosa avec une assourdissante détonation. Des débris volèrent de chaque côté d'Alexanne, qui ne pensait plus qu'aux blessures qu'avait dû subir le mage.

– Fais ton travail, lui dit Assael en la libérant.

– Mais votre dos…

Il tourna sur lui-même pour lui montrer qu'il était intact.

– Dépêche-toi.

Christian avait cessé de se débattre. Il pleurait maintenant à chaudes larmes en pensant que la jeune Kalinovsky avait péri à cause de lui. Il méritait de mourir, mais il ne voulait certainement pas devenir un suppôt de Satan.

– Maintenant, sois sage, lui recommanda Narciziu. La douleur sera passagère, je te le promets.

Il approcha ses doigts osseux de la poitrine de Christian, qui n'avait pas l'intention de se laisser transformer en monstre. Rassemblant toute son énergie, l'ex-policier se mit à reculer en entraînant ses gardiens avec lui. Ceux-ci eurent beau se planter fermement sur leurs pieds, le captif les faisait glisser sur la neige.

– Du calme… tenta de l'amadouer Narciziu.

Christian vit alors Alexanne qui arrivait en courant, mais il conserva son air effrayé pour ne pas donner au sorcier l'occasion de s'enfuir. Il vit alors les longs ongles de Narciziu progresser vers son manteau et demanda à sa défunte mère de le protéger.

– Par les pouvoirs qui me sont conférés par le Créateur, cria Alexanne, je t'ordonne de te mettre à genoux et de Lui demander de te pardonner tes fautes !

– Quoi ? s'exclama Narciziu, surpris.

Il pivota vers le camion en flammes et vit la silhouette de l'adolescente.

– Non ! hurla-t-il.

Le démon fonça en direction opposée, mais Christian réussit à étirer suffisamment sa jambe pour le faire trébucher.

– J'ordonne à l'obscurité de quitter ton corps à jamais ! poursuivit Alexanne.

Tandis qu'il hurlait de douleur, le corps de Narciziu prit feu avant de se changer en cendres quelques secondes plus tard. Au même moment, le sortilège qu'il avait jeté à Alexei et Sachiko fut rompu et ils titubèrent comme s'ils étaient ivres. Christian attira Alexanne contre lui avec soulagement tandis que leurs compagnons tombaient sur leurs genoux en se tenant la tête à deux mains.

– Je pensais que tu étais morte… sanglota l'ex-policier.

– C'est Assael qui m'a sortie de là. Je suis vraiment désolée pour votre VUS.

– De toute façon, il fallait que je le change…

– Comment va-t-on rentrer ?

– J'ai encore mon téléphone, heureusement. Je vais appeler Chayton.

Alexanne sentit les muscles des bras de Christian se raidir alors qu'il l'éloignait doucement de lui. Elle remarqua aussi qu'il regardait au loin, les yeux écarquillés. Elle se retourna pour voir ce qui le fascinait autant et aperçut une dizaine d'hommes qui s'approchaient, Assael en tête. Sans dire un mot, les mages se penchèrent aussitôt sur Alexei et Sachiko afin d'achever de les délivrer du mal. Ils placèrent leurs mains par-dessus les leurs, de chaque côté de leur tête, mais aucune lumière n'accompagna leur traitement silencieux.

– Le maléfice ne laissera pas de séquelles, déclara l'un d'eux à Assael.

– Que s'est-il passé ? s'étonna l'Asiatique.

– Nous vous l'expliquerons dès que nous aurons un moyen d'échapper au froid, répondit Christian.

Ils entendirent ronronner un moteur et regardèrent au loin. Un gros pick-up arrivait, conduit par un autre homme blond. Son plateau était rempli de paille.

– Montez, ordonna Assael. Nous allons nous occuper des cendres du sorcier.

– Merci, fit Christian au nom de ses amis.

Fourbus, les quatre compagnons grimpèrent dans la caisse. Ils échangèrent des regards inquiets, mais gardèrent le silence.

Chapitre 32

Choc brutal

Après avoir raconté aux autres membres de l'équipe ce qui s'était passé lors de leur affrontement avec le sorcier, éreintés, Christian, Alexei, Sachiko et Alexanne allèrent dormir dans les chambres d'amis, refusant de discuter des plans de l'avenir de la loge. Tout ce qu'ils désiraient, c'était reprendre des forces.

Christian fut le premier à se lever. Il consulta sa montre et vit qu'il était presque onze heures. Il prit une douche, se changea et descendit à la cuisine, où Lyette était en train de déjeuner.

– Dites-moi ce qui vous préoccupe, demanda-t-elle amicalement.

– Je me sens incomplet sans camion.

– Il y a un concessionnaire de véhicules utilitaires à Saint-Jérôme.

– Et comment suis-je censé m'y rendre ?

– Prenez une bouchée et je vous y conduis.

– Vous possédez une voiture ?

– Dans un garage au fond de la cour. Je ne l'utilise pas très souvent, mais ce matin, j'ai envie de faire une balade pour célébrer votre succès.

– *Notre* succès.

La Huronne insista pour qu'il mange quelque chose, puis s'habilla chaudement.

– Ne devrions-nous pas réveiller les autres ?

– Ils ont besoin de sommeil, monsieur Pelletier. J'ai laissé un message à Sachiko. Elle s'occupera de tout le monde à ma place.

Christian l'aida à ouvrir les grandes portes de l'abri, construit dans le même style que la maison, et s'étonna de trouver une vieille Mustang rouge sous une épaisse bâche. Lyette débrancha le fil qui réchauffait le moteur et le fit démarrer au premier coup de clé.

– Mais c'est une véritable voiture d'époque ! s'exclama-t-il.

– J'en prends bien soin depuis les années soixante-dix.

Elle conduisit Christian à Saint-Jérôme, où il eut un coup de foudre pour une Jeep Wrangler certifiée tout-terrain. Curieusement, le vendeur semblait très bien connaître Lyette.

– Y a-t-il une couleur en particulier qui vous intéresse ? voulut savoir l'homme, très sympathique.

Il embrassa la Huronne sur les joues et la laissa partir.

– Il me faut ce véhicule aujourd'hui, alors la couleur m'importe peu. Je vais appeler mon gérant de banque et vous mettre en communication.

– Ce ne sera pas nécessaire, monsieur Pelletier. Nous avons ce modèle en noir, en bleu et en rouge.

– J'aime bien le noir, mais pourquoi dites-vous que ce ne sera pas nécessaire ?

– Madame Bastien m'a déjà remis le chèque pour l'achat de votre véhicule.

– Quoi ?

– Elle m'a expliqué que votre maison et votre voiture avaient été incendiées, et que vous aviez besoin d'un petit coup de pouce.

– J'ai quand même des économies.

– Ce que madame Bastien veut, Dieu le veut.

Le vendeur prépara les documents, mit une plaque au véhicule, acquitta les assurances et remit les clés à Christian, qui n'arrivait pas à croire à ce cadeau du ciel. Après s'être familiarisé avec les boutons et les fonctions du tableau de bord, il prit le temps d'appeler sa bienfaitrice.

– Pourquoi avez-vous fait ça pour moi ? demanda-t-il sans détour.

– Pour que vous reveniez à la loge, évidemment, répondit Lyette.

– J'ai d'abord un cas de conscience à régler.

– Je ne suis pas inquiète. J'ai ici deux médiums qui m'assurent que vous serez bientôt de retour.

– On verra bien. Merci pour la Jeep. Je finirai par trouver une façon de vous revaloir ça.

En fait, depuis qu'il avait ouvert l'œil, Christian ne pensait plus qu'à une chose : se livrer lui-même à la police pour le meurtre de Mélissa Dalpé. Il n'y avait aucun cadavre, mais une fois la disparition de la jeune femme constatée, les enquêteurs n'auraient pas d'autre choix que de suivre la moindre petite piste. Sur le terrain vague où s'était déroulé le drame, ils trouveraient certainement les balles du Glock et l'analyse des cendres révélerait qu'elles contenaient bel et bien l'ADN de Mélissa.

Christian aurait pu se rendre à n'importe quel poste de police, mais il choisit celui où il avait si longtemps travaillé. Il allait sans doute passer encore une fois pour un fou lorsqu'il signerait sa déposition, mais une vérification approfondie de ses dires confirmerait assez rapidement leur authenticité. « Ils refuseront de croire que je tirais sur un sorcier... » songea-t-il. Ses collègues penseraient plutôt que la jeune femme avait tenté un rapprochement avec son ancien amant et qu'il l'avait abattue dans un moment de folie.

Tandis qu'il garait la Jeep dans la rue, Christian se dit qu'il veillerait à ce qu'elle soit rendue à Lyette tandis qu'on l'incarcérerait. Après tout, c'était elle qui l'avait achetée. Le cœur serré, l'ex-policier grimpa l'escalier pour gagner la section qui avait été rebâtie après que son bureau avait brûlé. « Décidément, je mets le feu partout », remarqua-t-il.

Il se rendit directement au bureau de son patron, sous les regards inquiets de ses anciens compagnons de travail. Il frappa deux petits coups sur le cadre de la porte en rassemblant son courage.

– Tu es la dernière personne que je m'attendais à voir, aujourd'hui, laissa tomber l'enquêteur en chef.

– Je veux déclarer un meurtre.

– Pelletier, depuis que les ponts se sont effondrés, je n'ai plus une seule minute à moi.

Comme pour le confirmer, son téléphone se mit à sonner.

– Va voir Mélissa.

– Mélissa qui ?

– Si tu es venu jusqu'ici pour te moquer de moi, tu arrives à un bien mauvais moment. Allez, file.

L'ex-policier recula, persuadé qu'il avait mal entendu. Il se rendit donc au bureau de la seule Mélissa qu'il avait connue et s'immobilisa sur le seuil, en proie à un terrible malaise.

– Christian, qu'est-ce que tu as ? s'alarma Mélissa en le voyant blêmir à vue d'œil.

Le pauvre homme perdit conscience et s'effondra sur le sol.

À découvrir dans le tome 5...

Spirales

Christian Pelletier n'avait pas encore ouvert les yeux qu'un énorme marteau s'était mis à frapper sur son crâne à coups répétés. Il ne savait pas encore ce qui lui arrivait, mais il était certain qu'il ne s'agissait pas d'un réveil normal. « On dirait un lendemain de beuverie », se dit-il. Même s'il ne les avait pas prononcés à haute voix, ces mots semblèrent exacerber sa douleur. Il tenta d'ouvrir les paupières, mais elles étaient si lourdes qu'il n'y parvint pas. Des images se mirent alors à défiler dans son esprit à la vitesse de la lumière. Un terrain vague en plein hiver… une limousine immobile… une boule de feu surgissant à sa gauche… un Glock dans sa main… le corps de Mélissa tombant dans la neige… son visage ensanglanté… « Il est venu chez moi, ce soir… Il a planté ses doigts dans mon coeur… » souffla la jeune femme.

En voyant le corps de Mélissa se transformer en cendres, Christian poussa un cri d'horreur et tressaillit sur le lit d'hôpital. Il cilla à cause de la lumière dans laquelle baignait la pièce et ses tempes furent la proie de souffrances encore plus intenses. D'abord flous, les objets qui l'entouraient devinrent graduellement plus nets. Il était allongé sur une sorte de civière, mais il ne se souvenait pas d'être entré dans un tel établissement. En tournant prudemment la tête vers la gauche, il aperçut le visage inquiet de Mélissa Dalpé.

– Tu ne peux pas être ici, murmura-t-il, bouleversé. Je t'ai tuée…

– Calme-toi, d'accord ? On s'occupe de toi.

Christian voulut tendre la main pour toucher son visage, mais son bras refusa de bouger. Il baissa les yeux et vit la sangle qui le retenait.

– Depuis quand attache-t-on les gens dans les hôpitaux ? s'alarma-t-il.

– C'est uniquement pour ton bien.

– Pour mon bien ?

– Tes derniers propos nous portent à croire que tu représentes un danger pour ta propre santé. Tu es arrivé au poste de police pour rapporter un meurtre, rappelle-toi.

– Mais c'était moi le coupable !

– Le chef t'a demandé de venir m'en parler et quand tu es arrivé devant la porte de mon bureau, tu t'es évanoui.

– On ne ligote pas les gens parce qu'ils perdent connaissance.

– Tu t'es mis à délirer dans l'ambulance, alors les médecins des urgences ont décidé de t'envoyer à l'aile psychiatrique de l'hôpital Sacré-Cœur.

– Quoi ? Je ne suis pas fou. Libère-moi tout de suite !

– Tu sais bien que je n'ai pas l'autorité de faire ça.

– Je suis parfaitement sain d'esprit, Mel.

– Tu viens de me dire que tu m'as tuée. Or, je suis bel et bien debout devant toi et je n'ai pas une seule égratignure.

– Embrasse-moi.

– Tu penses pouvoir t'échapper en te changeant en grenouille ? le taquina-t-elle.

– Je n'ai pas envie de rire. Je veux juste savoir si je suis en train d'halluciner que tu es là.

– Tu as surtout besoin de repos.

– Depuis combien de temps suis-je ici ?

– Plusieurs jours…

Il se débattit sur le lit, en vain. Ses liens étaient on ne peut plus réels.

– Tu as besoin d'aide, Christian. Je t'en prie, calme-toi.

Il n'eut pas le temps de protester qu'une autre personne entrait dans la chambre. L'ancien policier reconnut aussitôt le visage maussade du docteur Lee Edelman, le psychiatre qui évaluait les membres de sa division.

– Monsieur Pelletier, comment vous sentez-vous ce matin ? demanda-t-il sur un ton professionnel en jetant un œil aux chiffres lumineux qui apparaissaient sur les machines au-dessus de la tête de Christian.

– Pas vous…

– Si vous m'aviez laissé vous venir en aide il y a quelques mois, nous n'en serions pas là.

– Je n'avais pas plus besoin de vous à l'époque que maintenant.

– Vous n'avez malheureusement pas la capacité d'évaluer votre état de santé.

– Je ne fais plus partie de la police, alors vous n'avez pas le droit de me retenir ici.

– Sachez que je ne traite pas uniquement des représentants de l'ordre.

– Alors, qu'on m'assigne un nouveau médecin.

– C'est l'hôpital qui m'a demandé de m'occuper de vous.

– Je veux voir le directeur.

Le rythme cardiaque sur le moniteur de signes vitaux s'affola.

– Je vous en prie, monsieur Pelletier, calmez-vous.

– Je suis attaché sur un lit dans un hôpital psychiatrique alors que je suis en parfaite santé et vous pensez que je vais demeurer serein ? Je vous ordonne de me relâcher tout de suite !

– Je ne vous rendrai votre liberté que lorsque vous m'aurez convaincu que vous n'êtes plus un danger pour la société.

– Mélissa, dis-lui que je ne suis pas fou, implora le pauvre homme.

Son ancienne compagne arqua un sourcil étant donné qu'il venait de lui dire qu'il l'avait lui-même assassinée.

– Tu as besoin de ce répit, Christian, lui dit-elle pour l'encourager. Tires-en profit.

– Je ne suis pas dans un hôtel des Caraïbes ! Je suis retenu contre mon gré par un vrai fou !

Edelman alla chercher une seringue sur le plateau roulant et la planta dans un petit flacon de liquide transparent. Christian écarquilla les yeux avec terreur.

– Non ! Je suis lucide ! Je vous défends de m'injecter quoi que ce soit !

Faisant la sourde oreille, le médecin s'approcha de lui.

– Mélissa, si tu ne peux rien pour moi, appelle mon père ! supplia l'ancien policier.

La fine aiguille s'enfonça dans son bras sans qu'il puisse l'en empêcher.

– Dès que vous serez plus coopérant, nous pourrons commencer votre réhabilitation, indiqua Edelman sur un ton dogmatique.

– Je ne suis pas malade ! Je suis plus sain d'esprit que vous…

– Faites de beaux rêves, monsieur Pelletier.

CPi
BLACK PRINT

Composition et mise en pages
Nord Compo à Villeneuve-d'Ascq

Imprimé en Espagne
Dépôt légal : juin 2015
ISBN : 979-10-224-0068-8
POC 0064